Sur l'auteur

Mariah Fredericks est née et a grandi à New York, où elle vit avec sa famille. Diplômée en histoire, elle écrit pour la jeunesse. Précédé par *Des gens d'importance* et *Une mort sans importance*, *Mort d'une fille de peu* est son troisième roman pour adultes.

Du même auteur
aux Éditions 10/18

DES GENS D'IMPORTANCE, n° 5379
UNE MORT SANS IMPORTANCE, n° 5478
MORT D'UNE FILLE DE PEU, n° 5736

MARIAH FREDERICKS

MORT D'UNE FILLE DE PEU

Traduit de l'anglais (États-Unis)
par Corine Derblum

INÉDIT

10
18

Titre original :
Death of an American Beauty

ISBN 978-2-264-07837-7
Dépôt légal : février 2022

À la mémoire de Sue Gilmore
« Yaya and Shoo »

Le monde ne tourne pas rond. Ces hommes le savent.

James A. STILLMAN,
à propos de l'Armory Show

Qu'est, ou que devrait être, une femme ? Pas un simple paquet de chair et d'os ni une gravure de mode, une inanité frivole, une poupée sans âme, une coquette sans cœur – mais une présence forte, lumineuse, pétrie du sens de sa mission sur terre et du désir de l'accomplir.

Ida B. WELLS

La princesse de Galles vient d'avoir un fils.

En dehors de ça, tout est flou.

Bien que ma vue ne soit pas mauvaise pour une personne de mon âge, selon tout autre critère objectif elle n'est pas bonne. La lecture des journaux relève du défi. Il faut que mes lunettes soient inclinées à un angle précis, que la lumière soit suffisante et la pièce silencieuse, car je ne peux pas lire si je n'entends pas les mots dans ma tête. Ma fille trouve que cet argument n'a aucun sens, mais ce sont mes yeux, et c'est ma tête.

Je lève le journal et scrute les caractères d'imprimerie dont, j'en jurerais, ils ont réduit la taille. L'individu qui a tiré sur le Président a été déclaré non coupable parce qu'il ne jouit pas de toutes ses facultés. Il souhaitait, semble-t-il, impressionner une jeune célébrité. Je songe à tout ce que l'on pourrait entreprendre pour se faire remarquer d'une telle femme. Assassiner le président des États-Unis n'est pas du nombre.

Les membres du jury ont été frappés par la même idée ; ils ont jugé le raisonnement de l'accusé si incohérent qu'ils ont conclu à la folie. Sans doute l'ont-ils jugé sincère ; quant à moi, j'aurais plutôt cru qu'il mentait. Qu'il avait tenté de tuer le Président non pour éblouir une belle, mais pour remonter dans sa propre estime. Puisque tuer était, selon lui, un acte de gloire, elle penserait de même et le récompenserait.

Si le procureur avait souligné ce niveau effarant d'égocentrisme, peut-être les jurés auraient-ils appris au jeune homme et à ses pareils qu'on ne tue pas à cause de visions fantasmées de la femme. Si puissant que soit leur attrait. La Belle Hélène était probablement une dame à l'apparence quelconque qui se morfondait aux côtés de son époux, et réciproquement. Mais les héros de la guerre de Troie seraient-ils restés dans nos mémoires si les Grecs n'avaient fait que convoiter des territoires ? Non, c'est beaucoup plus efficace d'évoquer un visage capable de lancer un millier de navires. Un visage de femme.

Je me demande si ce jury aurait jugé Achille irresponsable. Ou s'il aurait décelé en lui une pulsion meurtrière, la beauté d'Hélène n'étant qu'un prétexte ?

Mais peut-être les Grecs n'avaient-ils pas apprécié l'idée qu'elle puisse s'enfuir. Une femme éprise de liberté, c'était en soi une provocation.

Un malaise s'insinue en moi, un souvenir se déploie. Celui d'un visage.

L'espace d'un instant, j'ai l'impression de suffoquer. Même après tout ce temps, je sens encore ces mains brutales autour de mon cou. Certains jours, le vertige me reprend. Comme à présent. La sensation de tomber, de me débattre…

J'oriente ma tête différemment. Concentre mon regard sur le journal. La princesse. Le jeune homme. Néanmoins, d'autres traits s'imposent à ma mémoire.

Des traits féminins. Découpés. Et recomposés.

Et la cicatrice, tant d'années plus tard.

CHAPITRE PREMIER

— *Il y a quatre-vingt-sept ans...*

Je levai les yeux du script.

— Désolée, Mrs. Tyler, ça, c'est le discours de Gettysburg. C'est la proclamation d'Émancipation que vous êtes censée réciter.

— C'est vrai ? Oh ! mon Dieu... soupira mon employeuse avec anxiété.

— *Que le premier janvier*... soufflai-je.

— ... *premier janvier...*

Se rappelant son texte, elle enchaîna :

— ... *de l'an de Notre-Seigneur mil huit cent soixante-trois...*

— ... *toutes personnes possédées comme esclaves...*

— ... *esclaves...*

— ... *seront, à dater de ce moment et à jamais, libres.*

— *À jamais libres*, fit Louise en écho, puis elle ôta son haut-de-forme. Quel sens a pour vous ce « à jamais » ?

— Le même que « pour toujours », je suppose.

— Et Lincoln ne pouvait-il pas le formuler ainsi ?

Ce n'était pas à moi, simple femme de chambre, de soutenir les choix stylistiques du seizième Président, mort pour la cause qu'il défendait. En dépit de son éloquence, Lincoln avait, certes, été confronté à la guerre de Sécession, à l'opposition du Congrès et au pistolet de John Wilkes Booth, mais sans doute jamais à un parterre de dames de la haute société, comme Louise s'y préparait. En réalité, il se rendait rarement à New York, qui avait par deux fois refusé de voter pour un républicain insensible aux avantages commerciaux de la traite des esclaves.

Toutefois, on célébrait le cinquantenaire de la proclamation d'Émancipation et New York s'adonnait à sa commémoration avec enthousiasme. C'est ainsi que Louise, un haut-de-forme improvisé en équilibre sur la tête, s'efforçait à grand-peine de réciter l'illustre discours de Mr. Lincoln.

Lasses des dîners traditionnels, les dames importantes de la ville s'évertuaient à démontrer leur sens artistique par des moyens variés. Les *tableaux vivants**[1] et le théâtre amateur faisaient fureur. On pouvait ainsi admirer le *Brutus* de Mrs. Halsey le lundi, un florilège de *La Chauve-Souris* par Mrs. Foster Jenkins le mardi et, le mercredi, une présentation torride de danse apache par Mrs. Fortesque. Dolly Rutherford, du grand magasin Rutherford's – le plus nouveau et le plus luxueux des paradis de la mode féminine, qui s'affirmait comme le lieu « où chaque Beauté américaine s'épanouit ! » – n'était pas en reste. Sous sa houlette, Louise Tyler et d'autres devaient interpréter « Scènes émouvantes de l'Émancipation » une semaine plus tard.

Étant svelte et élancée, Louise avait été choisie pour interpréter le grand homme. On aurait pu croire que cet

1. Les mots en italique suivis d'un astérisque sont en français dans le texte. (*Toutes les notes sont de la traductrice.*)

honneur reviendrait à l'hôtesse, mais Mrs. Rutherford était affligée d'une silhouette ronde et courtaude. À un certain moment, on avait suggéré qu'elle incarne Harriet Tubman[1] ; en définitive, elle avait accepté le rôle tout aussi important, voire davantage, de Mary Todd Lincoln. (Le rôle de Harriet Tubman fut dévolu à Mrs. Edith Van Dormer. S'étant éteinte plus tôt dans le mois, Mrs. Tubman se verrait épargner ce spectacle.)

Louise s'enfonça dans un fauteuil et contempla, par la fenêtre, les immeubles noyés dans la grisaille en ce matin de la mi-mars. Le calendrier pouvait bien indiquer le printemps, le vent glacial et le ciel morose montraient que l'hiver ne relâchait pas encore son étreinte. Un feu agréable crépitait et le reste du thé que Louise prenait au petit déjeuner était posé sur la table auprès d'elle. Le silence régnait dans la maison de ville, située du côté de la 20e Rue Est, car William Tyler, son mari depuis huit mois, se trouvait à Washington avec son beau-père, Mr. Benchley. À en croire la rumeur, Woodrow Wilson s'était attelé à une nouvelle sorte de système de taxe, un impôt sur les revenus réels. Plus on gagnait, plus on payait. Certains considéraient cette mesure comme une monstrueuse atteinte à la propriété. Parmi ceux-ci, Mr. Benchley, qui comptait nombre d'amis dans la capitale, était allé battre le rappel contre les plans du Président. Il avait emmené avec lui son gendre, devenu depuis peu son avocat, abandonnant Louise à la merci de Dolly Rutherford.

Je m'en voulais. La mère de William et moi avions réussi, à nous deux, à guider Louise au fil de ses six

1. Esclave et descendante d'esclaves, Harriet Tubman parvint à s'échapper, puis à libérer sa famille et des centaines d'autres esclaves, ce qui lui valut le surnom de « Moïse noir ». Elle milita plus tard contre le racisme et pour la cause des femmes.

premiers mois parmi les fortes femmes de la bonne société new-yorkaise. Mrs. Tyler senior avait présenté Mrs. Tyler junior à celles qu'il convenait de connaître, l'avait mise en garde contre les infréquentables, tandis que je peaufinais son allure et renforçais son assurance. Puis Mrs. Tyler s'en fut rendre visite à sa fille Beatrice, qui se livrait à la chasse au mari à Boston.

— Je laisse Louise entre vos mains expertes, Jane, me dit-elle.

Mrs. Tyler était partie depuis à peine un jour que je fus en proie à une grippe intestinale. Sa belle-mère étant au loin et moi souffrante, Louise était tombée entre les griffes d'une des arrivistes les plus alertes et épuisantes de la ville. Dolly Rutherford clamait haut et fort qu'elle refusait, mais alors, catégoriquement, de rester inactive. « Être oisive, c'est s'ennuyer, et s'ennuyer c'est mourir. » Elle avait une passion pour le sublime, en particulier dans l'art. Que l'objet de son attention fût accroché dans une galerie, qu'il chantât, dansât ou déclamât sur scène, Dolly Rutherford l'attirait dans son salon et l'exposait, « plumé, paré et assaisonné », pour reprendre les termes d'un critique. Elle aurait été ridicule n'eût-elle bénéficié de deux atouts : une volonté digne de Genghis Khan et la fortune de son époux. Des femmes plus coriaces que Louise avaient été entraînées dans son orbite. Je ne m'en sentais pas moins coupable.

Quand la pendule sur le manteau de la cheminée sonna neuf coups, j'espérai que Louise se rappellerait quel jour nous étions sans que j'eusse à le faire. Elle remarqua mon regard sur le cadran.

— C'est l'heure, n'est-ce pas ?

Elle se leva et me tendit la main.

— Je ne sais pas comment je vais me passer de vous.

— Vous pourrez me joindre au refuge à tout moment.

— Ce sont vos congés, Jane. Pourquoi ne partez-vous pas dans un endroit agréable ?

— Je tiens à voir mon oncle. Et j'ai aussi d'autres projets.

— Ah ? Lesquels ?

— Certains risqueraient de vous scandaliser.

— Jane !

Louise posa la main sur sa gorge, souriant malgré elle.

— Bon, très bien. Je vous laisse à vos projets scandaleux. Mais vous me manquerez pendant les leçons de français. Sans parler des répétitions… Si Dolly Rutherford crie encore une fois contre la pauvre couturière du magasin, je m'évanouis. Cela se fait, je crois.

Avec un petit soupir, elle parcourut le boudoir des yeux comme si elle espérait voir surgir une distraction. Son mari lui manquait. Les préparatifs du spectacle offraient au moins l'avantage d'occuper son esprit.

Aussitôt que la politesse me le permit, je montai me changer. Lorsque William et Louise avaient emménagé dans leur nouvelle demeure, ils m'avaient attribué une chambre spacieuse au dernier étage.

J'ôtai la jupe et le chemisier très simples qui composaient ma tenue ordinaire et revêtis une blouse à col montant et une jupe en jersey de laine foncé que je m'étais confectionnées. J'enfilai une veste longue, bleu marine, abandonnée par Charlotte Benchley, la sœur de Louise Tyler, à son départ en Europe. Je plantai ensuite sur mon crâne mon nouveau chapeau, en feutre noir, retroussé à l'avant et orné d'un joli ruban en velours, avec une rose cramoisie sur le côté. Enfin, je passai mon manteau neuf, présent des Tyler le Noël précédent. Il était aussi en lainage sombre et d'une coupe exquise : une jupe entravée, des poches amples, un haut croisé rehaussé d'un audacieux boutonnage sur la poitrine et d'un col officier. Devant mon reflet dans le miroir, je conclus que, même si je n'étais pas Lillian Gish, je n'aurais pas à rougir de la comparaison si d'aventure elle se montrait à l'Exposition internationale d'art moderne.

Car c'était là-bas que je me rendais pour fêter le début de mes vacances : à l'exposition de l'Armory Show[1], qui défrayait tant la chronique. Les mille deux cents œuvres de trois cents artistes américains et européens, réunies à New York, faisaient sensation. Toute la ville ne parlait que de cela ; les gens ne se lassaient pas d'y aller et d'y retourner pour être vus. Un jour, on apercevait là-bas, dans un coin, Caruso en train d'ébaucher une esquisse. Un autre, l'ancien président Roosevelt. Les dessinateurs humoristiques croquaient les monuments célèbres, de la statue de la Liberté au pont de Brooklyn, dans le nouveau style effarant que déjà l'on surnommait le cubisme. On affligeait ces artistes de sobriquets railleurs : « cingl-istes », « crétin-istes », « pagaill-istes » ou encore « gribouill-istes ». Les critiques officiels, eux-mêmes hésitants quant aux mérites de ces toiles, supputaient et se demandaient si elles constituaient une avancée majeure dans l'histoire de l'art ou relevaient de l'esbroufe.

Je me sentais bien incapable de trancher dans un sens ou dans l'autre. Peu m'importait. Tout ce qui comptait à mes yeux par cette froide journée, c'était que l'Armory

1. Cette exposition, organisée par l'Association des peintres et sculpteurs américains, tire son nom de la salle d'armes du premier bataillon de la garde nationale de New York, l'*Infantry Regiment Armory*, à Manhattan. Le lieu avait été prêté pour l'occasion et c'est là qu'elle se tint pour la première fois.

Show était l'endroit le plus couru de New York et que moi, Jane Prescott, j'y serais.

Au service de personne et pour mon seul agrément.

***

L'armurerie du 69e régiment ne se trouvait qu'à quelques pâtés d'immeubles de chez les Tyler, qui résidaient eux aussi au sud-est de l'île de Manhattan. Le bâtiment aux lignes élégantes et modernes, agrémentées d'arches voûtées et d'un toit mansardé en ardoise, accueillait les visiteurs par une bannière au-dessus de l'entrée : EXPOSITION INTERNATIONALE D'ART MODERNE. Au-dehors, une kyrielle de limousines créait des embouteillages tandis qu'elles déversaient leurs flots de passagers. Je rejoignais la file d'attente qui s'allongeait depuis l'entrée quand une voix masculine m'interpella :

— Qu'est-ce qui amène une nièce de pasteur aux abords de cette manifestation indécente ?

Me retournant, je découvris Michael Behan. Je ne l'avais pas vu depuis plusieurs mois et me serais peu attendue à le rencontrer à une exposition.

— Et vous, que faites-vous là ?

— Je suis payé pour ça, répondit le journaliste. Le seul argument, d'ailleurs, qui pouvait me convaincre de mettre les pieds ici. C'est là que vous allez ?

— En effet.

— Alors, permettez au *Herald* de vous offrir l'entrée. Venez, je vais vous faire la visite guidée.

Nous avançâmes, passant devant les vigiles qui semblaient bien connaître mon compagnon.

— Ne me dites pas que vous êtes devenu critique d'art ! m'étonnai-je.

— Je n'emploierais pas ce terme pour désigner le

grand n'importe quoi et le charlatanisme, Miss Prescott. Ces escrocs feraient passer P.T. Barnum pour un honnête homme. Non, je suis là pour couvrir l'angle « couleur locale ». Les réactions de M. et de Mme Tout-le-Monde, additionnées d'un zeste de ragots sur les célébrités qui se promènent au milieu.

Il déposa nos manteaux au vestiaire, puis s'enquit :

— Alors, madame Tout-le-Monde, qu'aimeriez-vous voir ?

Je contemplai la foule bien mise et animée. Moi qui rêvais de ce moment depuis des semaines, voilà que j'y étais ! À l'idée d'être libre et au bon endroit, je frémissais de joie.

— Tout, Mr. Behan, jusqu'à la dernière miette.

— On commence par la Chambre des horreurs ?

Tel était le surnom de la Galerie I, dans laquelle les cubistes étaient exposés.

— D'accord.

Ma dernière rencontre avec Michael Behan remontait à l'époque du mariage de William et de Louise. Une époque pleine d'incertitude, me concernant. Je n'étais pas sûre de conserver ma place chez les Benchley et, peu avant la cérémonie, une jeune femme de ma connaissance avait été assassinée. Sa fin prématurée m'avait incitée à prendre différentes résolutions quant à ma propre vie.

Une fois dans de telles dispositions, fréquenter Michael Behan, qui était aussi marié que séduisant, se révélait compliqué. Auparavant, je m'étais laissée aller à toutes sortes d'idées stupides et j'avais attaché aux lettres qu'il m'avait adressées beaucoup plus d'importance qu'elles n'en avaient. Par bonheur, je n'avais pas perdu la face et pouvais donc être en sa compagnie, ce jour-là, sans éprouver de confusion. Certes, j'étais heureuse qu'il me vît aussi chic dans ma nouvelle tenue. Mais si les femmes n'avaient pas pris plaisir à se sentir belles et remarquées, c'en aurait été fini de ma carrière.

La Galerie I était de loin celle qui attirait le plus de monde. Tout en tendant le cou pour regarder au-dessus des épaules, j'interrogeai Behan :

— Où est le *Nu descendant un escalier* ?

Ce tableau d'un Français nommé Marcel Duchamp était, disait-on, le plus choquant de toute l'exposition, or j'étais d'humeur à être choquée.

— Juste ici. Un dollar si vous arrivez à voir là-dedans quelque chose qui ressemble même vaguement à un être humain.

La foule se pressait devant la toile et un bon moment s'écoula avant que je pusse l'entrevoir. Je l'avoue, ma première pensée fut : *Des arbres plantés dans la boue.*

— Stupéfiant, hein ? dit Behan. Ça me fait penser à un livre qui tombe.

Je scrutai la toile, déterminée à distinguer ce fameux nu. J'eus un infime éclair de compréhension – *Oh ! c'est donc ça ? Comme c'est étonnant !* – avant qu'un grand gaillard m'écarte d'une bourrade, provoquant le retour des arbres dans la boue.

Mes yeux restèrent suffisamment dessillés pour que, en approchant d'une tête sculptée qui paraissait faite de triangles et de rectangles, je m'extasie sur sa beauté en toute sincérité. Mais je me sentis rougir quand nous approchâmes de la représentation en noir et blanc d'un nu féminin. Sous les coups de crayon, vilains et rudes, apparaissaient des formes plantureuses, ventre tombant, jambes ouvertes. Évitant de croiser le regard de Mr. Behan, je passai à *La Femme au pot de moutarde.*

Là, on distinguait clairement le personnage : une femme assise, la tête dans la main, qui avait un peu l'air de s'ennuyer. Son visage était tout en angles, en barres obliques noires, orange, grises et jaunes. Je n'étais pas sûre d'aimer ; découper un visage ainsi, cela semblait presque cruel. Mais fascinant, aussi. Près de moi, une dame d'âge mûr décréta que si son fils faisait un jour de l'art pareil, elle lui flanquerait la fessée.

Nos pas nous portèrent jusqu'à une autre salle, où Mr. Behan admira une œuvre représentant des boxeurs, tout en muscles saillants dans leur combat épique, et nous sourîmes tous deux devant un tableau où trois jeunes femmes se séchaient les cheveux sur le toit d'un immeuble en ville.

Une voix aiguë et surexcitée m'appela soudain par mon prénom. Je remarquai alors la jeune belle-sœur de Louise, Emily Tyler, qui se frayait un chemin à travers la foule dans notre direction, non sans attirer les regards de plusieurs messieurs. Cela n'avait rien de surprenant : grande et pleine d'entrain, elle avait les cheveux brun cuivré de sa famille et des yeux marron malicieux qui n'appartenaient qu'à elle. Ce qui me surprenait, toutefois, c'était sa présence à New York. Elle était censée être à Vassar.

En arrivant près de nous, elle demanda :

— Louise est-elle là, ou êtes-vous venue toute seule ?

— Toute seule. Je suis en congé.

— Moi aussi ! s'exclama joyeusement Emily. Pas de manière officielle, mais, hier, j'ai décidé que si je lisais ou écrivais un mot de plus, ma tête allait exploser. Alors… me voici !

Prêt à prendre des notes dans son calepin, Behan l'interrogea :

— Que pensez-vous de l'exposition, Miss Tyler ?

— Qu'il y a une terrible quantité de gens nus, répondit-elle avec un sourire qui creusait ses fossettes.

— Et vous, Miss Prescott ?
— Elle me plaît. C'est une nouvelle manière de voir les choses.

Behan consigna mes paroles. Je savais comment il écrirait son article. Il accorderait à mon opinion le respect qui lui était dû. Mais le mot de la fin reviendrait à Emily.

— Vos articles couvrent-ils les arts, Mr. Behan ? s'enquit celle-ci.

— Plutôt ce qui a trait à la vie citadine, Miss Tyler. Les arts, le crime, la tragédie humaine…

— Oh ! En ce cas, vous devriez bavarder avec Jane. Son oncle dirige un foyer pour prostituées dans l'East Side. De la tragédie humaine, en veux-tu en voilà.

Elle avait encore élevé la voix en prononçant le mot « prostituées ». Michael Behan haussa un sourcil. Il avait beau traiter de sujets scabreux, il se montrait conservateur à certains égards, et l'idée de jeunes filles parlant à tue-tête de prostitution était apparemment du nombre. Il s'excusa et me laissa m'occuper de l'étudiante rebelle avide d'expériences.

— Votre mère sait-elle que vous êtes ici, Miss Tyler ?

— Pas du tout, répondit Emily, contemplant un nu en noir et blanc. Et ne vous avisez pas de le lui apprendre ! Pas un mot non plus à William et à Louise.

Je m'apprêtais à répondre qu'elle disposait d'une semaine pour savourer ma discrétion quand nous entendîmes crier : « Emily Tyler ! » Mrs. Dolly Rutherford nous rejoignit et enlaça Emily à la manière d'une vieille amie de la famille, quand bien même elles ne s'étaient rencontrées qu'une ou deux fois auparavant.

— Ils vous ont libérée du purgatoire de Poughkeepsie ?

Comme la plupart des ambitieuses, Mrs. Rutherford était dotée d'une excellente mémoire et se croyait capable de convaincre qui elle voulait de faire ce qu'elle voulait à force de charme ; en tout cas, elle donnait l'impression que le contraire était pour elle inimaginable. Petite et blonde, elle avait un teint de rose et un sourire prompt. Cependant, les doigts ornés de bagues qui agrippaient les bras d'Emily blanchissaient aux jointures, alors même qu'elle restait à l'affût de la première personne plus importante qui viendrait à passer.

Cette personne n'était assurément pas moi. N'étant pas non plus une admiratrice inconditionnelle de Mrs. Rutherford, je m'écartai avec tact et examinai le tableau suivant, trois femmes dévêtues peintes par un certain Seurat. Ne sachant trop qu'en penser, j'écoutai un monsieur barbu expliquer à un jeune homme aux joues roses :

— Vous voyez les points minuscules ? Cette technique est ce qu'on appelle le « divisionnisme ». On ne mélange pas les différentes couleurs sur la palette pour en faire un magma pâteux, mais on laisse chacune d'elles se détacher séparément. On lui en juxtapose une autre tout aussi vibrante, et le contraste des deux teintes côte à côte les rend encore plus vivantes et lumineuses.

Je m'émerveillais de cette idée quand j'entendis Dolly Rutherford reprocher à Emily de s'être laissé aborder par un journaliste.

— Il faut dire que c'était vraiment un très, très beau journaliste ! répliqua celle-ci avec une feinte contrition. De toute façon, il s'est éclipsé. Je ne crois pas qu'il ait été captivé par ce qu'il voyait. Il préférait de loin la pièce précédente.

Elle coula vers moi un regard pétillant de malice. N'eût-elle été la sœur de William Tyler, je lui aurais cloué le bec.

Dolly Rutherford ramena habilement la conversation à l'un de ses centres d'intérêt : elle-même.

— Mr. Rutherford ne supporte pas non plus ce genre de chose. Je lui ai dit : « George, c'est l'événement artistique majeur de l'année, il faut le voir. » Le pauvre ! Il a à peine jeté un coup d'œil aux toiles des cubistes qu'il a marmonné que c'était un outrage et est retourné à son bureau.

— Il va bientôt désigner la prochaine Miss Rutherford's ? voulut savoir Emily, faisant allusion au concours de beauté annuel où les jeunes filles rivalisaient pour devenir l'égérie du grand magasin. Je meurs d'envie de connaître son visage !

Dolly Rutherford eut un bref sourire.

— Oui, à la conclusion de mon spectacle musical, « Scènes émouvantes de l'Émancipation ». Votre chère belle-sœur a consenti à y participer, et mon petit doigt me dit qu'elle va toutes nous éblouir !

Connaissant la timidité de Louise, Emily se mit à pouffer. Mrs. Rutherford lui proposa de l'accompagner au célèbre salon de thé du grand magasin, l'Orientale ; ce n'était qu'à courte distance et elles pouvaient s'y rendre en automobile. Fidèle à la tradition estudiantine transmise depuis des temps immémoriaux, Emily accepta sur-le-champ cette perspective d'un repas gratuit. Elle m'adressa un petit signe d'au revoir en agitant les doigts et posa ensuite l'index sur ses lèvres, m'incitant au silence. Et je me retrouvai libre d'explorer l'exposition à ma guise.

Ce que je fis pendant une heure très agréable. Je commençais à me sentir lasse, la tête trop pleine d'images, lorsque je tombai en arrêt devant une gravure noir et blanc. Elle représentait une scène urbaine, un groupe d'immeubles la nuit. À une fenêtre, une femme un peu dévêtue étendait son linge sur une corde pour le faire sécher. Un homme se tenait derrière elle. Son mari, vraisemblablement, cependant elle paraissait vulnérable, inconsciente qu'il l'observait. À une autre fenêtre, une femme en culotte, les bras levés au-dessus de sa tête pour ramasser ses cheveux en chignon, semblait savourer sa nudité alors qu'elle prenait l'air par une chaude nuit d'été. Mais, d'un toit voisin, une silhouette ténébreuse la contemplait. Cette vision de la ville, à la fois saisissante de réalisme et comme tirée d'un livre d'images, me laissa troublée.

— C'est malsain, commenta Michael Behan derrière mon dos.

Je fis volte-face.

— Vous m'avez lâchée !

— Je plaide coupable. Qu'est-ce qu'on enseigne dans les universités pour jeunes filles, ces temps-ci ?

— Emily Tyler est particulière. Elle adore choquer.

— Eh bien, c'est réussi !

Il déclara que j'avais l'air d'avoir besoin d'une bonne tasse de thé, et je répondis que je n'aurais pu mieux dire. La journée m'avait grisée, au début, mais je me sentais épuisée. Regarder une œuvre de plus était au-dessus de mes forces.

Je livrai mes impressions à Michael Behan pendant qu'il posait deux grandes tasses de thé et une assiette contenant un gâteau aux graines de carvi sur la table du café. Je m'attendais à ce qu'il me taquine, mais il se borna à répondre :

— Ce n'est pas très à mon goût. Fragmenter un visage, en projeter les parties par-ci, par-là, comme si c'était… un objet, non un être humain... Cela m'affecte étrangement. Je serai ravi d'en avoir fini avec ce reportage, pour vous dire la vérité.

Partageant le gâteau en deux à l'aide de la fourchette, il ajouta :

— Bien qu'il me permette de rentrer chez moi à temps pour le dîner.

Dans le passé, les journées de travail de Mr. Behan étaient interminables, ce qui n'avait pas été sans causer de querelles domestiques.

— Comment se porte Mrs. Behan ? m'enquis-je.

— Très bien, merci. Et mon merci va au-delà de la politesse, puisque c'est en partie grâce à vous.

— À moi ?

Il hocha la tête.

— Vous vous rappelez m'avoir dit que Mrs. Behan serait de meilleure humeur si j'embauchais une aide journalière ?

— Vous l'avez fait ?

— Pas exactement. Son père est mort…

Je m'apprêtais à présenter mes condoléances, mais un rapide mouvement de tête m'apprit que Mr. Behan ne regrettait pas son beau-père.

— … ce qui a quelque peu amélioré l'état de nos finances. De plus, ma belle-mère s'est installée chez nous de façon permanente. Ce qui a son… charme. Nous nous sommes mis en tête d'avoir une famille, alors je passe un peu moins de temps au travail et un peu plus à la maison.

Il dégusta une gorgée de thé.

— Ceux qui aspirent à laisser une postérité doivent agir en conséquence, et autres platitudes du même genre.

Il prononça ces mots avec timidité et je compris que de futurs Behan faisaient l'objet de ses espoirs. Sachant qu'il aimait les enfants, je dis avec sincérité :

— Je vous souhaite une grande réussite.

— Merci.

Nous échangeâmes un sourire et je songeai que c'était agréable d'être amie avec un homme. Michael

Behan aurait de beaux bébés potelés et je leur tricoterais quelque chose. Un bonnet.

— Où allez-vous, ensuite ? Tout ceci est-il destiné à votre oncle ? demanda-t-il avec un geste vague vers ma nouvelle veste. À moins que le laitier ait enfin eu le cran de vous parler ?

Behan se plaisait à inventer toutes sortes d'histoires où des amoureux multiples et variés brûlaient de me déclarer leur flamme sans en trouver le courage.

— Nous en avons un nouveau, répondis-je, et je ne le vois jamais. Pas plus que le policier, le boucher, le boulanger ou le fabricant de bougies. En effet, je vais au refuge.

Apparemment, l'envie de choquer d'Emily déteignait sur moi, car j'ajoutai :

— Nous organisons un bal, ce soir.

— Un bal ?

— Oui, une tradition annuelle. Le Cotillon des dames baptistes du Sud, précisai-je en sirotant mon thé. Ou, comme certaines des femmes préfèrent l'appeler, le Bal des filles de joie.

Behan se renversa contre le dossier de sa chaise.

— J'aimerais bien voir ça. Comment se fait-on inviter à cette soirée ?

— Impossible, Mr. Behan ! Les hommes ne sont pas admis.

Les tasses étaient vides, quant au gâteau, il n'en restait que des miettes. Comme nous nous levions pour partir, mon compagnon fit remarquer :

— Vous allez les coiffer, je suppose.

— Non, je vais danser.

— C'est vrai ?

— Le fait est que je danse très bien.

— Ah bon ?

— Mais oui.

Nous allâmes récupérer nos manteaux et gagnâmes la sortie. Après l'atmosphère surchauffée de l'Armory, le froid et l'humidité revigoraient. Au sortir du passage voûté qui donnait sur la rue, le début de mes vacances me satisfaisait au plus haut point.

La foule avait grossi et nous restâmes quelques instants bloqués devant le portail, bousculés par les visiteurs impatients d'entrer. Un grincement de pneus retentit, suivi d'un choc sourd. Quelqu'un poussa un cri strident. Ma toute première pensée fut qu'un conducteur avait percuté un passant en tentant de contourner le trafic. Mais des gens s'étaient attroupés près du mur de l'Armory, et des exclamations montaient – « Révoltant ! », « Qui a pu faire une chose pareille ? » – mêlées à des bruits de haut-le-cœur.

Mû par l'instinct, Behan se propulsait déjà à travers la foule en tentant de voir par-dessus les chapeaux et les épaules. Soudain, sa nuque se crispa et il recula.

— Qu'est-ce que c'est ? demandai-je, regardant au moment même où il me recommandait de ne pas le faire.

Un chat – la queue et les pattes raides me l'apprirent aussitôt. Les yeux fixes, les entrailles répandues. La pauvre tête rattachée par un tendon, preuve d'une cruauté délibérée. Et, rouge sur le gris de la neige, la coupure béante au ventre… Je ravalai ma bile au goût de thé amer.

— Venez, décida Michael Behan, me guidant pour nous éloigner de la cohue. On va vous trouver un cab.

CHAPITRE II

Le Cotillon des dames baptistes du Sud était l'invention d'Otelia Brooks. On distinguait encore son sang sur le tapis, dans le vestibule du refuge, en regardant vraiment bien. La trace avait été maintes fois nettoyée, souvent par Miss Brooks elle-même, mortifiée d'avoir perdu connaissance à son arrivée. Le simple fait qu'elle fût parvenue jusque-là tenait du miracle. Mais accomplir des miracles était, chez Otelia, une exigence personnelle. Il n'y avait qu'une femme de cette trempe pour tenter de convaincre mon oncle d'organiser un bal, et réussir. Le cotillon marquait le jour le plus festif du refuge Gorman, et je souriais d'avance en longeant les derniers pâtés de maisons vers l'endroit que j'avais naguère plus ou moins considéré comme mon foyer. Mon humeur changea du tout au tout dès que je tournai dans la 3ᵉ Rue.

Ils étaient de retour.

Le refuge avait été autrefois une maison close. Dans les années 1890, la propriétaire, Mrs. Gorman, l'avait cédé à mon oncle afin de créer un lieu où les femmes pourraient acquérir des compétences professionnelles qui les rendraient moins vulnérables. Au fil des ans, certaines personnes du quartier s'étaient opposées à la présence parmi elles d'un asile pour anciennes prostituées.

Mais, à l'exception de quelques sérénades d'ivrognes et de gestes indécents de la part d'hommes rentrant chez eux, le refuge avait connu la tranquillité.

Jusqu'à une époque récente. En 1909, un article de journal intitulé « Les filles des pauvres » affirmait que la prostitution n'était plus l'affaire de femmes, mais d'hommes qui les vendaient comme des marchandises. Beaucoup se rallièrent à cette cause avec une ferveur moralisatrice : on forma des comités, on diligenta des enquêtes. Aucun vaste réseau de corruption ne fut amené au grand jour, seulement les maladies vénériennes et les nombreux témoignages de femmes démunies, qui trouvaient que la prostitution payait mieux que le reste.

Le danger de perdre une génération d'hommes à cause de la syphilis provoqua l'essor d'organisations telles que l'American Vigilance Association ou l'American Purity Alliance, et enflamma le zèle de Clementine Pickett. Mrs. Pickett avait été contrainte d'emménager dans le Lower East Side un an plus tôt, à la suite d'une perte de revenus liée à la mort de son mari. Remâchant déjà ce revers de fortune, elle avait été consternée en découvrant qu'elle vivait désormais « à quelques rues d'un lieu de débauche ». Son foyer et la moralité de son fils, Orville, étaient menacés. Mon oncle et ses défenseurs avaient rencontré la dame à plusieurs reprises pour tenter de la persuader que leur mission et ses objectifs se rejoignaient : tous souhaitaient que moins de femmes se prostituent. Mais la veuve Pickett n'en démordait pas : toute maison occupée par des filles qui avaient autrefois fait commerce de leur corps était un bordel, tout homme vivant avec ces filles-là était un souteneur. Elle ne voulait pas d'eux dans le quartier.

À cet effet, elle s'était organisée avec plusieurs de ses amis et associés pour rester devant le refuge et harceler quiconque en sortait ou y entrait. Ils priaient bruyamment, chantaient des cantiques et huaient toute femme qui en franchissait le seuil. Leur présence était plus pénible qu'autre chose. Mais, depuis quelques semaines, ils ne se contentaient plus de chants d'action de grâce. Plusieurs amis d'Orville s'étaient approchés des femmes et leur avaient jeté des insultes au visage. Ils avaient déposé des crottes de chien sur les marches. Quinze jours plus tôt, une pierre avait traversé la vitre d'une fenêtre du premier étage. Mon oncle avait prévenu la police et, depuis, tout était calme. Néanmoins, la trêve était précaire. Et le bal pourrait suffire à la rompre.

Je fus d'abord soulagée de voir Orville, et non sa mère, de garde ce soir-là. Mrs. Pickett avait la langue bien pendue et ses interruptions me mettaient trop en rage pour que je reste polie. Avec ses trente ans et son mètre quatre-vingts, Orville Pickett était solidement charpenté, mais il se comportait comme un adolescent attardé, doux et immature. Ses cheveux roux se clairsemaient sur son crâne en forme d'œuf et ses joues étaient rouges en permanence. Loin de sa mère, il ne semblait pas vraiment méchant. Du coin de l'œil, il m'aperçut et esquissa un geste de la main pour me saluer. Je hochai la tête en retour, espérant que ces timides signes amicaux pourraient faciliter la paix.

La paix, toutefois, n'était pas le but de la Duchesse de la Damnation, plantée sur le trottoir d'en face avec ses dames d'honneur. Pour la Duchesse, c'était la reddition avec retraite définitive du champ de bataille ou rien. Connue autrefois sous le nom de Jennie Bullotte, elle était l'une des maquerelles les plus célèbres du Lower East Side. Protectrice farouche de l'honneur et de la bonne marche de son affaire, elle s'offusquait d'être jugée au nom de Dieu « par des gens qui n'avaient, disait-elle, pas plus d'influence sur Lui » qu'elle-même. Ainsi, dès que la Brigade de la vertu se mettait en position, elle surgissait avec ses filles, prête à riposter. Du haut de son mètre cinquante, avec son échafaudage de cheveux noirs orné de papillons de soie, c'était une commerçante avertie. Elle savait que la parade de ses filles sur le trottoir, face à la brigade de Mrs. Pickett, formait un contraste à la fois coquet et piquant. Perçant la mélopée des cantiques, la Duchesse et ses filles scandaient : « À la caisse ou sur le dos / celles qui bossent font bouillir le pot ! » Lorsque Mrs. Pickett déclamait des passages de la Bible, la Duchesse débitait ses tarifs, qui couvraient un large éventail de services. Puis, suprême coup de maître, elles se penchaient toutes en même temps pour révéler un splendide alignement de dessous écarlates.

Ce soir-là, le groupe de Mrs. Pickett se réduisait à ses plus fidèles piliers, serrés les uns contre les autres pour opposer un front uni au péché et au vent glacé : Orville, Mrs. Hilquit et Miss Cobb, qui lisait des versets du Deutéronome d'une voix chevrotante.

Et Bill Danvers.

Les femmes ralliées à la cause de Mrs. Pickett étaient dévotes, craintives ou désœuvrées à des degrés divers. On pouvait en dire autant de la plupart des hommes. Je soupçonnais les autres d'être payés. Il en allait différemment de Bill Danvers, un grand échalas au cou de poulet et aux cheveux noirs gominés plaqués sur le crâne, dont les lèvres s'ouvraient sur des dents de travers et des canines pointues. Ses vêtements mal ajustés, comme de seconde main, lui conféraient un air de respectabilité aussi factice que son repentir. En dépit de ses joues rasées de près et de sa moustache taillée avec humilité, je subodorais que sa piété n'était que de surface : il s'en dépouillerait en même temps que de sa chemise. Il avait déjà eu une rencontre houleuse avec la Duchesse, et ses yeux brillaient en détaillant chaque silhouette féminine qui passait. J'étais quasi sûre que c'était lui qui avait jeté la pierre et déposé les déjections sur les marches. En sa présence, le groupe se montrait plus agité, plus audacieux. Alors que j'approchais, il passa la langue sur ses lèvres. Et je sus qu'il voulait que je la voie.

Il ne fallait pas qu'il traîne dans les parages pendant le cotillon.

— Bonsoir, Mr. Pickett, lançai-je. Vous ne devriez pas lire dans cette maigre lumière, Miss Cobb, vous allez vous abîmer les yeux.

Elle me foudroya du regard.

— « Et si ton œil droit est pour toi une occasion de chute… »

— Je veillerai à l'arracher, merci. Mr. Pickett, puis-je vous dire un mot ?

Orville jeta un regard hésitant sur le groupe. Mais, comme je l'avais pressenti, l'occasion de s'approcher d'une jeune fille l'emporta sur ses inquiétudes et il me suivit un peu à l'écart du refuge.

— Mr. Pickett, pensez-vous vraiment que des femmes de l'âge de Miss Cobb et de Mrs. Hilquit devraient être dehors par un froid pareil ?

— Dieu ne se soucie pas du froid, Miss Prescott.

Je ne pouvais donc prétexter du temps rigoureux pour suggérer un cessez-le-feu temporaire.

— Qui sera là ce soir ? m'enquis-je.

— Ce soir ? Moi, Mrs. Bailey, Mr. Danvers…

Pendant qu'il énumérait ces noms, je pris une décision hâtive. Un mensonge s'imposait.

— C'est juste que c'est mon anniversaire, Mr. Pickett.

— Oh ! fit-il en clignant des yeux. Joyeux anniversaire.

— Merci. Nous organisons une fête au refuge. Il y aura de la musique et de la danse. En toute innocence, bien sûr. Aucun homme n'y assistera.

— À part votre oncle.

— Non. Il a affaire ailleurs, ce soir, et il n'aime pas danser. Il n'y aura que les dames et moi. Néanmoins, c'est le genre de situation qu'un esprit mal tourné pourrait interpréter de travers, or je ne voudrais pas avoir d'ennuis. Mr. Danvers fait partie de votre cercle, je le sais, mais il n'a pas votre… discernement.

Rares sont ceux qui peuvent résister à une requête, lorsqu'elle repose sur le postulat qu'ils sont meilleurs et plus intelligents que leurs amis. Orville Pickett ne faisait pas exception.

— Je vais conseiller à Bill de rentrer plus tôt. Le froid le rend grincheux.

— Merci, Mr. Pickett. Je vous en suis très reconnaissante.

Les cantiques seraient bruyants, mais ils valaient mieux que des déjections canines sur le perron ou des jets de pierres à travers la vitre.

***

Chaque fois que je me retrouvais chez moi, j'aimais commencer par bavarder avec Berthe Froehlich. À l'exception de mon oncle, personne n'était au refuge depuis aussi longtemps.

La majorité des femmes partaient au bout de quelques mois, d'une année tout au plus. Mais Berthe avait été défigurée par de l'acide lors d'une tentative de suicide ; elle mesurait en outre plus de un mètre quatre-vingts.

En dépit de ses compétences, vivre à l'extérieur lui aurait été difficile. Elle était donc devenue notre cuisinière et accomplissait cent autres tâches qui m'auraient échu si j'étais restée. Non seulement elle savait tout ce qui se passait au refuge mais, contrairement à mon oncle, elle était disposée à en discuter. C'est ainsi que j'allai tout droit à la cuisine où je m'assis le temps que Berthe me mette au courant. Elle me parla de la pensionnaire entrée deux jours plus tôt qui luttait pour se passer de l'alcool, des emplois dénichés par trois anciennes qui volaient désormais de leurs propres ailes, de la fuite dans la toiture, des matelas qu'il fallait changer et de ses démêlés avec Sadie Ellis.

Celle-ci était arrivée au refuge quatre mois auparavant, l'œil tuméfié au point de ne pouvoir l'ouvrir, des bosses violacées sur le front. Sa lèvre était monstrueusement enflée, coupée par ses dents cassées. Ses cheveux auburn étaient hirsutes, les mèches plâtrées de sang. Chancelante, elle avait marmonné des réponses décousues aux questions de Berthe.

Elle avait été amenée par son amie Carrie Biel, qui avait quitté le refuge un an plus tôt. Dès l'instant où Sadie s'était mise avec Joe McInerny, Carrie avait su que, de son côté à lui, ce n'était pas de l'amour. Mais elle-même était choquée par la correction qu'il avait infligée à Sadie pour avoir cherché, comme il disait, « à faire la maligne ».

Au refuge, Sadie recouvra ses esprits. Elle montrait la vitalité des gens intensément absorbés par eux-mêmes et se fit beaucoup d'amies, au début. Chacune était sa sauveuse, sa sage conseillère. Toutefois, comme toutes finissaient par le découvrir, Sadie n'avait en réalité qu'une seule et unique préoccupation : son Joe. C'est vrai, il lui avait menti, il l'avait tabassée et vendue à d'autres pour ne pas avoir à trouver de travail. Mais il lui manquait. Elle regrettait le temps où elle n'avait pas à se barber à longueur de journée dans une salle de classe. Elle commençait par déclarer qu'elle ne reverrait jamais Joe et finissait par fondre au souvenir d'un mot tendre qu'il lui avait murmuré ou d'une babiole qu'il lui avait achetée. Les femmes perdirent bientôt patience et, ces jours derniers, Sadie n'avait plus grand monde pour l'écouter. Récemment, elle s'était mise à « aller se promener », quittant le refuge sans permission. Berthe était quasi sûre qu'elle retrouvait Joe.

— Elle ne tient pas en place, elle n'a pas envie d'apprendre. Elle veut juste retourner avec celui qui l'a prostituée et battue. Ton oncle ferait mieux de la laisser partir pour de bon.

— Comment laisser une fille retourner auprès d'un homme qui la maltraite ?

— Si elle est assez bête pour le vouloir, qui l'en empêchera ? Au moins, il ne rôde plus par ici.

À l'époque où Sadie était arrivée, Mr. McInerny était venu plusieurs fois, complètement ivre, braillant qu'on le laisse entrer ou que Sadie sorte. Il passait du remords à la rage, menaçant de la tuer à la première occasion.

— Il est temps que j'aille voir mon oncle.

— Dis-lui de faire quelque chose, pour Sadie. Elle crée des ennuis et j'en ai assez comme ça.

Du menton, elle indiqua la rue.

— J'ai déjà plus que mon compte de prêchi-prêcha et de pierres dans les carreaux.

Sur ces entrefaites, Sal Karlsson passa la tête par l'ouverture de la porte.

— Un appel téléphonique pour vous, Miss Prescott.

— La même qu'avant ? interrogea Berthe.

— Je crois bien, confirma Sal, qui était toujours de bonne humeur et pleine de bon sens. Elle a l'air désespérée.

Devinant immédiatement qui était l'interlocutrice, je remerciai Sal et partis prendre l'appel.

Anna Ardito était ma plus vieille amie, la plus proche, aussi, en dépit de nos multiples différences. Je travaillais pour les riches ; Anna, employée chez Industrial Workers of the World, se battait pour les anéantir. Cette mission était le pivot de son existence, en dehors duquel elle ne nourrissait ni intérêts ni passions. Pourtant, à ce moment-là, l'objet de son dévouement lui cassait la tête. Anna s'était dédiée à servir la cause. Et voilà que l'IWW la chargeait d'une besogne qu'elle trouvait moralement répugnante et pour laquelle elle était peu douée : la collecte de fonds.

À Paterson, dans le New Jersey, les ouvriers de la soie étaient en grève depuis la fin février. L'apathie des journaux new-yorkais à l'égard de tout ce qui se passait au-delà de l'Hudson était renforcée par le malaise des magnats de la presse à l'idée de mouvements ouvriers à leurs portes. Du point de vue de Manhattan, la grève n'existait pas. Se remémorant l'impact de la parade des enfants sur l'opinion publique pendant la grève de Lawrence, Mabel Dodge[1], avec son sens aigu de la beauté – dans les spectacles et chez les jeunes ouvriers radicaux –, suggéra de présenter les grévistes au public. Ainsi, ils pourraient raconter leur propre histoire ! Tout comme des acteurs ! Et finalement, pourquoi ne pas en faire un vrai spectacle ? Tout le monde s'était rallié à cette proposition. C'est ainsi que le 7 juin, une reconstitution de la grève de Paterson serait représentée au Madison Square Garden.

Je pris le téléphone installé à l'accueil.

— Bonjour, Anna.

1. Mabel Dodge Luhan (1879-1962), riche Américaine, protectrice des arts.

— Je me disais que, peut-être, ton oncle aimerait amener quelques-unes des femmes au spectacle.

Anna n'avait jamais de temps à perdre en politesses.

— Mon oncle n'a pas d'argent pour ce genre de manifestation. Mais je serai là, promis.

— Tu pourrais amener une amie ? Deux amies ? Dix amies ?

— Je n'ai pas dix amies, Anna. Je t'ai, toi.

Je pensai fugitivement à Michael Behan, mais ce n'était pas convenable de le lui proposer et sa critique aurait été acerbe.

— Et ta patronne ? Ce serait très instructif pour elle.

— Je suis désolée qu'ils t'aient mise à la vente des billets, dis-je gentiment. Tu es une excellente camarade.

Anna resta silencieuse, vaincue. Puis elle reprit :

— J'ai vu les dingues devant chez toi. Pourquoi vous ne leur videz pas les pots de chambre sur la tête ?

Je jetai un coup d'œil à la fenêtre donnant sur la rue.

— Tentant, mais provocateur.

— Vous devriez vraiment vous débarrasser d'eux, recommanda-t-elle, soudain sérieuse. On ne plaisante pas avec les fanatiques.

— C'est plus calme, maintenant. Je crois que la police les a intimidés.

— Les gens qui ne pensent qu'au paradis ne se laissent pas impressionner comme ça. Enfin, j'espère que tu as raison. Joyeux cotillon.

En gravissant l'escalier qui menait au bureau de mon oncle, je réfléchis à la façon de formuler les inquiétudes de Berthe au sujet de Sadie. Mon oncle attachait de la valeur à son opinion. Quand bien même il ne l'avait jamais dit, car il n'était pas du genre à exprimer de l'affection. Je doutais parfois que ce sentiment lui fût connu.

Lorsque j'avais trois ans, mon père m'avait abandonnée dans la rue avec, épinglée sur mon manteau, l'adresse de mon oncle. Convoqué au commissariat, celui-ci m'avait dit :

— Bon, très bien. Je suis le frère de ton père. Il est parti, alors tu vas venir vivre avec moi.

Il avait tendu la main et je l'avais prise. Jamais nous n'avions évoqué plus longuement notre lien. S'il n'appréciait pas le fardeau que lui imposait son frère, il n'en montra rien. S'il avait essayé de le contacter, il n'y fit jamais allusion non plus. Je ne me souviens pas de l'apparence de mon père et ne peux donc dire si les deux frères se ressemblaient. Mon oncle était petit, trapu, avec des yeux bleu vif et d'épais cheveux gris. Il me faisait penser à un terrier, sévère, les sourcils touffus et, une fois sa résolution prise, difficile à dissuader. En toquant à sa porte, j'espérais ne pas avoir à me disputer avec lui au sujet de Sadie.

J'eus droit à un sourire en entrant, mais il termina sa lettre, qu'il signa d'un trait rapide avant de contourner le bureau et d'accepter un baiser sur sa joue.

— Alors, dit-il en se rasseyant, tu es ici pour la semaine.

— Je ne manquerais le cotillon pour rien au monde. Visiblement, Mrs. Pickett et son groupe sont toujours des nôtres ?

— Comme le grésil en février. Prévisibles, persistants et glaçants.

— La Duchesse égaie un peu l'atmosphère, j'imagine.

Ma remarque fut suivie d'un silence, habituel dans les conversations avec mon oncle. Je pensais qu'il y avait davantage à dire sur un sujet. Lui non.

Par conséquent, j'orientai notre échange dans le sens qui m'intéressait :

— Le froid ne semble pas déranger Sadie Ellis.

Mon oncle fronça les sourcils comme s'il ne pouvait mettre un visage sur ce nom.

— Berthe dit qu'elle sort sans permission, continuai-je.

— Ici, ce n'est pas une prison. Nous ne gardons pas les femmes enfermées à double tour.

— Bien sûr que non. Mais du moment qu'elles habitent là, elles sont censées se concentrer sur leur avenir. Berthe pense que Sadie sort en cachette pour retrouver Joe McInerny. Tu as vu ce qu'il lui a fait.

— Elle finira par s'assagir.

Un vœu pieux, qui ne ressemblait guère à mon oncle.

— Ça fait quatre mois. Elle est complètement guérie. Si elle n'a pas envie de rester, pourquoi ne pas la laisser partir ? D'autres prendraient volontiers sa place.

— Elle ne m'a jamais fait part d'un tel désir.

— Mais si rester suppose des conditions qu'elle ne veut pas remplir…

Mon oncle tira sa montre et la consulta.

— Tu es ici depuis moins d'une heure et tu crois m'apprendre à diriger une organisation que je gère depuis plus de deux décennies.

Ma décision de quitter le refuge et de me placer comme domestique avait toujours été un sujet tendu, avec mon oncle. Il n'avait jamais émis l'idée qu'en m'accueillant il pouvait s'attendre à ce que je travaille gratuitement quelques années, une fois en âge de me rendre utile. Ni qu'un emploi de femme de chambre, consistant à aider des riches à se rendre attirantes, était moins digne que d'aider des femmes démunies à trouver leur place dans le monde du travail. Il est vrai que personne ne l'avait obligé à m'adopter.

— Je suis désolée, dis-je. C'est que je déteste voir Berthe contrariée.

Mon oncle agita la main.

— Si nous n'aidions que ceux pour qui cela nous est facile, notre besogne serait dénuée de sens. Miss Ellis est jeune. Il lui faudra peut-être plus de temps qu'à d'autres pour avoir une claire vision de son avenir. Même si tu la trouves malavisée, fais un effort. Qu'elle sente qu'elle a sa place ici, qu'elle est la bienvenue.

Comme si chaque pensionnaire du refuge ne l'avait pas écoutée ressasser ses malheurs ! Néanmoins, j'acquiesçai.

— Très bien. Elle pourra m'aider à préparer le cotillon.

Cela me valut un bref hochement de tête en signe d'approbation.

— Où iras-tu, ce soir ? demandai-je, mon oncle adhérant avec autant de joie que de rigueur à la règle que le bal était réservé aux femmes. Tu dînes en compagnie de Mrs. Forbes, ou du révérend Endicott ?

— Ni l'une ni l'autre. Je te dirai au revoir avant de m'en aller, conclut-il, reprenant son stylo.

En quittant le bureau, je me demandais si tous les membres du clergé donnaient aux gens l'impression d'avoir failli au regard du Seigneur, ou si c'était un don particulier de mon oncle. Abattue et mécontente de moi, je me rendis dans la salle à manger, située à l'avant de la maison. Les femmes s'affairaient déjà à la préparer. Elles avaient enlevé la grande table et aligné les chaises contre les murs, sur lesquels elles accrochaient des guirlandes. À côté du piano trônait une récente addition : un phonographe.

Je repérai alors Sadie. Elle se prélassait près de la fenêtre, balançant un pied tout en regardant au-dehors. Me rappelant la requête de mon oncle, j'engageai la conversation :

— Ils sont partis ?
— Qui ça ?
— Les membres du Comité pour la rectitude morale ou je ne sais quoi.
Sadie gloussa.
— Oh ! non, ils sont toujours là. Cette vieille bique de Mrs. Hilquit et Bill Danvers aussi. Il est toujours en train de me reluquer. « Mr. Danvers, je lui ai dit l'autre jour, vous qui venez si souvent, vous devriez m'apporter des fleurs… ou mieux encore. » Il a répondu que j'irais en enfer. « Bon on y sera ensemble, alors », que je lui ai dit.
Son rire espiègle me fit comprendre que mon oncle avait raison : elle était très jeune.
— Sadie, vous voudriez me rendre un service ? Je ne connais pas grand-chose aux nouvelles danses.
Elle hocha la tête avec commisération : j'avais, après tout, cinq ans de plus qu'elle. La sénilité s'était déjà bien installée.
— Auriez-vous la gentillesse de me les montrer ? repris-je. Et aussi à quelques-unes des autres ?
Son expression s'assombrit.
— Elles s'en fichent de moi.
— Au contraire. C'est pourquoi elles voudraient tant que vous rompiez avec Mr. McInerny.
J'avais commis une erreur en le mentionnant. Sadie se rebiffa sous la critique.
— Joe veut que je revienne. Une voisine m'a raconté qu'il tourne autour de la maison et demande après moi.
À cela, il y avait une raison évidente et sordide, que je gardai pour moi.
— Bien sûr qu'il le veut, jolie comme vous êtes. Et vous étiez gentille avec lui. Mais lui ne l'était pas avec vous.

— Il n'était pas si méchant que ça. Aller avec d'autres types, c'était mon idée. Ça ne lui plaisait pas trop.

Pourquoi alors t'a-t-il battue alors que tu te refusais à un homme auquel il devait de l'argent ? Pourquoi s'est-il planté dans la rue, à hurler qu'il te tuerait si tu ne quittais pas le refuge tout de suite ?

Je me mordis la langue et optai pour des arguments différents :

— Vous vous rappelez comment vous vous sentiez, la nuit où vous êtes arrivée ? Ce que vous avez vu, quand vous vous êtes regardée dans le miroir ?

Elle se rembrunit.

— C'est lui qui vous avait mise dans cet état, Sadie.

— Je ne voulais pas venir. Mon amie Carrie m'y a obligée.

— Vous le regrettez ?

— Des fois, répliqua-t-elle d'un air de défi. Non, je ne voulais pas dire ça. J'aimerais juste qu'il y ait moyen d'avoir Joe tout en étant là.

Elle présentait la chose comme si c'était une possibilité sérieuse, comme si elle espérait que j'abonderais dans son sens.

— Venez. Choisissons une chanson pour danser.

Devant le phonographe, je sélectionnai le premier disque qui me tomba sous la main et, un instant plus tard, les notes sautillantes du « Peachtree Rag » résonnèrent. Les pensionnaires interrompirent leur tâche pour s'entre-regarder, réjouies par cet avant-goût de frivolité.

Une lettre jadis publiée dans le Courrier des lecteurs du *Times* déplorait l'influence pernicieuse du ragtime, sur les jeunes en particulier : « Des chansons d'une immoralité évidente sont diffusées avec énergie, et même chantées par des fillettes sur le chemin de l'école. »

Ce pompeux gentleman avait raison sur un point :

le ragtime était une question d'énergie. La valse avait certes fait scandale en son temps, mais son élégance orchestrale était un peu trop grandiose pour des jeunes filles qui se mouvaient plus vite que leurs mères, et avec plus d'insouciance. Elles avaient troqué les accords étourdissants des instruments à cordes contre le rythme bondissant du piano et un genre baptisé « rag » pour son style haché et syncopé. Durs, vifs et un peu faciles, les rythmes du ragtime contournaient le cerveau et stimulaient directement les muscles. *Tu es jeune*, disaient-ils, *tu n'as pas le droit de rester immobile. Debout ! Lève-toi et danse vers l'avenir.*

La musique semblait tirer Sadie de son humeur morose.

— Vous connaissez le grizzly-bear ? me demanda-t-elle.

— Pas encore, répondis-je, levant déjà les mains.

Les danses animalières faisaient fureur : le fox-trot[1] venait de se voir rejoint par le bunny-hug[2], le turkey-trot[3], le squirrel[4] et bien d'autres encore. Le grizzly-bear était censé reproduire les mouvements d'un ours en train de danser, de sorte que Sadie et moi évoluions l'une autour de l'autre, mains, ou plutôt pattes en l'air, en suivant le rythme. Sadie s'étonna de la prestesse de mes pas et sourit en découvrant que je n'étais pas tout à fait décrépite.

— Dites donc, vous vous débrouillez bien !

— J'ai un bon professeur, lançai-je par-dessus mon épaule.

1. Littéralement le « trot du renard », mais l'origine de ce nom pourrait être l'acteur de vaudeville Harry Fox, qui avait popularisé une danse aux pas trottants.

2. Le « câlin du lapin ».

3. Le « trot de la dinde ».

4. L' « écureuil ».

Mon oncle étant à l'étage et Berthe occupée, les autres entamèrent une polka autour du salon.

Quelqu'un monta le volume du phonographe. Les femmes virevoltaient, heurtaient les chaises, se rattrapaient mutuellement et se relançaient dans le mouvement en riant aux éclats. Certaines ondulaient, une main dans les cheveux, l'autre sur la hanche. Quelques-unes bondissaient telles des ballerines. Les chignons s'écroulaient, les pans des corsages s'échappaient des jupes. À un certain moment, une chaussure s'envola, déclenchant l'hilarité.

Quelqu'un cria : « C'est la porte ? » et je m'arrêtai pour tendre l'oreille. En effet, c'était la sonnette de l'entrée. Faisant signe d'éteindre le phonographe, j'allai ouvrir. Et découvris Orville Pickett sur le perron, un bouquet à la main.

— Pour vous, dit-il.

Stupéfaite, je pris les fleurs.

— Merci, Mr. Pickett.

— Je vous souhaite un très joyeux anniversaire.

Curieuses, les autres sortaient de la salle à manger, encore essoufflées, les joues rosies par la danse, débraillées et heureuses. Orville Pickett les dévora des yeux.

Consciente de ma blouse de travers, j'étais sur le point de remercier Orville et de fermer la porte lorsque Sadie ajouta son grain de sel :

— Pourtant, ce n'est pas votre anniversaire.

Je me hâtai d'assurer le contraire. Mais Orville Pickett avait la sensibilité exacerbée de ceux dont on se moque souvent, et il plissa les yeux.

— Vous disiez qu'il y aurait une fête…

— Le Bal des filles de joie, rétorqua Sadie. Nous allons danser, Mr. Pickett ! « That Scandalous Rag ». « Everybody's Doing It ». « The Syncopated Boogie Boo ». Regardez donc. On ne sait jamais ce que vous verrez.

Je lui tendis le bouquet.

— Pourriez-vous l'emporter à la cuisine, Sadie ? Merci.

Elle s'éloigna dans le couloir, trop lentement à mon goût, les autres s'écartant sur son passage.

Arrivée à la porte, elle tourna la tête et planta son regard droit dans celui d'Orville Pickett, puis, d'un coup de pied en arrière qui souleva sa jupe, laissa entrevoir un mollet dodu gainé par un bas noir avant de disparaître à l'intérieur.

— Je suis navrée, Mr. Pickett.

Je pensai au comportement de Sadie, mais, sous le regard intense d'Orville, je fus gênée de ma propre conduite.

— Je suis vraiment navrée.

Et je fermai la porte.

***

Ce soir-là, la Duchesse et ses compagnes partirent travailler pendant que les vertueux partisans de Mrs. Pickett jouaient les sentinelles à l'extérieur. Non sans soulagement, je constatai qu'il n'y avait pas trace de Bill Danvers et que ceux qui montaient la garde ne pourraient doucher l'animation qui vibrait à travers tout le refuge. Par déférence envers mon oncle, un calme relatif fut préservé jusqu'à ce qu'on entende ses pas dans l'escalier, le grincement de la porte et le claquement métallique des verrous. Alors l'une des pensionnaires descendit en trombe mettre un disque pendant que plusieurs autres se précipitaient sur des chaises, prêtes à être pomponnées pour le bal. « The Frog Legs Rag » résonnait tandis que je les coiffais tour à tour. Cela prit plus longtemps que je n'espérais, car j'avais perdu mon assistante. Sadie était introuvable. Je n'avais pas mâché mes mots quant à son attitude, après l'incident avec Mr. Pickett, et apparemment elle boudait toujours.

Lorsque tout fut prêt, selon la tradition les dames descendirent l'escalier l'une après l'autre. Des applaudissements et des bravos saluaient chacune d'elles pendant qu'elle défilait. La salle, remise en ordre après notre accès passager d'agitation, faisait plaisir à voir. Berthe avait préparé des canapés et du punch, et les chaises étaient disposées sur le pourtour de la pièce. Chaque année, c'était pareil : certaines préféraient rester patiemment assises en attendant d'être invitées, tandis que d'autres prenaient la piste d'assaut avec un joyeux abandon dès la première note. Les plus enthousiastes parvenaient généralement à faire danser les plus timides. Parfois, le rituel de l'invitation, du refus ou de l'acceptation ressemblait à un jeu de séduction.

Berthe ne dansa pas, mais je le fis pour deux. Pendant une heure, je me livrai aux joies du fox-trot, de la polka et de la valse. Enfin, hors d'haleine, je m'écartai en bénissant Otelia Brooks, où qu'elle fût, d'avoir persuadé mon oncle d'autoriser ce cotillon. Mais alors que je me réjouissais du bonheur des pensionnaires, je m'aperçus qu'il en manquait une.

— Où est Sadie ?

Frappées par mon inquiétude, les femmes s'arrêtèrent net. Elle ne serait jamais montée, pensai-je. Tout le monde était en bas, et Sadie détestait rester seule. Néanmoins, j'envoyai Sal vérifier.

— Elle a encore fugué, prédit Berthe d'un ton sombre.

Je partageais ses craintes, qui se confirmèrent quand Sal cria du premier étage :

— Elle n'est pas en haut !

J'allai dans le vestibule et décrochai mon manteau de la patère.

— Restez toutes ici. Je vais la chercher.

En un clin d'œil, Berthe m'avait rejointe et enfilait son paletot usé.

— Tu ne vas pas affronter seule cette sorcière de Pickett et son lourdaud de fils !

Dès que nous dévalâmes les marches glacées, j'eus une vague sensation de vide. La brigade de la vertu avait résolu de se coucher de bonne heure : aucune clameur ne vint nous humilier, aucune hymne fervente ne s'enfla à notre vue. Par cette nuit brumeuse, il était difficile de distinguer ne fût-ce que l'autre côté de la rue.

— Où crois-tu qu'elle aille, quand elle part ? demandai-je à Berthe.

— Chez celui qui la battait, à mon avis.

— Ils n'habitaient pas dans Allen, près du parc ?

— Si. Mais tu ne peux pas te dresser entre eux. Ce gars-là est dangereux, même si elle est trop naïve pour s'en rendre compte.

— Je ne crois pas qu'elle soit partie depuis longtemps. On peut essayer de la rattraper.

Je pris la direction de Jefferson, Berthe sur mes talons.

Après avoir dépassé quelques pâtés d'immeubles, elle demanda :

— Et si elle est avec lui ? Qu'est-ce que tu diras ?

— Sadie pense qu'elle peut avoir à la fois le refuge et Joe. Je lui expliquerai qu'elle doit faire un choix.

— Elle fera le mauvais, telle que je la connais.

Je tournai la tête vers elle pour lui répondre et c'est alors que je les remarquai. Des jambes. Sous les jupes relevées, des jambes pâles, sans défense, sans vie.

Elle gisait dans une allée déserte à l'arrière d'une fabrique. À moitié dans l'ombre, la partie inférieure du corps exposée à la lumière de la rue. Au début, la folle pensée me traversa qu'elle n'était peut-être qu'évanouie, même si la position des jambes, pareilles à celles d'une poupée de chiffon, me disait le contraire.

Je sus que c'était Sadie Ellis à ses chaussures, des bottines en cuir éculées avec lesquelles elle avait dansé plus tôt. Une main sur le ventre, la tête détournée, elle ressemblait à une enfant tombée de sommeil à force de fatigue. Mais, oh ! son visage… Elle avait été… taillée à vif, et dans la lumière incertaine des réverbères, elle semblait ne pas avoir de figure du tout, rien qu'une masse de peau éclatée et de cheveux baignés de sang.

Elle a dû souffrir, pensai-je confusément. *À chaque coupure, à chaque entaille. Comment a-t-il pu commettre une horreur pareille ?* Ce n'était pas un meurtre, cela ; c'était une boucherie.

En fixant à nouveau les bottines, j'eus l'impression que quelque chose clochait. Un curieux manque de symétrie. Tout d'un coup, je compris : un bas noir avait disparu, les lacets du soulier étaient défaits et le soulier lui-même pendait au bout du pied. Berthe gémissait derrière moi. Ses pleurs devinrent des cris inarticulés, puis des mots : « Police ! Appelez la police ! Au meurtre ! »

Mon oncle trouvait que Sadie était jeune, qu'il lui fallait du temps pour décider de son avenir. Elle avait passé son dernier jour sur terre à le guetter, cet avenir, en regardant par la fenêtre. Et sa dernière heure à courir dans la rue à sa rencontre. Je me la représentais : pouffant de rire du tour pendable qu'elle nous jouait, relevant ses jupes pour trotter plus vite, vérifiant d'un coup d'œil qu'elle n'était pas suivie. À un moment, elle l'avait vu, là, dans la rue, son Joe. Son avenir.

Et maintenant, la jeune fille naïve qui aimait tant rire et danser était morte. Le visage taillé en pièces, abandonnée dans une allée où des inconnus la trouveraient et se demanderaient qui elle avait été.

CHAPITRE III

Les policiers vinrent bel et bien. Mais les journalistes les devancèrent. Et tous furent pris de vitesse par les badauds, poussés par une curiosité morbide et prompts à juger. Folle de chagrin, Berthe les tenait à distance tandis que je restais plantée en travers de la ruelle, bras écartés, en une tentative dérisoire de procurer à la pauvre Sadie un semblant d'intimité.

— Qui est-ce ? cria une femme.

Sa question fut suivie de près par « Vous savez comment elle s'appelle ? » et « Qui a fait ça ? ».

— Rentrez chez vous, leur dis-je. Il fait froid. Vous ne pouvez rien pour elle.

Cela en convainquit quelques-uns de s'éloigner. Cependant, une nouvelle voix s'éleva dans le brouillard :

— C'était une des vôtres ?

— Comment ? fis-je, décontenancée.

Un homme entra d'un pas traînant dans le maigre cercle de lumière du réverbère. Il était doté d'un physique imposant : les boutonnières de son pardessus crasseux se tendaient sur son ventre, tout comme l'étoffe des manches sur ses bras épais. Ses cheveux et ses poils étaient blonds, son visage rougi par le froid ou par l'alcool. Un coup d'œil à sa main droite tirant un calepin de sa poche m'apprit qu'il s'agissait d'un reporter.

— De chez vous. Au refuge, précisa-t-il.

— C'était une amie. Pouvez-vous reculer, je vous prie ?

— Vous la connaissiez comment, cette amie ?

Il marmonnait avec indolence ; il découvrirait tout, tôt ou tard. Ses petits yeux acérés en donnaient l'assurance.

— Nous avions une sympathie commune pour les gens bien élevés. Reculez, j'ai dit !

Je m'étais crue trop lasse pour me mettre en colère. J'avais eu tort.

Sur ces entrefaites, quelqu'un cria :

— Regardez qui voilà !

Les policiers. Une tension monta dans la foule à leur approche. En remarquant Mrs. Pickett qui marchait derrière eux, je me crispai à mon tour.

Clémentine Pickett était petite, apparence trompeuse pour une femme qui savait aussi bien imposer silence à une foule que la rendre hystérique. Des yeux gris très écartés dominaient sa physionomie, au-dessus d'un nez étroit et d'une bouche fine et pâle semblable à une griffure. Elle portait un manteau d'une terne nuance vert olive et, sur ses boucles grises, un chapeau choisi pour son côté pratique. Elle n'était pas venue en ce monde pour sourire, rire, manger ou s'amuser. Sa mission était de scruter et de juger toute indignité. J'aurais aimé qu'elle fût sotte, cependant il n'en était rien. Elle était intelligente, au contraire, capable d'argumenter avec vivacité en montrant un savoir qui ne se cantonnait pas à la Bible. Bref, formidable. Sa présence était loin de me réjouir.

D'un pas leste, elle fendit la foule. La vue de Sadie

la fit s'arrêter net. Étouffant un cri, elle porta des mains tremblantes à ses joues. Puis elle ferma les yeux et murmura une prière.

— S'il vous plaît, demandai-je aux policiers, dites à ces gens de rentrer chez eux. Ils n'ont rien à faire ici. Nous connaissions cette femme…

— Nous aussi, nous la connaissions, rétorqua Mrs. Pickett, prenant les autres à témoin. Et nous savions ce qu'elle faisait.

Se sentant défendue, la foule gronda pour marquer son soutien. Je fis signe à Berthe de monter la garde devant Sadie avant de m'approcher de l'agent qui paraissait le plus âgé. La moustache grisonnante et les joues flasques, il pressait son estomac comme s'il peinait à reprendre son souffle. On ne pouvait pas dire qu'il semblait de taille à gérer la situation. Il m'accorda néanmoins son attention, se présentant comme l'officier Nolan.

— Mon nom est Jane Prescott. Mon oncle est le révérend Tewin Prescott. Il dirige le refuge Gorm…

— Un lieu de perdition, coupa Mrs. Pickett.

— Vous, la ferme ! jeta Berthe.

Le journaliste expliqua d'une voix traînante :

— Il dirige un refuge où les prostituées peuvent dormir dans un lit sans l'utiliser professionnellement. Du moins, à ce qu'on m'a dit.

Le plus jeune des policiers intervint :

— C'était une des filles du révérend ?

— Elle vivait au refuge. Elle n'était pas « sa fille », rectifiai-je. Ni celle de personne.

Le policier plus âgé montra l'allée d'un signe de tête et son partenaire s'en approcha tout en se tenant à distance respectueuse de Berthe. Je sus à quel moment exact il avait posé son regard sur Sadie, car il se plaqua la main sur la bouche et recula.

— Que faisait-elle dehors ? interrogea le journaliste. Avec cette bruine glacée, ce n'est pas une nuit idéale pour une promenade.

Je levai les yeux vers les bâtiments environnants. Pourquoi cela s'était-il passé ici ? On trouvait peu de maisons dans ce quartier, surtout des usines et des entrepôts. Je contemplai les vastes fenêtres sombres. En cette basse saison, les lieux n'étaient pas occupés la nuit. Je sentis des effluves ferreux sous une âcre odeur de désinfectant. Il y avait un abattoir à proximité. Personne ne s'étonnerait de voir du sang sur la chaussée.

Mais pourquoi s'être donné rendez-vous dans le Bowery, à plusieurs blocs d'immeubles de chez eux ?

Il n'y avait pas de bars dans les parages. Peut-être que, privé des revenus de Sadie, Joe avait perdu leur chambre. La Pension municipale était située en haut de la ville, dans la 25e Rue. Pour y loger, il fallait travailler cinq heures par jour, à transporter des cailloux. J'imaginais mal Joe McInerny accepter ce genre d'emploi.

Il se pouvait aussi que, vu l'heure tardive, Sadie lui eût demandé de la retrouver près du refuge. C'était plus logique. Ils s'étaient rejoints dans le Bowery et avaient pris ensemble le chemin de la maison. Ils s'étaient disputés, la querelle avait pris un tour violent et Joe avait saisi sa chance en l'entraînant dans l'allée. J'observai le trottoir de la rue : pas de traînée sanglante. Sadie avait été assassinée là où elle gisait.

À moins qu'elle ne fût partie dans l'autre sens ? Elle avait refusé de rester avec Joe et il l'avait rattrapée ici ?

— Elle allait retrouver un homme ! s'écria Berthe, et son ton virulent laissait entendre que c'était la plus grave erreur qu'une femme pût commettre. Le salaud de bon à rien qui la rossait et la prostituait, et il l'a massacrée.

— Vous savez de qui elle parle ? me demanda l'officier Nolan.

— Oui. Et dès que vous aurez fait évacuer la foule, je vous le dirai.

Pendant que les policiers intimaient aux curieux l'ordre de se disperser, Mrs. Pickett lança :

— Demandez plutôt au révérend où il était cette nuit.

À ces mots, la foule ralentit. Des têtes se tournèrent. Je regardai fixement Mrs. Pickett, me demandant si elle avait perdu l'esprit.

— Vous savez très bien que mon oncle n'aura aucune information à apporter à ce sujet.

— Je ne sais rien de la sorte, répliqua-t-elle.

Sa calme certitude d'être dans le vrai me fit perdre mon sang-froid et j'avançai vers elle, les poings serrés. L'officier Nolan se plaça entre nous.

— Nous devrons nous entretenir avec le révérend, Miss Prescott.

— Mais il n'a rien à voir là-dedans !

Il désigna Sadie du menton.

— Vous-même avez dit qu'elle vivait chez lui.

— Au refuge. Et beaucoup de femmes avec eux.

— Beaucoup de femmes... répéta le jeune policier d'un ton lourd de sous-entendus.

Je remarquai avec plaisir le coup d'œil d'avertissement que lui lança Nolan.

— Celui que vous devez interroger, c'est Joe McInerny, insistai-je. C'est lui que Sadie allait rejoindre. Il lui avait déjà fait du mal. Il avait menacé de la tuer. Regardez le visage qu'elle a !

À l'évidence, l'officier n'était pas pressé de le faire.

— Allez l'examiner. Et ensuite, dites-moi que ce n'est pas l'œuvre d'un fou.

Ainsi mis au pied du mur, l'officier Nolan n'avait pas le choix. Il s'approcha du corps avec une lenteur prudente, faisant mine d'éviter le sang, et l'observa un long moment. Les mâchoires crispées, il saisit son collègue par l'épaule pour le renvoyer monter la garde. Puis il revint vers moi.

— Conduisez-moi à votre oncle.

Mon alarme grandit. En revanche, Mrs. Pickett paraissait satisfaite de cette demande.

— Et Joe McInerny ?

— Vous savez où il habite ?

— Dans Allen, près du parc. J'ignore l'adresse exacte.

— Votre oncle sera peut-être en mesure de nous l'apprendre. Allons-y, dit-il, me prenant par le bras.

Je me dégageai. Je voulais bien y aller, non y être traînée.

— Reste auprès de Sadie, recommandai-je à Berthe.

Sur le chemin du refuge, je répétai une prière : *Que mon oncle soit à la maison, que mon oncle soit à la maison, que mon oncle soit à la maison !* Je sentais, derrière moi, la présence de la foule menée par Mrs. Pickett. Tous suivaient à distance, comme s'ils retournaient chez eux ainsi que Nolan leur en avait donné l'ordre. Je savais toutefois que lorsque je m'arrêterais à la porte du refuge, ils en feraient autant. Du coin de l'œil, je tentai de deviner si Nolan l'avait compris, mais son expression était insondable.

Baissant la tête, je remarquai de légères traces rouges sur le trottoir. Il y avait du sang sur les semelles de mes chaussures ; j'avais dû m'approcher de trop près. Combien de temps, avant que les balayeurs commencent à nettoyer les rues ? Combien de temps, avant qu'on vienne chercher la dépouille de Sadie ? L'enterrement, il fallait penser à l'enterrement. Avait-elle de la famille pour s'en occuper ? Impossible de m'en souvenir.

Que mon oncle soit à la maison, par pitié, que mon oncle soit à la maison !

Il n'était pas à la maison. Je fus accueillie par Sal Karlsson, qui se détacha des autres, restées en bas dans l'attente des nouvelles. La coupe de punch et les assiettes étaient toujours là, ainsi que les décorations sur les murs. Mais le phonographe était silencieux, l'ambiance tendue et anxieuse.

Sal se mit à pleurer à l'instant où elle vit l'officier. À dix ans, en rentrant du travail, elle avait trouvé un attroupement devant chez elle. À ce moment-là, elle avait senti que ce n'était pas un malheur ordinaire, mais « quelque chose de vraiment dur, quelque chose dont on ne se remet pas ». La porte de son logis était ouverte, les voisins massés à l'intérieur. Tout le monde, disait-elle, était au mauvais endroit. Elle avait su avant qu'on le lui dise que sa mère était morte et son père arrêté.

L'officier Nolan demanda si le révérend était là, et les femmes secouèrent lentement la tête. Mon bras toujours autour de Sal, j'affirmai :

— Il ne tardera pas à rentrer, j'en suis sûre.

Les yeux de Nolan restaient fixés sur le groupe.

— L'une d'entre vous sait-elle où Miss Ellis se rendait ce soir ?

Elles échangèrent des coups d'œil, les traits dépourvus d'expression, les bras croisés. Répondre aux questions d'un policier n'était pas chose facile. Elles avaient trop souvent été piégées, incitées à compromettre des amis ou des amants, voire arrêtées pour avoir fourni à un policier un service dont, une fois l'affaire terminée, il se rappelait que c'était illégal. Les regards convergèrent sur Ruth Renehan, qui était un peu plus âgée et sûre d'elle. Elle fut choisie pour porte-parole.

— Je pense… nous avons toutes pensé… qu'elle était allée retrouver ce Joe dont elle parlait sans arrêt.

— Il s'agirait de Joe McInerny ? me demanda Nolan.

Je le confirmai, tout en me disant que ce triste sire devait d'ores et déjà être à mi-chemin du New Jersey.

Un tohu-bohu éclata au-dehors, la foule se mettant à vociférer. Comble du comble, Mrs. Pickett appela au calme. Puis mon oncle entra en disant :

— Jane, pourquoi cette porte n'est-elle pas verrouillée ?

Il remarqua alors Nolan.

— Officier.

Mon oncle avait pour habitude de ne jamais dire plus que le strict nécessaire. Il ne s'enquit pas de la raison de la présence de la police, puisqu'elle lui serait communiquée, ni de la façon dont il pouvait l'aider. De toute évidence, cela ne plut pas à Nolan, qui essaya de prendre l'ascendant.

— Êtes-vous le révérend Prescott ?

Mon oncle hocha la tête.

— Une jeune femme du nom de Sadie Ellis résidait-elle à cette adresse ?

Je crus voir vaciller une lueur d'inquiétude dans les yeux de mon oncle. Pour éviter que les femmes n'entendent les détails sordides, je proposai :

— Nous pourrions poursuivre cette conversation à l'étage. L'entrée n'est pas le lieu approprié.

Mon oncle parut soudain se rendre compte que toutes étaient là.

— Certainement. Voulez-vous monter, officier ?

Quand nous fûmes dans le bureau, porte close, j'expliquai :

— Sadie est morte, mon oncle. Elle est partie retrouver Joe McInerny et…

L'officier Nolan ne me laissa pas finir.

— Où étiez-vous ce soir, révérend ?

— Malheureusement, je ne peux pas répondre.

— Vous avez oublié ?

— J'ai une excellence mémoire, merci. En effet, j'aurais plutôt dû vous dire que je ne veux pas répondre.

L'officier lança un regard discret dans ma direction.

— Vous souhaitez ménager la sensibilité de votre nièce…

— Sa présence ne fait aucune différence pour moi.

Mon oncle n'était pas enclin au sentimentalisme, toutefois cette réflexion était abrupte, même de sa part. Il était furieux, compris-je Furieux d'être interrogé par la police, furieux que Sadie eût désobéi, furieux qu'elle fût morte. Ou furieux de ne pouvoir aller se coucher en dépit de l'heure tardive, allez savoir. En tout cas, il devait cesser ce manège. Si, en partant, je pouvais l'y aider, fort bien.

— Je m'en vais. Ainsi, vous discuterez à l'aise.

— De quoi ? interrogea mon oncle comme je quittais la pièce.

Berthe était revenue. Je la trouvai à la cuisine. Lumières éteintes, elle pétrissait de la pâte au clair de lune, la jetant avec une rage concentrée sur le plan de travail. Elle ne redressa pas la tête à mon entrée, mais renifla vigoureusement et passa ses poings sur ses yeux pour refouler les larmes. Je tirai une chaise et m'assis à table, les mains sur mes tempes. Mon Dieu ! Ce que McInerny avait fait subir à cette pauvre fille !

Quand avait-elle compris que l'homme sur lequel elle fondait tous ses espoirs allait la tuer ? Elle avait dit un jour qu'il y avait deux Joe, le gentil qui parlait avec douceur et lui achetait des cadeaux, et l'autre, avec qui il fallait faire attention. Celui qui grognait au moindre prétexte, lui flanquait des coups de poing et cognait encore plus fort quand elle criait « Non ». Sous peu, ils attraperaient Joe, le jetteraient en prison ou le feraient passer sur la chaise électrique, et toute cette histoire ne serait qu'un énorme gâchis.

La voix de Berthe, dans la pénombre, me fit tressaillir.

— Il parle à la police ?

— Je crois. Je l'espère. T'a-t-il dit où il allait ce soir ?

Une pause infime.

— Non.

Je pris une grande inspiration, les yeux rivés sur le bord de la table.

— Il n'a pas recommencé à traîner dans les rues, n'est-ce pas ?

Berthe se tourna vers moi, je pense, pour me parler. Mais l'officier Nolan toqua à la porte et entra. Ses yeux battus, ses épaules affaissées, toute sa contenance exprimaient la déception. Certains agents prenaient leur travail à la légère, sûrs que leur simple présence, qu'ils fussent ivres ou sobres, décourageait le crime. Mais pour qui ne pensait pas de même, le métier de policier était un crève-cœur.

— Voudriez-vous du café, officier ?

— Non.

Les bonnes manières appelant la pareille, il ajouta :

— Mais merci quand même.

— Mon oncle vous a appris où il était, j'espère. Chez Mrs. Emmeline Roberts, j'imagine, ou peut-être chez Mr...

Aucun nom ne me vint et je restai la bouche ouverte.

— Il s'y refuse.

L'officier prit place à table, jeta un coup d'œil à travers la vitre sur la foule toujours rassemblée au-dehors comme s'il appréhendait de devoir la traverser en partant.

— Joe McInerny, reprit-il. Que savez-vous de lui ?

— Pas grand-chose. Sadie n'a mentionné que les emplois qu'il avait perdus. Sur les docks, dans une usine et dans une tannerie, je crois. On dirait qu'il ne s'entend pas bien avec les autres.

L'officier émit un grommellement. Ce profil d'individu lui était familier.

— Elle disait que c'était plus logique qu'elle travaille, poursuivis-je. Que cela lui était plus facile qu'à Joe.

— Vous vous souvenez du nom des entreprises ?

— Non.

— Et lui, à quoi ressemble-t-il ?

Du regard, j'interrogeai Berthe.

— Petit, les yeux bleus, répondit cette dernière. Chauve. Des jambes arquées. Il fait penser à ces chiens de combat sur lesquels les gens font des paris.

— Carrie Biel, suggérai-je. Une amie de Sadie… Elle en saura peut-être davantage à son sujet.

— Elle est ici en ce moment ?

— Non, elle est partie il y a environ un an. Mais je pense pouvoir la trouver. Il le faudra. C'était une des rares personnes qui se souciaient de Sadie.

À l'idée de devoir apprendre à Carrie ce qui était arrivé à son amie, les larmes me revinrent aux yeux et ma gorge se serra.

— Joe McInerny menaçait de tuer Sadie parce qu'elle l'avait quitté. Vous auriez dû la voir quand elle est venue chez nous. Son visage…

J'avais failli dire qu'il l'avait déjà tailladée. Sous le coup de la fatigue, je confondais. Les traits tuméfiés et défigurés de Sadie, la plaie que je revoyais si clairement… n'étaient pas les siens. Ils appartenaient à un autre visage, il y avait bien longtemps.

Avant que j'aie pu décider si l'information méritait d'être partagée ou si ce n'était qu'une divagation due à l'épuisement, l'officier Nolan assura :

— Nous mettrons la main sur McInerny. Dites quand même à votre oncle qu'il aura à rendre compte de ses allées et venues.

Il montra la fenêtre d'un air entendu, et je compris. Ces gens qui s'étaient souciés comme d'une guigne de Sadie, de son vivant, réclamaient son meurtrier. Et ils haïssaient mon oncle. Un dangereux mélange d'émotions. Plus vite la police retrouverait McInerny, plus vite nous serions débarrassés de cette meute.

J'accompagnai l'officier Nolan jusqu'à la porte et le fis sortir. En verrouillant derrière lui, j'entendis des clameurs d'indignation. Fichue police, toujours en retard et bonne à rien. On laissait des dégénérés, des criminels et des fauteurs de troubles rôder parmi eux parce qu'ils étaient pauvres et ne comptaient pas. Et leurs filles, qui les protégerait ? Et leurs maris ? Qui nettoierait leurs rues du vice et des putains ? N'avaient-ils pas le droit de vivre décemment ? Et comment le pouvaient-ils, si la ville repoussait le crime et l'ordure dans leur quartier ?

Je sursautai au bruit de verre brisé. Quelqu'un avait lancé une bouteille. Un choc sourd, quelque chose atterrissant contre la porte, puis le fracas d'une seconde bouteille volant en éclats. J'entendis l'officier Nolan ordonner aux gens de rentrer chez eux et j'attendis, le cœur battant à tout rompre. La voix de Mrs. Picket claironna :

— Braves gens, il ne nous appartient pas de rendre

justice nous-mêmes. Laissons la police accomplir sa tâche. La nôtre consistera à nous assurer qu'elle le fasse.

Sur cette injonction de sa meneuse, la foule commença à se disperser. Les cognements de mon cœur s'apaisèrent et je trouvai le courage d'aller vérifier que la porte était fermée à double tour. Avant de monter me coucher, je m'attardai dans l'escalier pour me remémorer la joie d'à peine quelques heures plus tôt. Et pour me rappeler Sadie. Mes yeux se posèrent sur le tapis fatigué du vestibule, et je m'efforçai de ne plus penser à rien.

Les tapis sont de merveilleux objets. On peut se perdre interminablement dans leur contemplation. Tous ces entrelacs et ces motifs, même dans un vieux tapis aux couleurs fanées et à la laine usée par endroits jusqu'à la trame. Comme ce coin, là-bas, où l'on posait le pied en entrant. Plus plat, plus sombre, imprégné de la poussière de tant de souliers…

Mais ce n'était pas de la poussière, cette ombre qui s'étalait à partir du centre élimé. C'était du sang. Une tache ancienne. Lavée à maintes reprises, mais jamais effacée.

Le sang d'Otelia Brooks.

CHAPITRE IV

J'avais onze ans la nuit où elle arriva au refuge. Elle s'annonça en tambourinant à la porte avec frénésie. Je n'étais pas autorisée à ouvrir, la nuit ; personne n'en avait le droit, sauf mon oncle et Berthe. Mais mon oncle était sorti et Berthe souffrait d'un rhume de cerveau. Les autres femmes étaient en haut. Sans personne pour m'en empêcher, je veillais. J'étais assise dans l'escalier, en train de me demander combien de marches à la fois je pourrais sauter, quand les coups résonnèrent.

Je levai les yeux vers l'étage, certaine que quelqu'un surgirait, mais personne ne réagit. Une autre série de coups retentit, plus pressante cette fois. À travers le rideau, je vis une femme à la peau foncée, appuyée d'une main au chambranle pour ne pas tomber. Son visage était tailladé et le sang ruisselait de sa joue, imprégnant le col de sa blouse et son manteau râpé. Elle baissait la tête et ses épaules se soulevaient au rythme de son souffle précipité. Bouleversée, j'hésitai pourtant. Mon oncle m'avait prévenue que, parfois, les hommes usaient de stratagèmes pour entrer en utilisant des femmes comme appâts.

Un coup, plus faible. Un « S'il vous plaît… » épuisé.

Tirant le verrou, j'entrebâillai la porte. La femme

fronça les sourcils, soit qu'elle fût surprise par mon âge, soit qu'elle tentât de concentrer son regard malgré la douleur. La lumière tombait sur sa plaie, trop terrible pour ne pas être vraie, et j'ouvris la porte toute grande en lui soufflant de se dépêcher d'entrer. Elle obéit, vacillant sur ses pieds. Elle s'efforçait de ne toucher à rien, mais, à un moment, elle dut se retenir au mur, sur lequel elle laissa une empreinte sanglante. Je restai plantée, ébahie et dépassée, puis je me rappelai de verrouiller la porte.

Le temps que je me retourne, elle s'était évanouie.

On appela une infirmière qui éprouvait de la sympathie envers la mission de mon oncle. On m'ordonna de quitter la pièce. Mais j'entendis les cris étouffés et je vis les points de suture malhabiles, après.

— Plus aucun Blanc ne voudra d'elle, maintenant, déclara Rosa Lengler, dont la vie au refuge n'avait pas émoussé la méchanceté.

Plusieurs des pensionnaires acquiescèrent. Les Noires, pensaient-elles, c'était mauvais pour les affaires et elles ne voulaient pas de celle-ci dans un endroit qu'elles considéraient comme le leur.

Mon oncle tenait à la tranquillité. Il y avait trop de monde au refuge pour accueillir celles qui succombaient à la drogue ou à la folie. On ne tolérait aucune perturbation, et les femmes exprimèrent l'opinion bien tranchée que l'arrivée d'Otelia Brooks en constituait une. Elles ne la mettraient pas dehors tant qu'elle était malade. Elles n'étaient pas des sans-cœur. Mais dès que ses jambes pourraient la porter, elle déguerpirait.

En réfléchissant à ce qu'il fallait faire, j'étais tiraillée entre deux opinions. Une partie de moi comprenait les femmes ; cette nouvelle arrivée était… perturbante. Différente. Et cela faisait bizarre d'avoir Otelia ici. On eût dit que quelque chose devrait nécessairement changer si elle restait, même si je n'aurais su dire quoi. L'autre en moi ne pouvait oublier son regard lorsqu'elle luttait pour conserver sa dignité, alors qu'elle souffrait et perdait du sang. Comment se sentirait-on en ordonnant à une telle personne de partir ? Petit. Très, très petit.

— Elle n'a qu'à dormir dans mon lit, proposai-je à mon oncle.

Mon lit, m'expliqua-t-il, était séparé de son bureau par un rideau. Ce n'était pas convenable qu'une femme y dorme. Pour l'heure, les résidentes devraient s'accommoder de la situation.

Deux jours plus tard, comme je descendais l'escalier, je la trouvai occupée à récurer le tapis. Je me sentis accablée de remords : l'entretien des sols m'incombait et je le lui fis savoir.

Elle leva les yeux vers moi.

— Descendez et faites-le, alors.

À quatre pattes, je posai la brosse sur le tapis et commençai à presser. Mais j'étais distraite par les points de suture, un fil noir au tracé maladroit qui s'entrecroisait sur son visage de l'oreille à la mâchoire. Et par l'espoir qu'elle en dise plus long.

— Ce n'est pas joli, reconnut-elle.

— Ça guérira.

Son regard rencontra le mien, me reprochant ma réflexion inconsidérée.

Je sentais qu'elle aurait préféré que je parte, mais, malgré mon envie de lui donner satisfaction, je restai et frottai tout en guettant l'occasion d'engager la conversation. Quand elle appuya deux doigts contre son front et grimaça, je montrai ma sollicitude :

— Vous avez mal à la tête ? Mon oncle a du cognac dans son armoire à pharmacie.

— Je ne bois pas d'alcool.

Remarquant mes mouvements peu convaincus, elle dit d'une voix plus douce :

— Vous ne faites qu'enfoncer davantage. Là, comme ça…

Elle prit la brosse et me montra comment ramollir et liquéfier la tache, puis ramener les saletés vers le centre avant de tout rincer dans le seau d'eau. Je l'imitai, avec de bien meilleurs résultats.

J'ignore pourquoi mon oncle décida qu'Otelia Brooks pouvait rester. Il ne fournit jamais de raison, ni à moi ni à Rosa Lengler quand elle exigea une explication. Peut-être pensait-il qu'aucune raison particulière n'était nécessaire.

Les femmes qui vivaient au refuge avaient souvent les nerfs à fleur de peau ; elles cherchaient la moindre occasion de se chamailler, de se vexer, de se bagarrer, autant pour prouver leur autorité que pour se calmer. Miss Brooks était différente à cet égard. Alliées ou ennemies n'importaient pas à ses yeux. Le jour où elle s'assit dans la classe, ses voisines changèrent ostensiblement de place. Otelia Brooks ne les remarqua pas, pas plus qu'elle ne prêta attention à moi quand je me glissai sur la chaise libre à côté d'elle. J'aimerais prétendre que j'étais poussée par ma conscience. En réalité, Otelia Brooks me fascinait. Elle m'avait dit que je m'y prenais mal, puis m'avait montré comment nettoyer correctement. Sa bonne opinion se méritait.

Nous peinions ensemble sur les pleins et les déliés. Elle n'avait en revanche nul besoin du cours de couture tant ses points étaient petits et précis. Elle le suivait pourtant et cousait souvent après la leçon. En l'espace d'une semaine, les ourlets de tous les rideaux furent réparés, mes jupes rallongées, les robes raccommodées.

Tout ce qui pouvait être amélioré à l'aide d'une aiguillée de fil passait entre ses mains.

— Vous n'y êtes pas obligée, lui dis-je, étonnée qu'on pût s'ingénier à faire plus que sa part.

— Je sais. Mais ça m'aide à continuer mon chemin.

Je n'avais jamais entendu parler d'un tel chemin. Je mourais d'envie de savoir par où passait le sien, où il avait commencé, où il menait. Mais Otelia n'était pas facile à interroger. D'une part, elle ne tenait pas en place, toujours à battre les tapis, à ramasser les assiettes, à travailler dans l'atelier de couture jusqu'à ce que nous écartions les tables pour installer les lits. Un jour, je la trouvai très agitée. Elle déambulait dans le salon en se tordant les mains, comme si elle cherchait quelque chose en vain. Elle s'assit près de la fenêtre et se balança, les mains entre les genoux. Puis elle se leva et entreprit de draper les rideaux de sorte que leur tombé soit harmonieux.

Si l'on voulait être en sa compagnie, il fallait se rendre utile, aussi m'y employais-je. Elle s'était chargée de la blanchisserie, et je tenais le panier de draps mouillés pendant qu'elle les accrochait sur la corde dans le jardin. Tentant de l'inciter à parler, je fis remarquer :

— J'aime bien votre accent.

Elle sourit, un peu incrédule.

— C'est celui du Mississippi.

— Vous venez de là-bas ?

Elle acquiesça d'un hochement du menton.

— Vous allez y retourner ?

Elle hésita, puis secoua la tête.

— J'ai apporté ici tout ce qui comptait pour moi.

Et elle l'avait perdu – c'était clair, vu sa présence au refuge. Intimidée par tant d'adversité, je proposai le plan qui, du haut de mes onze ans, me semblait le plus sensé :

— Vous pourriez vous marier.

Elle aurait une maison et des enfants. Moi, je jouerais avec les petits et je continuerais à l'aider avec la lessive.

— J'ai été mariée, répondit-elle sans me regarder.

J'en eus le souffle coupé. J'avais oublié une vérité première connue de tous au refuge : ce n'était pas parce qu'un homme vous avait passé la bague au doigt – ou promis de le faire – que vous étiez en sécurité. Voulant réparer ma bévue, je balbutiai :

— Et il vous a fait ça.

Elle se figea, puis jeta délibérément les pinces à linge par terre avant de me fixer.

— Vous croyez que mon mari m'a fait ça ?

Je reculai, consciente que je m'étais trompée, mais sûre de rien hormis cela.

— Je vais être très claire avec vous. C'était un Blanc. Et il l'a fait très lentement. Vous savez pourquoi ? Parce qu'il aimait ça. Et ce n'était que la première entaille. Il comptait prendre son temps. Je le sais, pour la bonne raison qu'il me l'a dit. Il a dit ces mots en me crachant à la figure son haleine, ses postillons. Et au cas où vous vous demanderiez pourquoi mon mari ne l'en a pas empêché, c'est parce qu'il est mort. Vous êtes une gamine intelligente, je vous laisse imaginer ce qui lui est arrivé.

La honte, pareille à de la bile, toute la journée. J'en goûtais l'amertume dans ma gorge, je la sentais remuer dans mon ventre, aigre et paralysante. Je tentais de la refouler, de me dire que je ne pouvais pas deviner, que c'était juste une erreur, qu'elle n'avait pas à se mettre autant en colère. Surtout contre moi. Ce n'était pas ma faute. Puisqu'elle détestait tant le refuge, elle n'avait qu'à partir. Peu importait le fait qu'elle n'eût jamais dit qu'elle détestait cet endroit, bien que les autres femmes lui en aient donné toutes les raisons du monde.

Ce soir-là, mon oncle me reprocha ma mauvaise humeur. Je faillis me plaindre. Puis je compris qu'il ne prêterait aucune attention à mes jérémiades. Et qu'elles n'en méritaient pas.

Le lendemain, je trouvai Otelia assise, seule, dans une classe. Les paumes à plat sur le pupitre devant elle, elle restait immobile. Elle respirait profondément, retenait son souffle, puis expirait. Un instant, elle leva les mains : elles tremblaient. Les reposant, elle reprit une inspiration, ferma les paupières, souffla. Puis elle ouvrit les yeux.

Sur la table devant elle, il y avait des morceaux de feutre, une aiguille et du fil, et un saladier renversé. Elle entreprit de disposer le feutre autour du récipient, l'étira et le plia tant et si bien qu'il commença à prendre forme.

Du seuil, je demandai :

— Vous faites un chapeau ?

Elle ne répondit pas tout de suite et je crus qu'elle était encore fâchée contre moi. Mais elle soupira :

— Allez savoir. Est-ce que ça ressemble à un chapeau, d'après vous ?

J'entrai, fermai la porte.

— Ça pourrait.

— Dans ma tête, c'en est un. Le feutre n'est pas d'accord.

Je savais ce que c'était que de se battre contre un tissu, de vouloir qu'il soit propre ou raccommodé et de le sentir résister.

— Il est trop vieux. Du neuf vous écouterait.

— Ah oui ? dit-elle en souriant. Bon, nous n'en avons pas de neuf, alors voyons voir si je peux convaincre ce vieux tissu de m'écouter. Miss Jane, pourriez-vous aller me chercher de la colle ?

Je lui en apportai et m'assis pour l'observer pendant qu'elle façonnait soigneusement le feutre. Quand elle eut besoin d'un ruban, je proposai le mien. Il était élimé et pas assez large, mais nous permit d'imaginer ce que cela donnerait. Des chutes de tissu, ramassées par terre, étoffèrent la silhouette du couvre-chef. Otelia, délaissant les ornements traditionnels, ajouta des détails pour l'embellir à différents endroits. Il en résulta un chapeau tel que je n'en avais jamais vu. Une ébauche nimbée de promesse, quoique biscornue.

Écartant ses mains, Otelia Brooks me consulta du regard :

— Peut-être ?

— À mon avis, ce sera merveilleux.

Elle se détendit et un petit sourire naquit sur ses lèvres.

— Miss Jane, puis-je vous poser une question ? Portez-vous toujours vos cheveux en tresse ?

— C'est la seule coiffure que je sais faire, avouai-je avec embarras.

— J'ai pris votre ruban. Et si je vous coiffais, en échange ?

Ravie, je courus chercher ma brosse à l'étage et m'assis sur un tabouret en face de sa chaise. Je l'entendis murmurer « Bon, et maintenant… » tandis qu'elle défaisait ma natte.

— Ce sont de très jolis cheveux, Miss Jane. Il faut qu'on les voie. Il faudra aussi vous laver le cou, parce que nous allons le montrer. Un vrai col de cygne. Vous avez déjà vu un cygne ?

Je fis non de la tête.

— Oh ! il faudra que vous en voyiez un, un jour. Pour l'heure…

Elle commença à brosser, maintenant ses doigts vigoureux sur ma tête. Elle parlait, en partie à moi mais surtout à elle-même, d'une voix basse et concentrée qui accompagnait ses gestes. J'étais comme les points sur l'étoffe pendant la classe de couture, comme les rideaux et les chapeaux : un moyen de ne pas rester désœuvrée. De continuer son chemin. Bercée par sa voix, par le contact de ses doigts dans mes cheveux tandis qu'elle rassemblait les mèches, les enroulait en boucles de-ci de-là, je rêvais tout éveillée. Je ne saurais dire combien de temps s'écoula avant que les deux mains se posent brièvement sur mes épaules et que j'entende :

— Trouvons une glace.

Il y avait eu des miroirs à foison dans cette maison lorsqu'elle servait de bordel, mais mon oncle en avait retiré la plupart. Il en restait un dans le couloir qui menait au petit salon à l'avant, et une fois devant, je ne me reconnus pas. J'avais toujours pensé que j'avais un visage terne, du genre que l'on voit derrière un manche à balai. Des traits qui remplissaient leur fonction, sans plus. Grâce à Otelia Brooks, j'avais l'air non seulement… mignonne, ce mot stupide…, mais j'étais devenue quelqu'un. C'était comme d'ouvrir un vieux coffre oublié à la cave pendant des années et de découvrir un trésor à l'intérieur.

— Vous avez perdu votre langue ? Vous vous trouvez belle à ce point ? me taquina-t-elle. Oui, je dois dire que vous êtes jolie. Ce qui vous manque, ce sont des pendants d'oreilles. Vous demanderez à votre oncle de vous en acheter quand vous aurez seize ans. Mais pas avant. Vous savez…

— Qu'est-ce que vous fabriquez ?

Saisie, je me retournai et vis Rosa Lengler à la porte. Une seconde plus tard, j'étais écartée brutalement du miroir.

— Ne la touchez pas !

— Je ne crois pas l'avoir fait, répliqua Miss Brooks.

D'autres femmes accoururent, attirées par les éclats de voix. Je me tenais entre Rosa et Miss Brooks, perdue.

— Elle m'a coiffée… tentai-je d'expliquer.

— Vous devriez montrer plus de jugeote ! me rabroua Rosa. Elle est sale.

À ces mots, Miss Brooks laissa échapper un petit rire. Une gifle claqua. Miss Brooks se figea. À la lueur qui brillait dans ses yeux, je sus que Rosa avait intérêt à abandonner. Cependant, Rosa leva à nouveau la main. Miss Brooks la lui attrapa et lui abaissa le bras d'un coup sec en le tordant si fort que Rosa poussa un cri.

— Tu veux réessayer ? lui murmura Miss Brooks à l'oreille. Tu t'imagines que c'est comme ça que ça marche ?

Elle tira violemment le bras en arrière et Rosa se plia en deux en grognant une insulte ordurière. Les lèvres de Miss Brooks se contractèrent en un rictus amer.

Rosa se dégagea et poussa Miss Brooks. Au bord de l'exaspération, celle-ci la poussa à son tour. De rage, Rosa se mit à lui balancer des coups de poing. Les autres criaient, je criais aussi, je ne me rappelle pas quoi. Ce dont je me souviens, c'est que, quand Berthe mit fin à la bagarre et les envoya l'une après l'autre chez mon oncle, j'avais l'impression que c'était ma faute. Et que mon oncle devait en être informé.

Je montai à son bureau et trouvai porte close. M'approchant autant que je l'osais, j'entendis sa voix à lui :

— Que devrais-je faire, Miss Brooks, d'après vous ?

Si une réponse vint, je ne l'entendis pas.

— C'est toujours mieux de parler franchement.

— Vous croyez ? répliqua Miss Brooks.

On percevait un soupçon d'impatience dans son intonation, et je sentis la surprise de mon oncle quand il affirma :

— Oui, bien sûr… S'il vous plaît, ajouta-t-il après une fraction de seconde.

Elle soupira.

— Que comptez-vous faire ici, révérend ? De cet endroit ?

— J'aurais cru que vous le saviez, puisque vous y êtes.

— Je suis venue parce que j'avais besoin de sécurité. Et j'avais entendu dire que vous aidiez les femmes.

Une pause.

— Croyez-vous que vous réussissez ? À les aider ?

— Apparemment, vous pensez le contraire.

— Les travaux de couture, c'est bien dans une certaine mesure. Mais vous devez leur apprendre la valeur de l'argent. Vous partez de l'idée que ces femmes travailleront pour les autres, or pourquoi ne pourraient-elles pas avoir leur propre affaire ? Certaines l'ont déjà fait avant. Ne vous méprenez pas, j'apprécie ce que vous leur apportez. Toutefois, vous les aidez à être blanchisseuses, couturières, alors qu'elles pourraient être plus que ça. Quelques-unes, en tout cas. Je pense, aussi, que vous devriez leur lâcher la bride.

— Leur lâcher la bride ?

— Je ne parle pas de les mettre dehors, mais de les laisser tranquilles. Vous les faites s'asseoir pour prier dès leur réveil. Ensuite, elles restent assises en classe toute la journée, à coudre ou à déchiffrer des lettres. Ensuite, il y a les corvées. L'après-midi, elles apprennent à parler et à écrire correctement. Et encore la prière avant le coucher. Toute la journée passée… à se contrôler. À se taire. À avoir peur de faire une bêtise. Vous ne vous en rendez pas compte, mais votre présence est parfois pesante.

Je souris.

— Pas étonnant qu'elles se poussent et se chamaillent pour un oui, pour un non, insista Miss Brooks.

— Les gens qui tentent de changer de vie ont besoin de rester occupés. J'aurais cru que vous seriez d'accord sur ce point.

— Je le suis. Malgré tout, elles ne peuvent pas passer la journée à s'en vouloir de ce qu'elles ont été tout en trimant pour devenir une autre qu'elles n'imaginent pas encore. Vous devez leur accorder un peu de liberté, de temps en temps. Sinon, toute cette énergie tourne au vinaigre, et ce n'est pas beau. Permettez-leur de sortir, de se promener. L'église organise des bals publics, laissez-les y aller.

— Il y a des hommes qui cherchent à retrouver certaines de ces femmes. Je les laisse sortir, elles aussi ?

Cette fois, ce fut Miss Brooks qui laissa la conversation retomber dans le silence.

— Celui qui vous a agressée, reprit mon oncle, vous seriez à même de l'identifier ?

Elle dut secouer la tête, car il enchaîna :

— Un individu pareil ne devrait pas rester en liberté.

— Non, convint-elle d'une voix tendue. Il aime faire du mal et j'ai peur qu'il ne continue. Pour autant, je serais incapable de dire qui c'est.

Revenant au sujet qui la préoccupait, elle suggéra :

— Vous savez, vous pourriez autoriser les femmes à danser ici, puisque vous ne voulez pas qu'elles sortent.

— Quoi, ici ?

— Pourquoi pas ? La salle à manger est assez grande. Vous avez un piano.

Tout en écoutant, je songeais que la voix de Miss Brooks avait bien changé depuis son arrivée. C'est à peine si on lui arrachait quelques monosyllabes, au début, et encore, celles-ci étaient abruptes, presque dures. Et voilà qu'en argumentant avec mon oncle, chose que personne n'osait jamais faire, elle semblait détendue. Presque comme si elle s'amusait.

— Un bal. Ici.

— Un bal, ici. Pensez un peu, le « Bal des filles perdues » !

Mon oncle dut la foudroyer des yeux, car elle se reprit :

— Très bien, appelez-le le… le « Cotillon des dames baptistes du Sud ». Appelez-le comme vous voudrez. Mais permettez à ces femmes de danser. Qu'elles se sentent belles et pleines d'espoir, et qu'elles se dérouillent les muscles en s'amusant au lieu de frapper et de griffer.

— À propos, que vais-je faire de Rosa Lengler ?

Je retins mon souffle.

Miss Brooks répondit :

— J'ai cru comprendre que les perturbatrices ne pouvaient pas rester.

— C'est exact.

— Eh bien, voilà.

Le lendemain, Rosa Lengler était partie. Et le premier Cotillon des dames baptistes du Sud se tint le mois suivant. Otelia Brooks coiffa plusieurs femmes pour l'occasion et je fus autorisée à l'aider. Cependant, je n'eus pas le droit d'assister au bal, mon oncle avait été formel sur ce point. De mon lit, j'écoutais les accords du piano, l'écho sonore des pas et les éclats de rire. Dans ma simplicité d'enfant, je me demandais si quelqu'un dansait avec Otelia et je craignis que non. Taraudée par l'idée que les autres la laissaient de côté, je décidai de remédier à la situation. Je descendis donc sur la pointe des pieds et inspectai le salon de la cage d'escalier. Je vis beaucoup de femmes joyeuses. Mais pas d'Otelia Brooks. Perplexe, je passai les classes en revue et la trouvai dans la salle de couture.

Comme la première fois, elle était assise, les yeux clos et les paumes à plat sur un pupitre. Au bruit de la porte, elle ouvrit les yeux.

— Attention, que votre oncle ne vous surprenne pas hors de votre lit !

J'attirai une chaise et m'assis. Inconsciemment, je l'imitai en posant moi aussi les mains sur la table. Un léger sourire aux lèvres, elle effleura brièvement mes doigts avec les siens et je compris que j'avais fait du bon travail en l'aidant.

— Où avez-vous appris à coiffer les cheveux ? demandai-je timidement.

— Ma mère m'a montré.

Ma première réaction fut la déception : je n'apprendrais jamais, alors, puisque je n'avais plus de mère. La seconde fut une suite d'interrogations. Comment la mère d'Otelia avait-elle appris à coiffer ? Qui avait-elle coiffé ? Comment avait-elle appris à Otelia à coiffer des cheveux différents des siens ? Le calcul n'était pas mon fort, mais je devinais l'âge d'Otelia et je me doutais qu'elle savait y faire même avec des cheveux comme les miens parce que sa mère avait… appartenu à des gens. J'avais dans ma tête des images de l'esclavage, tirées pour la plupart de vieux pamphlets conservés par les collègues abolitionnistes de mon oncle, mais ces images n'avaient rien à voir avec la femme assise en face de moi.

Je ne comprenais pas.

Je ne comprenais pas du tout.

Au cours des semaines qui suivirent, mon oncle invita au refuge le contremaître d'une conserverie et le propriétaire d'une brasserie. Il demanda à sa bienfaitrice, Mrs. Armslow, d'envoyer un de ses comptables pour parler affaires avec Miss Brooks. Purent-ils lui donner les informations qu'elle souhaitait ? Je l'ignore. Ce que je sais, c'est qu'elle partit cet été-là. Elle ne dit pas au revoir, mais je trouvai sur mon lit le chapeau qu'elle avait confectionné. Les vieux morceaux de feutre sombre avaient été astucieusement moulés en un charmant chapeau cloche, gansé de jaune pâle et orné d'un gros nœud blanc à l'arrière. À côté, elle avait laissé une note : *Il a écouté. Otelia Brooks.*

Des années plus tard, je demandai à mon oncle s'il savait où elle était ou ce qu'elle était devenue. Mais sitôt qu'elles franchissaient le seuil, les femmes quittaient leur passé et le refuge en faisait partie. En tout état de cause, l'Otelia Brooks que j'avais connue n'existait plus.

***

En m'endormant, j'avais savouré l'idée de ne pas avoir à me réveiller avant midi. Toutefois, le lendemain, je sentis une main sur mon bras, j'entendis les bavardages du matin accompagnés de l'odeur du café et je sus qu'il était encore tôt. En me retournant sur le dos, je vis Sal et poussai un gémissement.

— Désolée, miss, téléphone pour vous.

J'eus un éclair d'espoir que ce fût l'officier Nolan, qui appelait pour annoncer qu'ils avaient arrêté Joe McInerny. Je balançai mes jambes hors du lit.

— Un homme ?

— Une femme.

Cela ne pouvait pas être Anna, songeai-je en descendant l'escalier. Nous nous étions parlé récemment.

Je pris le combiné et m'apprêtais à demander qui c'était quand la voix de Louise Tyler me parvint :

— Jane, je suis tellement désolée ! Vraiment, tellement désolée… Je me sens terriblement coupable…

Louise Tyler était une femme qui s'excusait beaucoup, avec sincérité, et souvent à tort. Une fois, elle avait demandé pardon à un homme qui lui avait marché sur le pied ; à l'évidence, son pied à elle n'aurait pas dû se trouver là.

Par habitude, je répondis :

— Ce n'est pas grave, Mrs. Tyler.

— Si, mais je vais quand même vous le demander bien que je sache que ce sont vos vacances. Pourriez-vous venir tout de suite à Rutherford's ? Quelque chose d'épouvantable est arrivé.

CHAPITRE V

« Épouvantable » est un terme tout relatif. Une plaie peut être épouvantable, de même qu'une composition florale. Louise ne m'avait pas appelée d'urgence pour un problème de fleurs. Mais le pont de Brooklyn ne s'était pas écroulé non plus et, au début, j'eus peine à décider qui avait le plus besoin de moi : ma patronne affolée ou les femmes du refuge, sous le choc après le meurtre de Sadie. Auprès de mon oncle, elles étaient censées trouver la sécurité. Ayant eu la preuve du contraire, elles avaient de quoi être bouleversées.

Après le petit déjeuner, je fis part à mon oncle de la requête de Louise. Je n'étais pas obligée d'y aller ; je pouvais répondre que ma présence était requise ailleurs, si toutefois c'était le cas. Il se contenta de hausser les épaules en disant que j'utilisais mes congés comme bon me semblait.

Je résolus donc de répondre à l'appel de l'unique personne qui n'avait pas honte d'avouer qu'elle avait besoin de moi. Jusqu'à ce que l'officier Nolan nous donne des nouvelles, nous ne pouvions plus rien pour Sadie. Mon oncle était déterminé à ne pas modifier la routine d'un iota. Quant à moi, cela me ferait du bien de me changer les idées. Et j'aurais au moins le privilège de découvrir le célèbre grand magasin Rutherford's.

Dans le trolley qui me conduisait vers la 38e Rue, je me perdis dans mes pensées. Le foyer d'un homme était peut-être son palais, mais, pour une femme, c'était le seul endroit où elle se voyait promettre un certain degré de sécurité et d'autorité. Dans nombre d'esprits, s'aventurer au-dehors était, pour elle, une invite à la dégradation et à la violence, c'était s'exposer aux réalités sordides de l'existence. Dieu du ciel ! Dans ces conditions, à quoi servaient les domestiques ? Cet idéal était sans doute inaccessible à la plupart des femmes, toutefois l'impossibilité de se conformer à la norme ne les préservait pas pour autant des conséquences. Ainsi, les messieurs avaient toute latitude de se rendre au travail, de passer quelques heures au club, de flâner dans les rues, de prendre les transports, de dîner au restaurant, de… vivre, en somme. Les femmes, quant à elles, étaient plus sages en restant à la maison, à moins d'être escortées par un compagnon.

Et puis le premier grand magasin ouvrit ses portes, et les femmes disposèrent d'un endroit où aller qui, à tous égards, était le leur. Dans cet « éden sans Adam », comme Edward Filene surnommait son magasin de Boston, ces dames se promenaient à loisir, du moment qu'elles avaient de l'argent à dépenser.

Par ses dimensions comme par sa splendeur, Rutherford's surpassait tous les autres grands magasins. On n'y allait pas simplement pour faire des emplettes, car cela eût été vulgaire. Non, on y allait pour rêver. Franchir les portes en laiton et verre fumé vous transportait dans un palais digne du pays des merveilles. En descendant le tapis couleur prune orné du majestueux *R* argenté, j'avais l'impression d'entrer dans un monde enchanté empli de richesses : écharpes, gants, boucles d'oreilles, chaussures – et ce n'était que le rez-de-chaussée. Les chapeaux occupaient à eux seuls la moitié du premier étage. Des merveilles, des merveilles, des merveilles provenant des quatre coins du monde, et ô comme on convoitait toute cette magie.

Bien entendu, il y avait aussi des miroirs. Des petits sur chaque comptoir vitré afin qu'une cliente puisse juger de l'effet d'un achat potentiel, et des grands sur des pans de murs, encadrés de bois poli. Parce que la merveille la plus enchanteresse, la plus fascinante, chez Rutherford's, c'était la femme elle-même. Ou ce qu'elle était à même de devenir, avec un peu d'aide. Dotée des accessoires adéquats, une douairière pouvait se muer en tentatrice, une dactylo en Walkyrie, une servante en impératrice. L'air subtilement parfumé était animé par des rires argentins, des cris de ravissement et des encouragements enjôleurs.

— Oh ! Il vous la faut, elle vous va à la perfection !

— Ce n'est pas raisonnable, vraiment…

— Je ne vous laisserai pas partir sans elle, Aïda.

Le cadre somptueux était rendu encore plus agréable par l'impression de plaisir qui flottait dans l'air. Les femmes pouvaient passer des heures chez Rutherford's. Elles arrivaient le matin en vue d'un essayage, faisaient une pause-déjeuner à l'Orientale où l'on servait du thé et du champagne toute la journée, découvraient ensuite les nouveautés avant de restaurer leurs forces en dégustant un lapsang souchong avec une amie. Je cheminai parmi les clientes, regardant çà et là et soupirant sur une paire de gants que je ne mettrais jamais ou une montre élégante qui glisserait de mon poignet à l'instant où j'aurais à faire quelque chose de plus énergique que de saisir un petit-four. L'idée me vint que certaines de ces dames ne quittaient jamais le magasin. On pouvait difficilement les en blâmer. C'était un univers féminin. Les hommes actionnaient les ascenseurs et assuraient le service du restaurant à l'étage, mais ils étaient par ailleurs absents. À une exception notable : George Rutherford.

Rutherford's portait le nom de son créateur, le bien-aimé tyran de la mode. Souvent présent au magasin, celui-ci accueillait la clientèle, supervisait les vendeuses et offrait même parfois des conseils personnalisés aux amies de son épouse et aux autres habituées. Ces « petites conversations » étaient, disait-on, d'une honnêteté brutale, mais d'autant plus précieuses que George Rutherford ne laissait jamais partir une cliente vêtue d'une tenue qui ne lui seyait pas. Cette franchise qui, selon certains, frisait l'insensibilité constituait un changement revigorant pour les élégantes accoutumées aux flatteries outrancières. « C'est plus fort que moi. Quand je vois une dame prête à sortir alors qu'elle n'a aucune allure, je ne peux m'empêcher d'ouvrir ma bouche. Je viens de l'Ohio, où l'on accorde plus d'importance à la vérité qu'au tact », avait-il un jour déclaré en riant de lui-même. Ces consultations étaient presque entrées dans la légende, car les femmes les recevaient telle une marque de faveur particulière. « Il m'a dit que j'inclinais mal mon chapeau. » « Il m'a dit qu'à la place de mon mari il ne me laisserait jamais quitter la maison dans quelque chose d'aussi quelconque. » « Il m'a dit que le marron ne flattait pas mon teint, et il avait raison. » Car, bien entendu, il avait toujours raison. C'est pourquoi le concours Miss Rutherford's causait tant d'effervescence. George Rutherford examinerait des milliers de filles sans le sou et sélectionnerait les plus belles, qu'il ferait tourbillonner dans une nouvelle vie, toute de chance et de splendeur. J'accordais peu de crédit à la rumeur souvent répétée selon laquelle toutes les Miss Rutherford's avaient ensuite épousé des millionnaires, mais, même moi, j'aimais à penser que c'était vrai au moins pour quelques-unes.

Dans le hall, je remarquai deux jeunes femmes qui contemplaient avec espoir l'imposant escalier en colimaçon menant au deuxième étage. Elles attendaient sans doute que le grand Rutherford apparaisse et les déclare parfaites. Hélas ! ce matin-là, il n'était présent que sur son immense portrait à l'huile, accroché près du groupe d'ascenseurs.

L'une des parties les plus célèbres de Rutherford's était le Crystal Palace, une salle grandiose qui empruntait son nom au palais d'exposition construit à Hyde Park, à Londres. Situé au tout dernier étage, il s'enorgueillissait d'un magnifique plafond en verre fumé et en fer forgé. Les défilés de mode bisannuels se déroulaient là, évidemment. Mais il était surtout célèbre car c'était l'endroit où Miss Rutherford's était présentée au monde. Pendant les semaines précédant l'annonce, chacune des dix candidates, surnommées les « Beautés américaines », était photographiée et interviewée par les journaux locaux. Les représentants de la presse spéculaient à en perdre haleine sur les chances respectives des jeunes filles, et le public plaçait des paris sur les gagnantes probables. Selon l'opinion prédominante, la compétition se réduisait à Hattie Phipps, une standardiste de Sunnyside, et à Gertrude Walsh, qui était serveuse au Rector's, même si d'aucuns affirmaient qu'Eleanor Gosnell, dactylo, ravirait la couronne. Louise et moi avions fait un pari amical. Elle soutenait Gosnell, quant à moi j'avais misé sans hésiter sur une concurrente qui ne figurait pas parmi les favorites : Celeste Dwyer. Elle avait des yeux immenses, aimait le fox-trot et travaillait dans une usine de dentelle. L'issue, quelle qu'elle fût, serait connue une semaine plus tard, aussitôt après les « Scènes émouvantes de l'Émancipation ».

J'eus une pensée fugitive pour Sadie. Pas plus tard que la veille, elle s'était vantée de pouvoir battre Hattie Phipps et Gertrude Walsh sans plus d'apprêt qu'au saut du lit. Sur le coup, son arrogance m'avait irritée. Je me reprochais désormais mon peu d'indulgence.

Certains s'étaient demandé pourquoi les Rutherford avaient décidé d'associer les deux manifestations. Mrs. Rutherford avait confié au *Times* sa crainte que le concours Miss Rutherford's pût devenir superficiel. Afin de représenter dignement le magasin, une jeune fille se devait d'être belle aussi bien à l'intérieur qu'à l'extérieur. C'est pourquoi ils souhaitaient présenter ces demoiselles sous un jour plus sérieux : au fil du spectacle, chacune s'avancerait et réciterait l'un des amendements de la Déclaration des droits. Puis, en chœur, elles réciteraient le 13e amendement. Les uns applaudissaient cette noblesse de sentiments, les autres insinuaient en ricanant que Dolly Rutherford préférait tenir son mari à l'œil au milieu de cette nuée de frais tendrons.

Le Crystal Palace se trouvait au cinquième étage, ce qui me fournit l'occasion d'emprunter un des célèbres ascenseurs aux cloisons de marbre, de malachite et de jaspe rouge. Chaque groom était formé pour vous accueillir d'un « Bienvenue chez Rutherford's, miss », sur un ton admiratif mais parfaitement respectueux. Même si je savais que l'employé l'avait prononcé une centaine de fois durant l'heure écoulée, j'eus l'impression d'être la plus jolie fille qui fût jamais montée dans sa cabine. Quand nous arrivâmes tout en haut, il me souhaita une très agréable journée.

À peine entrée dans le Crystal Palace, je compris

qu'il faudrait plus que ses bons vœux pour m'assurer une belle journée. La couturière de Rutherford's, réquisitionnée pour confectionner les costumes du spectacle, avait laissé tout le monde en plan après avoir essuyé une remontrance de trop. L'événement qui avait provoqué cette catastrophe faisait l'objet de débats animés. Soit la couturière était incompétente, soit Mrs. Fortesque, qui interprétait John Wilkes Booth, avait forci. La seconde hypothèse étant impensable, la première s'imposait d'évidence, du moins pour tout le monde excepté pour la couturière. Dolly Rutherford lui avait reproché de lésiner sur l'étoffe. La couturière s'était demandé si, par hasard, Mrs. Rutherford n'avait pas la berlue. Mrs. Rutherford était allée jusqu'à l'accuser de vol. La couturière avait répliqué qu'il fallait avoir bien peu de goût pour voler des tissus aussi bas de gamme. Sa générosité étant ainsi mise en cause, Mrs. Rutherford avait renvoyé la couturière. Ou alors la couturière avait démissionné. Là encore, la chronologie des événements faisait débat. Le fin mot de l'histoire, c'est qu'ils n'avaient plus de couturière et que le costume de Mrs. Fortesque ne lui allait toujours pas.

Les autres problèmes ne manquaient pas. Mrs. Van Dormer n'aimait pas son châle. La moustache de Mrs. Fortesque la grattait. Les manches du pardessus de Louise semblaient coupées aux mesures du président Lincoln et le haut-de-forme improvisé était cabossé. Bref, il y avait beaucoup à faire.

Mais le Crystal Palace était à la hauteur de sa réputation, et j'avoue avoir eu un frisson en penchant la tête en arrière pour admirer la prodigieuse verrière. Une véritable scène était installée sur le côté, avec un piano à proximité. Quatre longues rangées de chaises s'alignaient de part et d'autre et des balcons accueillaient des sièges supplémentaires. Pendant le concours ou l'un des défilés de mode, les demoiselles feraient leurs débuts sur scène, prendraient de jolies poses, puis parcourraient l'allée afin d'être examinées de près. Comme il ne s'agissait que d'une répétition les tapis superbes et les compositions florales raffinées n'étaient pas encore en place. Mais ils le seraient, à coup sûr, une semaine plus tard. Quant aux candidates, la plupart d'entre elles exerçant un emploi, elles ne seraient convoquées pour répéter qu'à la toute fin.

À mon arrivée, Louise me relata les désastres qui s'étaient succédé ce matin-là. Certaines dames s'étaient présentées en retard et n'avaient pas voulu interrompre leurs bavardages lorsqu'on les en avait priées. (Mrs. Lonsdale et Mrs. Tallworthy étaient les principales coupables.) Des auditions avaient été organisées afin d'éliminer celles dont l'oreille était moins musicale. Plusieurs s'étaient vu recommander de faire semblant de prononcer les paroles. Parmi elles circulaient tout bas, à l'encontre de leurs compagnes choisies pour chanter, des accusations de favoritisme et de suffisance. Mr. Rutherford fulminait contre le décorateur. La Maison Blanche s'écroulait tout le temps et les rideaux bougeaient. De plus, le pianiste s'était éclipsé, ce qui faisait bouillir Mrs. Rutherford.

Enfin, Louise me montra d'un geste impuissant la salle pleine de dames mécontentes en train de se chamailler.

— Par où dois-je commencer ? demandai-je.

Elle se tourna d'abord vers Dolly Rutherford, qui, près du piano, continuait d'un air sombre à opérer le tri entre les chanteuses et les autres. Alors que s'élevaient les *la-la-la-la-la*, Louise porta son regard sur un homme de haute taille, dont les cheveux blonds commençaient à se clairsemer.

— Vous pourriez le demander à Mr. Rutherford.

Seule une timide comme Louise Tyler ne pouvait mesurer le défi que représentait le fait de s'adresser à un homme aussi puissant. À ses yeux, le monde était rempli de George Rutherford, impressionnants et impatients, qui rabrouaient quiconque leur faisait perdre leur temps. Sa belle-mère était un George Rutherford, tout comme Monsieur Lafitte, son professeur de français, et le serveur du salon de thé de l'hôtel Astor. Mais moi qui la poussais toujours à faire preuve de courage, je ne pouvais me montrer lâche en l'occurrence. Même si j'avais l'estomac noué à la perspective d'aborder cet arbitre de l'élégance connu pour son caractère intraitable.

— Très bien.

Le maître des lieux s'était campé sur la droite de la scène, dont le décor devrait convenir à la fois pour le spectacle sur l'Émancipation et pour la révélation au public de la nouvelle Miss. De loin, j'entendais déjà ses vitupérations contre le charpentier, qui n'en menait pas large. George Rutherford lui fit signe de le suivre et tous deux montèrent sur la scène. Je la longeai à quelque distance, espérant attirer l'attention. Rutherford se déplaça vers la gauche, j'allai à gauche. Il retourna vers la droite, je retournai à droite. Il se dirigea vers le fond, je m'aventurai plus près. Sans succès.

Lorsqu'il eut énuméré six éléments du décor qui étaient inacceptables, cinq grotesques, trois dangereux et deux de purs affronts à la décence, il descendit en coup de vent les marches situées sur la gauche de la scène. À ce moment-là, je n'eus d'autre choix que de me placer en travers de sa route et d'imposer ma présence à l'homme qui dictait à l'Amérique les canons féminins de la beauté. C'était, à New York, le grand prêtre de la mode et, comme tout prêtre, il avait une allure ascétique. Svelte, l'apparence soignée. Ses cheveux blonds grisonnants étaient coiffés de façon à masquer le manque de volume, sa peau était lisse, ses ongles impeccables et coupés court. À son approche, je sentis l'odeur discrète d'une eau de Cologne coûteuse.

Je fus accueillie par une question péremptoire :

— Pourquoi me barrez-vous le chemin ?

J'indiquai Mrs. Rutherford.

— On m'a dit…

— Qui êtes-vous ?

Je jouai de culot.

— Ça vous intéresse vraiment ?

— Non. Continuez.

— Les costumes.

— Un désastre.

— Je suis là pour les arranger.

Il me jaugea de la tête aux pieds Étais-je à la hauteur de la tâche ? Puis il aboya : « Allez-y ! » et passa son chemin.

Brutal, sans doute, mais il y avait chez lui quelque chose qui galvanisait et me rendit quasi prête à tout pour que le travail fût fait. Cette énergie gigantesque qui s'embarrassait peu de politesses était communicative. Grimpant sur scène, je criai :

— Mesdames ! Si vos costumes ont besoin de retouches…

Ma voix se perdit dans le brouhaha. Je vis que Louise s'efforçait d'inciter les femmes à écouter. J'avais au moins attiré l'attention du pianiste. Je tentai à nouveau ma chance :

— Mesdames ! Mesdames !

En vain.

Le musicien laissa planer ses mains au-dessus du clavier et les abattit avec force sur les graves ; un accord impérieux et sinistre résonna à travers la salle. Lorsque les regards stupéfaits se tournèrent vers lui, il me désigna d'un geste.

— Merci, lui dis-je. Mesdames, je suis là pour arranger les costumes…

En quelques minutes, j'eus devant moi une file interminable de réclamantes et plusieurs paniers pleins d'affaires. On me donna une chaise, derrière le piano, où je pourrais coudre et compatir avec les dames souhaitant des transformations.

Les costumes étant en suspens, Mrs. Rutherford décida de répéter le numéro final, sur le « Battle Hymn of the Republic[1] ». Comme elle incarnait l'épouse du Président assassiné, il fut décidé avec force – sans que l'on sût exactement par qui – que Mrs. Rutherford entamerait ce chant en solo. Les autres membres de la troupe uniraient ensuite leurs voix à la sienne tandis qu'elle s'agenouillerait devant Louise, qui s'élèverait dans les airs.

Bien qu'indubitablement émouvant, le « Battle Hymn » n'est pas un morceau facile. Certaines des nobles lignes de Julia Ward Howe n'ont aucun sens, or les mots dépourvus de sens sont difficiles à retenir. À cela s'ajoutait le fait que Mrs. Rutherford ne savait pas chanter, même les paroles dont elle se souvenait. Le pianiste grimaça lorsqu'elle dérapa sur « la foudre fatale de son terrible fer ». Il était un spectacle à lui tout seul. Il avait à peu près mon âge et n'était guère plus

1. Littéralement, « Hymne de bataille de la République », célèbre chant patriotique reprenant l'hymne chrétienne « Glory, Hallelujah ».

grand que moi, avec d'épais cheveux bruns aux boucles élastiques et de grands yeux marron sous des sourcils prononcés. Ses lèvres pleines contrastaient avec l'ossature fine de sa silhouette. Il frappait les touches très vite, instinctivement, avec un désespoir compréhensible. Maints d'entre nous cherchent à s'isoler de l'atmosphère environnante, mais lui se laissait parcourir par toutes les émotions dont elle était chargée – la tension, la comédie, l'embarras – et elles se reflétaient sur ses traits : dans les sourcils tressautant, les mâchoires serrées et les sourires crispés qui semblaient dire : « Allez, Mrs. Rutherford, vous avez presque réussi cette note ! Essayez encore, sait-on jamais… »

Il me rappelait l'époque où la maison de Newport de Mrs. Armslow était passée des lampes à gaz à l'éclairage électrique. En regardant l'ouvrier installer le câblage, j'étais nerveuse à l'idée que des fils de feu traverseraient les murs ; à coup sûr, la maison serait incendiée. Il m'expliqua que l'énergie passait par un commutateur, qui contrôlait le feu, lui permettant de donner de la lumière et du courant en toute sécurité. En écoutant l'énergie mal contenue qui explosait au contact des touches, je songeai que le jeune pianiste était un commutateur humain.

Mrs. Rutherford entra de nouveau en guerre avec les paroles et la musique s'arrêta. Le chœur, frustré d'être privé de son entrée, émit des suggestions. Peut-être, avança Mrs. Byrd, Mrs. Rutherford pouvait-elle garder le texte à la main ? Ou alors, quelqu'un pouvait brandir pour elle les couplets inscrits sur de grands panneaux ? À moins qu'une autre ne chante les premiers vers…

Après cette proposition sacrilège, la conversation dégénéra et il fut clair que personne ne chanterait avant un bon moment. La bataille s'était transposée sur scène. Le pianiste égrena les premières notes de l'hymne d'un seul doigt, puis plaqua tout exprès une série d'accords dissonants qui produisirent une cacophonie. Ses doigts voltigèrent alors sur les touches aiguës en imitant le ton cajoleur de Mrs. Byrd. Des arpèges graves et sombres firent écho aux réponses de plus en plus tendues de Mrs. Rutherford. Des sons désolés intervenaient au petit bonheur, comme les participantes qui s'efforçaient de jouer les médiatrices. *Intelligent*, pensai-je, et je souris au-dessus de mon ouvrage.

Quelques notes hésitantes menèrent à un ragtime plein d'entrain et d'assurance. Il était moins éblouissant que ceux de Mr. Joplin, mais je me surpris à marquer le rythme de la tête.

— Vous aimez ? demanda le pianiste.

— Oui. C'est de Mr. Berlin ?

— Pas du tout, dit-il d'un air vexé. C'est le « Pickle Barrel Rag » de Hirschfeld. Leo Hirschfeld, précisa-t-il, et je compris qu'il se présentait.

— Prescott, Jane Prescott.

— Laissez-moi deviner. Vous avez commis un crime abominable, mais les prisons étaient pleines à craquer, alors ils vous ont envoyée ici.

— Je travaille pour Mrs. Tyler.

Je fis un signe du menton en direction de Louise qui s'évertuait à préserver l'Union. Ses manches trop longues battaient avec désespoir tandis qu'elle essayait de capter l'attention de ces dames.

— Lincoln ? Je l'aime bien. Elle ne sait pas chanter et elle sait qu'elle ne sait pas. Elle articule juste les paroles en silence. Une humilité exceptionnelle.

— Exceptionnelle, en effet.

D'un dernier point, j'achevai la couture. Voilà ! Mrs. Fortesque pourrait respirer.

— Qu'est-ce qui vous amène ici ? demandai-je à mon tour.

— Ma mère. Elle travaille au rayon Lingerie. Personne ne vend les dessous comme Mrs. Ida Hirschfeld. Je vous y accompagnerai, un jour. Elle vous fera une remise.

J'eus l'impression que cette proposition avait été adressée à beaucoup de filles avant moi, mais il y avait quelque chose de joyeux et de franc dans sa façon de flirter qui rendait toute offense impossible. Son sourire semblait dire : *Je suis beau garçon, comme vous l'avez sûrement remarqué. Vous ne m'en voudrez pas si je remarque que vous êtes vous-même plutôt séduisante.*

— Cela n'explique toujours pas pourquoi l'illustre compositeur du « Pickle Barrel Rag » joue pour le spectacle de Mrs. Rutherford.

— Parce que, à ce jour, le « Pickle Barrel Rag » ne m'a pas rapporté dix *cents* et que ma mère s'inquiète. Alors chaque fois qu'un de ses clients organise une fête, elle dit : « Mon fils joue du piano. Vous devriez l'engager ! » Naturellement, quand la femme du patron cherche un pianiste, Ida Hirschfeld est trop heureuse de l'obliger.

— Pourquoi ne dégotez-vous pas un travail ? Comme ça, votre mère ne pourra plus louer vos services.

— J'ai un travail, merci. Et même plusieurs. Le dimanche, vous me trouverez au nickelodéon d'Union Square. Le lundi, je joue du piano pour un spectacle parce que leur musicien habituel n'a pas encore dessoûlé du week-end. Les mardi et jeudi, je passe des auditions pour un agent théâtral. Les mercredi et vendredi, je chante.

— Vous êtes artiste ?

— Non, serveur.

— Et le samedi ?

Les sourcils tressautèrent.

— Tout dépend de ce qui s'est passé le vendredi. Non, c'est le moment où j'écris. Vous verrez, un jour, mes chansons seront célèbres. J'aurai mon propre spectacle. Trois spectacles, rectifia-t-il en tapant sur les touches. Cinq. Tout Broadway ne sera qu'une grande production de Leo Hirschfeld. Et j'aurai un éditeur qui ne prend pas quatre-vingts pour cent.

Sur cette audacieuse prédiction, il enchaîna une cascade de notes, qui devinrent « The Peachtree Rag ». La chanson sur laquelle j'avais dansé avec Sadie et qui ramena à ma mémoire son compliment mêlé de surprise – *Dites donc, vous vous débrouillez bien !* Ce mouvement impudent du pied… et puis ses pauvres jambes sans vie.

Les lèvres tremblantes, je me concentrai sur ma couture. Au bout de quelques minutes, je levai les yeux en entendant une mélodie funèbre.

— Désolé, à voir votre expression, j'ai pensé que c'était plus assorti à votre humeur.

— Ce n'est pas ça…

— Non ? Vous êtes heureuse ?

Il joua les premières notes de « Ballin' the Jack ». Je souris légèrement.

— C'est mieux ? Et ça ?

Une version baroque de « Pop Goes the Weasel ». J'éclatai de rire.

— Ah ! je savais que vous étiez une femme aux goûts sophistiqués…

Quelques dames regardaient dans notre direction. J'avertis mon compagnon d'un signe. Dans un arpège, ses doigts attaquèrent un morceau d'une apaisante mièvrerie.

— Pourquoi êtes-vous triste ? murmura-t-il dès que les femmes retournèrent à leurs négociations.

Je pris le chemisier de Mrs. Unger, qui serait égayé par une bande de vermillon.

— Une de mes amies est morte la nuit dernière. Enfin, pas vraiment une amie, je ne l'aimais même pas beaucoup. Néanmoins elle ne méritait pas…

Je sentis une boule dans ma gorge au souvenir des traits défigurés de Sadie.

— La dernière fois que je l'ai vue, elle dansait sur cet air.

— Ah !…

Il ne plaisanta pas, et il me plut pour cela.

— Que s'est-il passé ?

— Elle a été assassinée par son…

Je ne savais comment définir Joe McInerny, alors je dis simplement :

— Une fin très cruelle.

Il fronçait les sourcils.

— Dans le Lower East Side ?

— Oui.

Il passa la main sous le banc du piano et récupéra un journal plié.

— Bien sûr, je l'ai lu ce matin. Un pasteur qui dirige une maison pour… euh, des dames d'une certaine profession… a poignardé l'une d'entre elles.

Pensant qu'il ne pouvait s'agir du même drame, je voulus prendre le journal, mais il l'écarta.

— C'est horrible. Il vaut mieux ne pas lire ça.

— C'est moi qui ai découvert le corps, Mr. Hirschfeld.

Je pense pouvoir supporter la vue de l'encre sur le papier.

À cet instant, Mrs. Rutherford exigea qu'on reprenne l'hymne. Leo me passa prestement le journal et commença à jouer, me laissant libre de lire.

UNE FEMME BRUTALEMENT ASSASSINÉE

Une jeune femme a été retrouvée, assassinée, dans une allée du Lower East Side après ce que la police décrit comme un meurtre particulièrement brutal et inhumain. Sadie Ellis, dix-huit ans, a été tailladée avec une telle sauvagerie que la cause exacte de sa mort est difficile à définir. Sa vue a fait pâlir des professionnels et soulevé le cœur d'un officier de police.

Les soupçons se sont d'abord portés sur un certain Joseph McInerny, que fréquentait Miss Ellis. Cependant, Mr. McInerny est incarcéré à la prison municipale depuis trois semaines. En apprenant la mort de Miss Ellis, Mr. McInerny a éclaté en sanglots et crié : « Qu'est-ce qu'il lui a fait ? Qu'est-ce qu'il lui a fait ? »

Je lus trois fois ces paragraphes. Les sanglots de Mr. McInerny avaient sans doute pour but d'enjoliver l'histoire – et qui diable était ce « il » ? –, mais même le *Herald* n'aurait pas mis un homme en prison à moins qu'il y fût vraiment. Ce qui voulait dire…

Je poursuivis ma lecture :

Miss Ellis vivait au refuge Gorman, où sont hébergées des femmes de petite vertu qui ont renoncé à leur vie honteuse. Dirigé par le révérend Tewin Prescott, le refuge est tristement célèbre dans le quartier, qui abrite désormais nombre de familles respectables. C'était autrefois un lieu mal famé, et certains soupçonnent que sa raison d'être n'a pas changé. Le révérend Prescott officiait auparavant à l'église Emmanuel. Sa hiérarchie s'est séparée de lui dans les années 1890, estimant que son intérêt pour les filles des rues outrepassait les limites de la décence. Hormis cela, on ignore quels liens existaient au juste entre Miss Ellis et le révérend Prescott.

Repliant le journal, je jetai un coup d'œil à la première page. Aucune signature, mais ce n'était pas le style de Michael Behan, et lui-même avait indiqué qu'il ne s'occupait plus d'affaires criminelles. Non, je savais qui répandait ces saletés. Le blond hirsute et bougon de la veille. Probablement avec une aide considérable de la part de Mrs. Clementine Pickett.

Je chuchotai :

— Mr. Hirschfeld, puis-je vous l'emprunter ?

Tête baissée, il murmura :

— Miss Prescott, en ce moment, vous avez l'air prête à m'envoyer au tapis et à enjamber mes entrailles avec grâce. Bien sûr, prenez le journal. Et ma chemise, si vous la voulez. Pantalon, chaussettes, sous-vêtements – les chaussures, j'aimerais les garder, et aussi mes dents. À part ça, Miss Prescott, servez-vous.

Il tourna presque imperceptiblement la tête.

— À une condition, toutefois : je vous emmène danser demain soir.

CHAPITRE VI

Dès que les répétitions furent terminées et que les dames se retirèrent à l'Orientale pour le thé de l'après-midi, je me rendis tout droit à Herald Square. J'avais déjà eu le plaisir de visiter les bureaux lorsque j'y avais accompagné Mabel, la jeune cousine de William. J'avais donc une idée de l'endroit où se trouvait la salle de rédaction. Cependant, un réceptionniste contrôlait l'accès dans le hall d'entrée. Je pouvais difficilement demander à voir le journaliste blond au visage rougeaud et à la tenue négligée, et je ne voulais pas mêler Michael Behan à cette affaire. La solution consista à prétendre d'un air pitoyable que je souhaitais déposer une demande d'emploi. Cela me permit de franchir ce premier barrage. De là, ma mémoire me guida jusqu'à la rédaction.

Par certains aspects, c'était une fabrique comme une autre : chaotique, bruyante, rien que le strict nécessaire à la productivité – horloges, calendriers et autres instruments de mesure du temps – et à l'exercice du travail lui-même. La salle était encombrée de longues tables et de chaises sans place bien définie, dont beaucoup étaient occupées par des reporters qui écrivaient à une vitesse fébrile. Certains préféraient composer leur histoire en faisant les cent pas, les poings sur les hanches, et se précipitaient de temps en temps vers leur table pour griffonner ou taper. Aucun ne semblait avoir de bureau attitré ni même en vouloir un. Une chaise, une surface, une machine à écrire, cela suffisait. Quelques-uns ne travaillaient pas du tout : ils ronflaient, le chapeau sur la figure pour avoir la paix.

C'était un endroit sans femmes. Les rares représentantes de la gent féminine n'y étaient pas admises. Et comme je n'étais pas censée me trouver là, on eût dit que je n'existais pas. Personne ne m'accordait un mot ni même un regard. Tous étaient absorbés par leurs préoccupations, ce qui contrecarrait mes plans.

Enfin, un homme prit conscience de cette anomalie. Plusieurs jetèrent un coup d'œil sur moi, puis échangèrent des mimiques interrogatives. Finalement, d'une chaise toute proche, un brun à la calvitie naissante daigna m'adresser la parole :

— Vous cherchez le standard téléphonique, miss ?

— Non, je cherche…

J'avais commencé sans bien savoir comment finir. Montrant mon journal, je repris :

— Je cherche celui qui…

Mon regard se posa sur lui. C'était l'un des ronfleurs, mais sa tignasse blonde dépassait du bord de son chapeau et ses mains grasses reposaient sur sa bedaine. J'étais venue dans l'intention d'en appeler à la raison. Toute pensée rationnelle s'évapora à la vue de cet homme qui dormait, placide, vautré sur son siège.

— Lui ! achevai-je en pointant le journal dans sa direction tout en fonçant sur lui. Voilà qui je cherche !

Une femme en colère déchaînait l'hilarité, dans ce monde-là : des plaisanteries fusèrent, des avertissements (« Elle en a après toi, Harry ! », « Elle a pas l'air contente, Harry, tire-toi dare-dare ! »), des paris frénétiques sur les bosses à venir. Ce tapage réveilla le journaliste, qui dégringola de sa chaise au milieu d'une explosion de rires. Il regarda dans ma direction, me reconnut confusément et recula à la façon d'une araignée battant en retraite, mais se trouva piégé par un enchevêtrement de chaises. Des hommes tentèrent de me barrer le passage, plus par taquinerie que par solidarité, et j'eus conscience d'un « Allons, miss, du calme… ». Mais j'avais un journal roulé dans la main et je comptais en faire bon usage avant que Harry n'arrive à se relever.

J'étais assez près pour frapper quand je me sentis attrapée par la taille et soulevée de terre. D'instinct, je balançai mon coude en arrière, provoquant un juron : j'avais fait mouche. La tentative suivante fut plus énergique, et je fus emmenée de force jusqu'au couloir et déposée sur un banc. Devant moi, Michael Behan se frictionnait les côtes en grimaçant. J'eus la tentation de m'excuser, décidai de n'en rien faire et voulus me lever.

Il tendit la main, tressaillant de douleur.

— Attendez !

— Non.

Je me dirigeais vers la porte quand il lança :

— Vous voulez être le sujet de son prochain papier ?

J'hésitai.

— Vous voulez qu'il raconte que Mrs. William Tyler emploie une furie qui agresse les gens sur leur lieu de travail et dont l'oncle tient un bordel ?

— Ce n'est pas…

— C'est ça que vous voulez ?

— Non.

— Alors, calmez-vous.

Il avait raison. Je savais qu'il avait raison. Je me

rassis, les mains à plat sur le banc, les yeux fixés sur le mur d'en face. Quand je me sentis capable de maîtriser ma rage, je demandai :

— Comment s'appelle-t-il ?

— Harry Knowles.

Aucun dédain dans sa voix.

— Il est de vos amis ?

— C'est un alcoolique philosophe et guetté par la cirrhose du foie. Mais il a ses bons jours.

J'étranglai le journal entre mes doigts.

— Celui où il a écrit ces saletés n'en était pas un.

— A-t-il prétendu quelque chose d'inexact ? Ou de mensonger ?

— Bien sûr que oui ! Mon oncle est le seul homme qui ait jamais tenté d'aider Sadie Ellis. Et il ne dirige pas un bordel.

— L'article se borne à mentionner que certaines personnes en doutent.

— Clémentine Pickett. Naturellement, cela vient d'elle ! D'accord, je vais parler à Mr. Knowles. Lui parler et rien d'autre.

J'esquissai un mouvement pour me lever. Behan me retint à nouveau d'un geste de main.

— Vous accusiez McInerny, non ?

— Si. Il avait déjà fait du mal à Sadie. Il menaçait de la tuer. Et elle allait le rejoindre…

— Vous avez aussi laissé entendre que votre oncle était à la maison cette nuit-là.

— Il est rentré à peine quelques minutes après nous.

— Vous vous rendez compte de l'impression que cela peut donner ?

L'impression que j'accusais quelqu'un et mentais sur l'endroit où se trouvait mon oncle parce que je pensais que c'était lui, le coupable. Oui, je m'en rendais compte. Et cela ne me plaisait pas.

Voyant qu'il marquait un point, Behan se radoucit.

— Vous pensez qu'on en veut à votre oncle ?

— Mrs. Pickett et sa brigade de la vertu. Ces gens-là passent leurs journées devant le refuge, à harceler tous ceux qui en franchissent le seuil. Elle veut qu'il disparaisse du quartier, c'est donc dans son intérêt d'accuser mon oncle de meurtre.

— Et elle a une brigade. Vous, qu'avez-vous dans votre manche ?

— La vérité. La morne et plate vérité.

Behan croisa les bras.

— Parfait. Exposez-moi la morne et plate vérité : où était votre oncle la nuit dernière ?

Je me tordis les doigts.

— Je ne sais pas. Il refuse de me le dire. Et à la police aussi.

Behan fit claquer sa langue avec tristesse.

— Les autorités ne voient pas d'un bon œil les gens qui les envoient sur les roses quand on a trouvé un cadavre dans la rue. Il devait bien être quelque part. Votre quartier n'est pas de ceux où un monsieur d'un certain âge aurait envie de se balader la nuit.

— La plupart d'entre eux, non.

Je pesai le pour et le contre. Confier cette partie-là du passé de mon oncle, c'était miser sur la loyauté du Michael Behan qui n'était pas journaliste – en supposant qu'une telle personne existait.

— Ce n'est pas un sujet pour Harry Knowles. Ni pour vous.

— Compris.

— Dans le temps, mon oncle officiait à l'église presbytérienne Emmanuel. Sa hiérarchie s'est séparée de lui, comme le dit l'article. La raison pour laquelle on a exigé son départ était qu'il traînait dans les rues. La nuit. Il se rendait dans des quartiers et parlait à des femmes qui, de l'avis de certains, n'étaient pas convenables pour un membre du clergé. Quand ses supérieurs lui ont réclamé des explications, il a dit qu'on ne pouvait attendre que ces femmes viennent à l'église, et que par conséquent l'église devait aller à elles.

— Cela se défend.

— Mais ensuite, ils ont proposé qu'un autre ecclésiastique l'accompagne. Ils prétendaient qu'ils s'inquiétaient pour sa sécurité, alors qu'en fait ils voulaient juste s'assurer qu'il ne… qu'il faisait bien ce qu'il disait.

— Comment a-t-il réagi ?

— Il a dit non. Assez violemment. Il a parlé de sa mission auprès de ces femmes en des termes qui étaient, d'après ce que j'ai entendu dire, perturbants. Assez perturbants aux yeux de sa hiérarchie, en tout cas, pour le jeter dehors.

— Je vois.

Michael Behan aimait faire montre d'éloquence. Cette réserve de sa part m'accabla. Sur la défensive, j'argumentai :

— Il était beaucoup plus jeune à l'époque, plus têtu, plus… Cela fait des années qu'il ne sort plus la nuit. Les femmes viennent au refuge de leur propre chef ou sont envoyées par un policier progressiste. Mon oncle n'a pas besoin de…

Consciente que mes propos n'avançaient à rien, je levai les bras au ciel.

— Il était chez un collègue, j'en suis sûre. Il ne donnera pas de nom parce qu'il tient à sa vie privée et déteste être interrogé. Il a horreur de ça. Il ne veut pas ennuyer ses amis en envoyant la police chez eux.

Ce qui est compréhensible. Je ne vois même pas pourquoi nous en discutons. C'est ridicule, mon oncle serait incapable de…

Emportée par ce flot verbal, je ne savais plus quels méfaits je soutenais que mon oncle n'avait pu commettre.

— Enfin, vous vous doutez bien qu'il ne ferait de mal à personne !

Était-ce une fausse impression ou avait-il hésité avant d'acquiescer ?

— Je m'en doute parce que vous l'affirmez et que je suis enclin à me fier à vous. Si j'y étais moins enclin, je m'interrogerais sur les motivations d'un homme qui vit seul avec une vingtaine de femmes dont aucune ne lui paie de loyer. Je me demanderais quel effet ça lui fait. J'éprouverais un certain scepticisme à l'idée qu'on puisse être d'une telle intégrité. Désolé.

J'aurais voulu éprouver de la colère, mais Michael Behan ne faisait que résumer le point de vue des lecteurs du *Herald*. Ces interrogations, ces ondes de méfiance qui surgissent lorsque nous rencontrons quelqu'un dont la générosité est pour nous tout bonnement inconcevable. Pour nous préserver, nous y flairons un intérêt personnel : *En réalité, il n'est pas si charitable que ça. Ce n'est qu'une façade. De l'orgueil. De l'arrogance. Ou pis.*

Peut-être pour me remonter le moral, il me tapota le coude.

— Une arme impressionnante. Vous avez causé des dégâts.

— Pas trop graves, quand même ?

Il baissa les yeux vers ses côtes.

— Une contusion, tout du moins. Il va falloir que j'invente une histoire pour la justifier. Une agression par des truands ou des chefs de partis politiques. Quelque chose d'un peu plus digne que la réalité.

— Vous n'aviez qu'à me laisser tranquille.

— Frapper un ivrogne sur son crâne déjà douloureux, en voilà une jolie façon de mettre la presse de votre côté !

« De mon côté ». Ces mots résonnèrent en moi et je compris que c'était ce que j'attendais de Michael Behan. En dehors de toute logique, puisque la criminalité n'était plus son domaine.

— Expliquez-moi quelque chose, continua-t-il. Vous disiez que Sadie Ellis s'était sauvée pour rejoindre McInerny.

— C'est bien ça.

— Mais McInerny est sous les verrous.

— Elle ne le savait peut-être pas Ils n'habitaient pas loin du refuge, elle allait sans doute chez eux…

Je me rendis aussitôt compte de mon erreur. D'après Berthe, les escapades de Sadie survenaient depuis des semaines. Or, tout ce temps, Joe McInerny avait été en prison.

Où avait-elle bien pu aller ?

Behan réfléchissait toujours à voix haute :

— La pauvre Sadie courait retrouver l'élu de son cœur, mais, en chemin, elle est tombée sur un meurtrier…

Non, pensai-je, *Sadie allait rejoindre quelqu'un d'autre.* Cependant je me gardai d'en informer Michael Behan. Pas alors qu'il pensait que Harry Knowles avait ses bons jours.

— Et les femmes du refuge ? s'enquit-il. L'une d'elles a-t-elle eu affaire à un client difficile ?

— Il se serait vengé de Sadie parce qu'elle avait repoussé ses avances ?

— Ça ne serait pas la première fois.

Je secouai la tête.

— J'ai vu dans quel état elle était. Après. Son agresseur ne voulait pas seulement la tuer. Il voulait la faire souffrir. La marquer. Il…

Il l'a fait très lentement. Vous savez pourquoi ? Parce qu'il aimait ça. Cette profonde voix du Sud qui faisait paraître toutes les autres impatientes et expéditives. Cette peau sombre fendue, le rouge sur la blancheur de l'os…

— Il aimait ça.

— Alors, à votre place, je demanderais aux dames si elles ne connaîtraient pas un homme de ce genre. À moins, bien sûr, que ce ne soit votre cas. J'espère sincèrement que non.

Il me fallait mettre un terme à cette conversation avant qu'il devienne évident que je ne lui livrais pas le fond de ma pensée. Je me levai.

— Le Lower East Side est un quartier populeux. J'ai intérêt à entamer mes recherches au plus vite, si je veux trouver la trace de cet individu.

— Et si j'objectais qu'attirer l'attention d'un criminel qui inflige ce genre de traitement aux jeunes femmes risque d'être… malavisé ?

— Je ne vous écouterais pas. Mais merci pour votre sollicitude, Mr. Behan.

***

Sur le chemin du retour, je songeai à l'étrangeté de notre cerveau. Nous l'abritons sous notre crâne. Nous tâchons au mieux de l'emplir de connaissances, de le protéger des coups. Quand il s'ennuie, nous cherchons à le distraire. Quand il est las, nous lui accordons du repos, dans la mesure du possible. En retour, il devrait se concentrer sur les idées auxquelles nous désirons penser et ignorer celles que nous préférons éviter.

Et pourtant, mon cerveau revenait inlassablement à la même question : Pourquoi Sadie avait-elle quitté le refuge ?

Joe McInerny était en prison depuis des semaines. Une fois, deux fois, elle aurait pu caresser l'espoir de le revoir. Mais, tôt ou tard, un voisin lui aurait annoncé la nouvelle. Sadie aimait Joe en dépit de tout. Cependant, elle ne manquait pas de sens pratique, à sa façon. Elle n'aurait pas perdu son temps pour un homme dont il n'y avait rien à espérer avant des mois, voire des années. Elle n'avait pas d'argent pour aller danser, ni famille ni amis pour lui en donner à part Carrie Biel, qui l'aurait renvoyée au refuge sur-le-champ. Certes, elle aurait pu en gagner…

Non, la vérité s'imposait avec insistance : Sadie allait retrouver un homme. Et cet homme-là n'était pas Joe. Sans l'ombre d'un doute, quelqu'un lui aurait parlé de l'arrestation. Joe et Sadie étaient sûrement peu appréciés dans leur immeuble à cause de leurs disputes et de leurs affaires. On se serait attendu à ce que Sadie revienne en larmes après l'avoir appris, or, selon Berthe, elle était de bonne humeur. Plus malicieuse et égocentrique que jamais. Certes, elle s'ennuyait parce que les autres l'évitaient, mais l'arrestation de son homme lui aurait offert l'occasion de reconquérir leur attention. Elle n'en avait pas profité, ce qui signifiait qu'elle était passée à autre chose.

Qui Sadie rencontrait-elle ? Son futur assassin ? Elle avait peu d'opportunités de lier de nouvelles connaissances en dehors du refuge. C'était forcément…

Mes raisonnements s'interrompirent quand je tournai au coin de la rue et vis la brigade de la vertu. Ses rangs avaient grossi depuis le meurtre. Il y avait, outre Orville Pickett, Mrs. Hilquit et Miss Cobb, plusieurs nouveaux venus que je ne connaissais pas. L'un d'eux tenait dans son poing un exemplaire du *Herald*. Machinalement, je regardai le trottoir opposé. La Duchesse et sa cour étaient bien là. Loin de se livrer à leurs parades habituelles, elles restaient immobiles, les bras croisés, à surveiller la brigade. La Duchesse gardait une main sur sa cuisse, où, selon la rumeur, elle conservait un couteau à cran d'arrêt qu'elle appelait son « Testament ».

À l'arrière de la foule, Bill Danvers, les cheveux gominés, son cou maigre émergeant d'un col blanc comme neige, priait, ses yeux de renard braqués sur la porte du refuge. Venir pavoiser le lendemain du meurtre de Sadie était manquer du minimum de décence et, m'approchant d'Orville Pickett, je le lui dis tout net.

Montrant le refuge, Orville s'écria :

— La voilà, l'atteinte à la décence, Miss Prescott ! Juste là. Cette jeune femme est morte à cause de ce qui se passe dans cette maison et nous le savons tous.

— Bien parlé, Orville ! beugla Bill Danvers.

Et la foule, avide d'en découdre, brailla des encouragements avec cette véhémence qui feint de se nourrir du sentiment de sa propre rectitude, alors qu'elle n'a soif que de sang. Qu'ils utilisent la mort de Sadie comme un argument en leur faveur me mit en rage.

Je haussai le ton.

— Ce foyer est le seul endroit où Sadie Ellis était à l'abri du genre d'homme qui s'en est pris à elle hier soir. Vous le savez, Mr. Pickett. Tout au fond de votre cœur, je pense que vous le savez.

Un cri monta de l'arrière.

— Et qui était cet homme, Miss Prescott ? Vous vous le demandez ?

— Pas mon oncle.

Je venais de commettre une erreur. La foule réagit comme un taureau devant lequel on agite un chiffon rouge, grondant, vociférant. Orville m'interrogea :

— À combien d'hommes parlait-elle, ces temps derniers ? À un seul, que je sache !

La foule rugit son approbation. Je contre-attaquai :

— Ma foi, elle vous a parlé à vous, Mr. Pickett.

Orville n'avait pas anticipé cette réponse et il blêmit. Confortant mon avantage, je criai :

— Mais peut-être à vous aussi, Mr. Abrams ! Ou à Bill Danvers. Vous voyez, Mr. Pickett ? Je peux hurler des noms, moi aussi. La boue n'est pas chère, ça ne coûte rien de la jeter, n'importe qui peut le faire.

— Maintenant, c'est moi qu'elle accuse ! s'indigna Danvers. D'abord McInerny, maintenant moi !

Il n'en fallait pas davantage au groupe pour m'attribuer le mauvais rôle. Les accusations se mirent à pleuvoir : j'étais une idiote, une menteuse, une complice et pis encore. À cause de moi, un innocent avait été accusé. À cause de moi, ces filles faisaient confiance à mon oncle. À cause de moi, elles allaient avec lui. Une main me poussa. Une autre empoigna la manche de mon manteau. Paniquée, je libérai mon bras d'une secousse, sentis une douleur fulgurante au crâne alors qu'on me tirait les cheveux. En me tournant pour me dégager, je vis Bill Danvers qui souriait, la main levée.

Des glapissements m'apprirent que la Duchesse et ses filles rejoignaient la mêlée. Les hommes furent écartés à coups de poing, les femmes poussées dans le caniveau. Frénétique, je cherchai l'entremetteuse des yeux, terrifiée à l'idée qu'elle ne fît des siennes avec son Testament. Orville criait : « Arrêtez ! Arrêtez ! » et me protégeait en plaçant sa carrure imposante entre la foule et moi.

Bouleversée par ce soudain déferlement de violence, je courus dans la mauvaise direction, non vers le refuge, mais vers le bas de la rue. Au bout de quelques instants, je me rendis compte qu'on me poursuivait.

— Miss Prescott… Miss Prescott…

Les appels étaient irréguliers, le souffle court, le ton… implorant. Je ralentis et tournai la tête. Derrière moi, Orville Pickett, plié en deux, tentait de reprendre haleine.

— Je suis… désolé, haleta-t-il.

— Vous vous prenez pour le Christ sauvant la femme adultère, je suppose ?

Toujours courbé, il agita l'index.

— Je ne prends pas votre parti, Miss Prescott. Simplement, je ne voulais pas que vous soyez victime de votre propre impudence.

— Mon impudence… !

Je serrai les dents et ravalai plusieurs réponses les unes après les autres.

— Mr. Pickett, je sais que, votre mère et vous, vous vous croyez investis d'une mission, mais il faut renvoyer ces gens chez eux. Les jets de bouteilles, de pierres, et maintenant ça, dis-je en montrant les mèches détachées de mon chignon tressé. Renvoyez-les chez eux avant que ça n'empire.

— Tout le monde a besoin d'entendre la parole du Seigneur, persista-t-il d'un air borné.

Ayant, en bon fils timoré qu'il était, répété comme un perroquet les paroles de sa mère, il se détourna pour rejoindre son groupe.

— Si vous avez un tant soit peu de décence, lui lançai-je, vous prierez pour l'âme de Sadie.

— Je me suis déjà souvenu d'elle dans mes prières.

Il retourna prendre place entre Mrs. Hilquit et Bill Danvers.

Berthe m'attendait à la porte, un balai à la main, Sal et Ruth derrière elle. Mon oncle avait ordonné que personne n'engage le combat avec les Pickett, mais, à l'évidence, elles étaient prêtes à enfreindre cette règle.

— On allait venir te chercher, déclara Berthe. Et puis le gros bêta t'a tirée de là.

— Où est mon oncle ?

— À l'étage. Il fait les comptes.

Je montai à son bureau, frappai, puis ouvris la porte sans attendre d'y être invitée.

Mes cheveux étaient défaits, la manche de mon manteau déchirée à l'épaule et ma jupe éclaboussée de boue.

Mon oncle ôta ses lunettes.

— Qui… ?

— As-tu lu le *Herald* ?

— Non.

— Joe McInnerny est incarcéré. Depuis des semaines.

Mon oncle ne réagit pas.

— Cela signifie qu'il n'a pas tué Sadie, insistai-je.

— Oui, j'avais compris.

— L'article fait mention du refuge. Et de toi en particulier.

— Jane…

— Les gens écoutent Mrs. Pickett.

— Dommage pour eux.

— Elle parle aux journalistes. Elle parle à la police, qui n'a pas de suspect pour le meurtre…

Je m'abstins de prononcer les mots « à part toi ».

— Que vas-tu faire ? demandai-je enfin.

— Pourquoi aurais-je à faire quoi que ce soit ?

— Dis à la police où tu étais la nuit du crime.

— Certainement pas, répliqua-t-il, ajoutant pour

couvrir mes protestations : Je ne vais pas étaler ma vie privée afin de contenter les commères et les affabulateurs. Qui ne me croiront pas, de toute façon.

Pendant plusieurs secondes, nous restâmes silencieux. Je pensai : *Au moins, dis-moi où tu étais cette nuit-là. Alors, je saurai que ce n'est rien d'inavouable.*

Mon oncle retourna à ses comptes. Mais je n'en avais pas fini avec mes questions.

— Puisque Joe McInerny était en prison, où Sadie allait-elle la nuit ? Pourquoi sortait-elle en cachette, si ce n'était pas pour le rejoindre ?

— Tu laisses entendre que je connais la réponse.

— Est-ce le cas ?

Mon oncle abattit sa main sur le bureau.

— Tu veux que je me lave de fausses accusations à mon encontre en portant de fausses accusations contre un autre. T'ai-je bien comprise ?

La tête encore douloureuse, je songeai : *Je voudrais que tu accuses Bill Danvers. Que tu dises à la police qu'il est dangereux. Que tu fasses quelque chose.*

— Je signalerai l'incident de cet après-midi, décida-t-il.

« Incident ». Un petit mot si propret. Même moi, je savais que trop de gens s'étaient trouvés là pour que la faute soit imputée à Bill Danvers. Les Pickett pourraient prétendre que la Duchesse ou l'une de ses filles m'avait tiré les cheveux. Ils n'admettraient jamais qu'un membre de leur groupe eût mal agi.

Je passai en revue toutes celles qui auraient pu voir Bill Danvers sous un jour différent, peut-être quand il était ce « client difficile » dont Michael Behan avait parlé. Moi. Sadie…

Il l'a fait très lentement.

— Tu te souviens de la nuit où Otelia Brooks est arrivée chez nous ?

Surpris par ce changement apparent de conversation, mon oncle répondit :

— Naturellement.

Puis il devina où je voulais en venir et secoua la tête.

— Tu ne trouves pas ça curieux ?

— Cela remonte à des années.

— Elle s'était un peu confiée à moi. L'homme qui l'avait agressée… il prenait plaisir à la voir souffrir.

Mon oncle frémit.

— Et si les deux ne faisaient qu'un ? persévérai-je.

— Soit. Et alors ?

Alors on pourrait prouver que cet homme n'était pas toi. Je serrais les poings tant je devais prendre sur moi pour ne pas m'emporter.

— Tu ne sais vraiment pas où est Miss Brooks, à présent ?

— Non.

— Elle n'a pas fait mention de ses projets ? Même en supposant qu'elle soit retournée dans le Sud, on pourrait…

— Elle n'en a pas dit un mot et, d'ailleurs, dans le cas contraire, je ne te répéterais rien. Jane, ces femmes viennent à nous en toute confiance. Elles s'en vont pour reconstruire leur vie. À compter de ce jour-là, elles ne veulent plus jamais entendre parler de nous.

— Ce n'est pas vrai. Il y en a qui…

— Il y en a qui reviennent, soit, mais c'est leur choix, et je ne le leur demanderais jamais. En ce qui me concerne, j'oublie leur existence sitôt qu'elles franchissent le pas de la porte. Si je les croise dans d'autres circonstances, je les traite comme de parfaites étrangères et je n'attends pas d'elles qu'elles agissent autrement.

— Pourquoi ?

— Que voudrais-tu que je dise ? « Ah ! je vous

reconnais, bien sûr ! » Les gens de sa nouvelle vie ne se poseraient-ils pas des questions ? Réfléchis un peu, Jane.

— Je ne fais que ça, justement. Je réfléchis à ce qui risque d'arriver si on ne trouve pas quelqu'un qui puisse se porter garant de ta moralité.

— Beaucoup de nos pensionnaires peuvent témoigner que j'ai tenté d'aider cette malheureuse.

— Mais aucune n'a rencontré l'homme qui a tué Sadie. Pourquoi ne le vois-tu pas ?

— Parce que je considère d'autres priorités. Comme le droit de Miss Brooks à tirer un trait sur son passé, sans qu'on aille la déranger !

Enfin, une démonstration de colère. Contre moi. Je baissai les yeux, inspirai à longs traits. L'homme qui se tenait en face de moi m'avait pour ainsi dire sauvé la vie. En réalité, je n'avais rien à exiger de plus. Confiance, affection, respect – les espoirs d'une petite fille – avaient autant de place dans le monde de mon oncle que les Tootsie Rolls[1] et les maisons de poupées.

***

Je venais d'enfiler ma chemise de nuit quand Sal appela d'en bas de l'escalier pour m'avertir qu'il y avait quelqu'un au bout du fil pour moi. Je soupirai : ce devait être Louise, anxieuse à propos de la répétition du lendemain. Elle s'excuserait. Je devrais la rassurer, et cette tâche était au-dessus de mes forces. Cependant, je ne pouvais demander à Sal de dire que je n'étais pas disponible. J'enfilai donc mon peignoir et descendis avec lassitude. Prenant le combiné, je dis :

— Allô ?

1. Sortes de caramels mous au chocolat.

On me répondit par une insulte. Un qualificatif, rapide, brutal telle une claque d'un revers de la main. C'était une voix masculine, brusque, furieuse et… oui, avinée. Il le répéta en marmonnant.

Il aimait ce mot. Il l'avait lancé à l'une des femmes quinze jours plus tôt.

On percevait du brouhaha à l'arrière-plan. Des voix. Des éclats de rire. Il était à l'intérieur, entouré de monde. Bizarrement, je me sentis plus en sécurité. Consciente du regard de Sal, je répondis :

— Désolée, Mr. Danvers, il y a beaucoup de bruit, je n'entends pas très bien.

Il gloussa. Je ressentis l'appréhension qui suit un faux pas.

— … parce que si vous me cherchez…

Le timbre rauque, il marmonnait. C'était difficile de faire correspondre cette voix à l'élocution de Bill Danvers, telle qu'elle s'était gravée dans ma mémoire. La peur s'installa.

— … moi qui vous trouverai.

À ce moment précis, terrifiant, j'eus la certitude, oui, l'absolue certitude qu'il était dans la maison. Puis la réalité reprit ses droits. Je regardai le papier peint défraîchi, le tapis usé du couloir, l'applique murale, Sal, les épaules enveloppées d'un châle qu'elle serrait contre sa gorge en m'écoutant. Il n'était pas là. Mais tout près.

Retrouvant mon souffle, je ripostai :

— Fort bien, j'en aviserai l'officier Nolan.

Un rire. Libre et détendu avant de se réduire à un soupir.

— Merci, dit-il.

Il raccrocha.

J'envoyai Sal vérifier que les verrous étaient bien mis sur la porte d'entrée. Puis j'allai contrôler moi-même que celle-ci tenait bon en tirant fort sur la poignée. Ensuite ce fut le tour de l'entrée de service et de la cave, pour nous assurer que chaque accès était fermé.

— Les fenêtres, dis-je d'un ton que j'espérais naturel. Il faudrait vérifier toutes les fenêtres.

Sal partit les passer en revue. Les fenêtres du rez-de-chaussée étaient munies de barreaux. Pas celles des étages. Où se trouvaient les salles de classe. Où les femmes dormaient.

Les jambes soudain en coton, je m'affalai sur une marche de l'escalier. Je fis le vide dans mon esprit, les mains jointes pour les empêcher de trembler. Je me répétai d'être raisonnable. Ce n'était pas une surprise. Je savais que l'assassin de Sadie courait toujours. J'avais même une idée assez précise de qui il pouvait être.

Il le savait. Et il savait où me trouver.

CHAPITRE VII

Le lendemain matin, Berthe et moi tombâmes d'accord : les pensionnaires ne bougeraient pas de la maison. Si elles devaient absolument sortir, elles iraient par deux. Loin d'être calmée par l'hystérie de la veille, la brigade avait grossi ; une vingtaine de personnes au moins manifestaient devant le refuge. Et plus seulement les grenouilles de bénitier. Chômeurs, femmes maltraitées, gamins guettant une chance de lancer des huées ou pire – les vindicatifs et les déshérités s'étaient ralliés sous la bannière de Mrs. Pickett. Détruire le refuge ne leur procurerait pas de travail ni ne convaincrait leur mari d'arrêter l'alcool, mais, au moins, ils auraient fait quelque chose dans leur vie, et peu importait quoi. À travers la porte verrouillée, on sentait leur agitation, leur envie d'en découdre. Pour preuve de la constance de leur engagement, Clementine Pickett s'était postée à la tête de sa troupe.

Les femmes ne tenaient pas en place. Dans le refuge en état de siège, elles se sentaient trop nombreuses, à l'étroit. On n'avait pas la place de rester seule, pas la place de respirer. En repensant à la joie bruyante et tourbillonnante du cotillon l'avant-veille seulement, l'envie me prenait de jeter, moi aussi, une pierre dans les carreaux.

Par la fenêtre, je remarquai l'absence de Mr. Danvers. Fatigué, peut-être, ou affligé d'une gueule de bois après ses appels téléphoniques nocturnes.

Se pouvait-il qu'il fût celui que Sadie allait retrouver ? Elle s'était plainte de la façon dont il la regardait. *Mr. Danvers, je lui ai dit l'autre jour, vous qui venez si souvent, vous devriez m'apporter des fleurs... ou mieux encore.* Il lui avait répondu qu'elle irait en enfer. Sadie était effrontée ; elle avait pu prendre un malin plaisir à provoquer un homme dont la condamnation se teintait de désir. On imaginait sans peine que ce petit jeu ait horriblement mal tourné.

Sadie adorait les secrets, et plus encore faire savoir qu'elle en avait. Si un homme la courtisait, elle s'en était vraisemblablement vantée auprès d'une de ses compagnes. Laquelle ? Je pensai à Maja Woycek, une Polonaise, la plus douce du refuge. Non seulement elle se laissait facilement émouvoir – elle avait pleuré lorsqu'un faucon avait mis en pièces un nid de pigeons nouvellement éclos sur l'escalier de secours –, mais son anglais limité garantissait qu'elle écoutait plus qu'elle ne parlait. (Elle estimait que l'anglais était une langue ridicule, dépourvue de toute logique grammaticale.)

Dans la cour, Maja frottait des draps contre une planche à laver avec des mouvements vifs et déterminés. En me voyant, elle secoua ses mains couvertes de mousse et les essuya sur son tablier.

— Bonjour, Miss Woycek.

— Bonjour, Miss Prescott. Comment allez-vous ?

Sa prononciation était précise, précautionneuse.

— Je suis triste.

Je me rendis compte que j'adoptais une cadence semblable à la sienne.

— Triste pour Sadie. Toutes les deux, vous parliez beaucoup. De quoi, si je puis me permettre ?

Maja essora le drap mouillé.

— Oh ! toujours cet homme. Ce qu'il lui faisait, ce qu'il l'obligeait à faire. Je disais : « Bon, c'est fini avec lui. » Des fois, elle disait : « Oui, c'est fini. » Des fois…

Elle disait non.

— Joe était le seul homme dont elle parlait ?

— À moi ? Oui. Le seul. Je disais : « Je ne veux pas entendre plus. Je veux aider. Joe, il n'est pas… de l'aide. »

Il ne l'était certes pas. Par malheur, Joe n'était pas non plus un assassin. Du moins, pas celui de Sadie.

Entre deux cours, je réussis à intercepter d'autres pensionnaires, qui toutes confirmèrent la version de Maja.

— Elle était comme une gosse, se souvint Doris Barton en réenfilant la canette sur sa machine à coudre. Elle ne voulait pas en ficher une, mais elle répétait qu'elle partirait d'ici, qu'elle avait de meilleurs endroits où aller, avec des gens bien.

— A-t-elle précisé qui étaient ces gens « bien » ?

— Oh ! Personne, c'était juste dans sa tête. Le roi d'Angleterre, tant qu'on y est. J'ai arrêté d'écouter, à la longue. Peut-être que Ruth le sait.

À l'étage, Ruth Renehan, les sourcils froncés, bûchait sur ses additions. Elle tapota son crayon sur la table pendant qu'elle calculait, écrivit rapidement une réponse. Puis l'effaça tout aussi vite. Se laissant aller contre le dossier de sa chaise, elle soupira :

— Je ne comprendrai jamais les pourcentages.

Je souris en pensant à Otelia Brooks. À ma place, elle aurait répliqué : « Imagine que quelqu'un te prenne quatre-vingt-dix pour cent de tes gains et t'en donne dix, tu sais qu'il t'arnaque, pas vrai ? Donc, tu comprends les pourcentages. Continue. »

M'installant sur le siège à côté d'elle, je me lançai :

— Doris m'a dit que vous vous entendiez bien avec Sadie, ces dernières semaines.

— Je n'irais pas jusque-là. Je savais qu'elle était à deux doigts de se faire mettre dehors, alors je lui ai franchement conseillé d'oublier McInerny et de prendre sa vie en main, sinon elle n'en aurait pas.

— Et qu'a-t-elle répondu ?

— Elle a fait sa maligne. Elle a dit : « Comment tu sais que c'est Joe que je fréquente ? » J'ai fait : « Qui ça pourrait être d'autre, tu n'as que lui à la bouche. » Elle a dit : « Peut-être que c'est ce que je veux que tout le monde pense. Peut-être que ça vous en boucherait un coin si vous saviez qui c'est, en vérité. »

— Cela supposait donc que vous le connaissiez, non ? Sans quoi, pourquoi auriez-vous été surprises ? ajoutai-je devant l'air perplexe de Ruth.

— J'ai juste eu l'impression qu'elle voulait faire croire qu'elle voyait quelqu'un d'important.

Les femmes du refuge auraient-elles été ébahies de savoir que c'était Bill Danvers ? Absolument. Je pouvais envisager un nom encore plus choquant, mais je chassai cette idée de mon esprit.

— Il avait de l'argent, se rappela Ruth, claquant des doigts. Assez pour sortir avec elle. Elle se faisait une joie d'avoir un repas décent, pour une fois, pas la bouillie que Berthe pose sur la table. J'aurais dû me douter que ça ne pouvait pas être Joe. Il ne dépensait jamais un rond pour elle.

Donc, le nouvel ami de Sadie était prêt à payer pour le plaisir de sa compagnie. Voilà qui ne ressemblait pas à Bill Danvers. Mais, après tout, je ne connaissais pas grand-chose de cet homme. Par exemple, la manière dont il gagnait sa vie…

La nécessité d'un gagne-pain me revenant à l'esprit, je consultai l'horloge et m'aperçus que j'étais en retard. En réponse au regard curieux de Ruth, j'expliquai :

— Je vais à Rutherford's. Un travail pour Mrs. Tyler.

— Vous n'étiez pas censée être en congé ?

— Si… À ce qu'il paraît.

***

Une heure plus tard, j'arrivai au grand magasin où je trouvai le Crystal Palace empli de femmes. Pas seulement les dames du cercle de Mrs. Rutherford ; aucune des nouvelles venues ne pouvait se permettre de faire des achats chez Rutherford's. Certaines portaient la sobre tenue de la jeune employée : chemisier et jupe foncée. D'autres arboraient des robes de cotonnade ornées d'un liséré ou d'un peu de dentelle qui dénotaient de modestes revenus. Toutes surexcitées, elles contemplaient la verrière et déambulaient dans la salle comme si elles ne pouvaient croire qu'elles s'y trouvaient pour de bon. Quelques-unes s'étaient agglutinées autour du piano. Mr. Hirschfeld jouait du Joplin et semblait lui-même carrément euphorique.

Les Beautés américaines étaient arrivées.

Alors que j'observais la foule avec étonnement, Louise me rejoignit.

— Mr. Rutherford m'a chargée de vous dire qu'il leur faut à toutes des costumes.

— Oh, mon Dieu !

— Emily est là, elle aussi.

En effet, je l'avais vue, accoudée au piano, s'enquérant

de la fonction des touches. « Et les noires, Mr. Hirschfeld, à quoi servent-elles ? »

— Elle m'avait promis de retourner à Vassar, chuchota Louise. Mais il semble qu'elle a pris le thé avec les Rutherford, et maintenant elle tient à s'inscrire au concours. Ma belle-mère sera furieuse.

— Mrs. Tyler prend-elle tant à cœur les études de sa fille ?

Mr. Hirschfeld évaluait l'empan de la main d'Emily, trouvant beaucoup à admirer.

— Non, sa préoccupation majeure est qu'Emily reste dans un endroit pour jeunes filles, derrière des murs de pierre. Surtout après l'été dernier...

Avant que je pusse m'enquérir de ce qui s'était passé l'été précédent, Mrs. Rutherford s'approcha et jeta d'un ton irrité :

— Ah çà ! Louise, votre bonne est enfin arrivée ? Elle est en retard.

Entre le personnel domestique et l'employeur, il existe un accord tacite selon lequel le premier n'a pas d'existence au-delà des besoins du second. Suggérer le contraire est… vulgaire. Il appartient aux maîtres de montrer un intérêt bienveillant envers notre famille, il nous incombe de nous cantonner poliment aux détails les plus brefs. Oui, ma mère se sent beaucoup mieux, merci, Mrs. Waterman. Mon frère a obtenu ce poste, c'est bien aimable à vous de vous en inquiéter. Ce qu'ils ne demandent pas, nous n'en parlons pas. Ils rémunèrent notre service et notre attention ; ils ont le droit de les exiger. Mais chez certains patrons, cela va plus loin. L'idée même que nous puissions mener une vie indépendante, séparée d'eux, est menaçante. Signaler que j'étais en congé, que j'avais à régler un problème familial ou qu'une amie avait été assassinée eût semblé une extrême provocation aux yeux de Mrs. Rutherford. Tout comme faire remarquer que j'étais une personne à part entière à qui l'on s'adressait directement, et non la « bonne » de Louise. Je n'aurais pas hésité à me rendre coupable de cette provocation, mais je ne voulais pas embarrasser Louise. Celle-ci prit son courage à deux mains.

— Jane est en vacances, Dolly. C'est très gentil de sa part de nous consacrer du temps.

Sa voix se brisa sous la tension que lui imposait une déclaration aussi audacieuse.

— Je m'en occuperai avec plaisir, Mrs. Tyler, dis-je en omettant les mots « pour vous ». Cependant, je me demande comment nous allons habiller les nouvelles participantes. Je pourrais peut-être parler à l'une des vendeuses. Ou à quelqu'un de la réserve.

Dolly Rutherford me sourit de toutes ses dents, de l'air d'un doberman prêt à bondir sur un moineau.

— Mon mari est par là, vous n'avez qu'à lui poser la question.

Son mari était assurément par là. Avec, juste à côté de lui, Emily Tyler, qui s'était éloignée de Mr. Hirschfeld. Pour une fois, le visage de Mr. Rutherford n'exprimait ni la rage ni une consternation mêlée de lassitude ; il semblait presque… heureux. Il décrivait quelque chose avec de grands gestes, comme s'il esquissait une vision. La jeune fille éclata de rire, puis, en un geste mutin, lui poussa l'épaule du bout des doigts.

Louise et moi échangeâmes un regard. Ignorant ostensiblement le sourire de Mr. Hirschfeld, je me dirigeai aussitôt vers Emily et Mr. Rutherford.

Tous deux étaient plongés dans une conversation animée au sujet du concours. Emily devait-elle tenter sa chance l'année suivante ? Ou ne serait-il pas amusant de l'ajouter aux candidates à la dernière minute ? Emily assurait avec timidité qu'elle ne voulait pas s'imposer, mais Mr. Rutherford semblait enchanté par l'élément de surprise. De plus, il trouvait que les concurrentes de l'année manquaient de piquant.

— Regardez celle-là, dit-il en agitant la main vers ma favorite, Celeste Dwyer. Des cheveux comme de la paille. Et celle-là – un geste dédaigneux vers Eleanor Gosnell –, la grâce d'un débardeur déchargeant des caisses sur les quais.

Emily laissa échapper un gloussement de rire, choqué mais encourageant.

Je m'approchai. Mr. Rutherford pressa la main d'Emily et partit dans la direction opposée. Une fois de plus, j'allais devoir lui donner la chasse pour obtenir des réponses. Je le hélai, il se contenta d'agiter les doigts en l'air en disant :

— Mesurez-les toutes, mesurez-les toutes…

Je commençai donc par Emily, murmurant tout en passant le mètre ruban autour de sa taille :

— Que faites-vous ici, Miss Tyler ?

— Je m'amuse.

— On ne peut pas se divertir à Poughkeepsie ?

— Non. Il n'y a rien de divertissant là-bas.

J'aurais volontiers répliqué que, en réalité, la compagnie d'un homme marié et entre deux âges n'avait rien de très amusant, si rutilante que fût la couronne qu'il promettait. Mais dix autres jeunes filles requéraient mon attention. Pendant près de deux heures, je pris des mesures et éludai les questions. À quoi ressembleraient les costumes ? Combien de temps chacune d'elles passerait-elle sur scène ? Qui assisterait au concours ? Je me sentais si bousculée qu'il me fut même difficile d'être enthousiaste lorsque je m'occupai de Hattie Phipps, la téléphoniste, qui était encore plus adorable qu'on ne l'imaginait et me fit reconsidérer mon choix de la pauvre Celeste Dwyer.

Je n'étais pas la seule que la présence des Beautés ne comblait pas de joie. Dolly Rutherford était encore plus teigneuse que d'habitude. Quel plaisir aurait-elle pu ressentir, unie à un homme qui passait ses journées à lorgner tout ce qui portait un jupon ? Depuis qu'il avait épousé Louise, William lui réservait son adoration entière. Les autres étaient plutôt du genre de Mr. Hirschfeld.

Quand j'eus terminé mes mesures, je cherchai George Rutherford des yeux. Ne le trouvant pas, j'interrogeai son épouse, qui, d'un ton sec, m'indiqua son bureau.

Interceptant mon regard, Leo m'adressa un large sourire et un signe de tête vers les portes, comme pour me dire : « Allez-y, continuez ! » Je feignis de ne pas le voir. Lui aussi, il pouvait bien continuer, en ce qui me concernait. Il n'avait qu'à garder ses sourires pour Emily Tyler et lui expliquer à quoi servaient ses stupides touches. Sans nul doute, sa mère serait ravie de vendre des dessous à Emily. Mr. Hirschfeld se ferait une joie de la conseiller.

Le bureau de George Rutherford se trouvait tout à fait de l'autre côté du dernier étage, gardé par une secrétaire assise juste devant. En me lançant un regard noir, elle m'informa qu'il était impossible de déranger son patron.

— Mrs. Rutherford m'a expressément priée de lui parler.

Cela n'eut pas l'effet escompté sur la secrétaire. Toutefois, à travers la porte résonna un : « Faites-la entrer, Miss Ambrose. »

J'eus un moment de flottement. Devais-je ouvrir la porte ? Était-ce à Miss Ambrose de le faire ?

À Mr. Rutherford ? Qui autorisait l'accès au grand homme ? Devais-je m'en arroger le droit ? J'aimais autant éviter qu'on m'accable de reproches. Pour finir, je tournai la poignée, poussai la porte et trouvai l'homme-tornade calmement assis à sa table de travail.

C'était une pièce étonnamment exiguë pour un homme doté d'un aussi fort sens du spectacle. Un grand bureau en acajou à la surface encombrée, un fauteuil en cuir pour Mr. Rutherford et deux chaises pour les… le mot « suppliantes » surgit dans mon esprit. Alignées contre un mur, des boîtes d'archivage ; affichées sur l'autre, des feuilles présentant des plans d'architecture, des coupures de presse et des croquis. Dans un coin, un coffre-fort massif ; les recettes du magasin y étaient probablement conservées, des piles et des piles de billets de banque dépensés par des clientes reconnaissantes et pleines d'espoir.

— Je suis désolée de vous interrompre, Mr. Rutherford.

— Pourquoi ? Mon épouse ne vous a-t-elle pas dit de venir dans mon bureau ?

— Si.

— Eh bien ! Mrs. Rutherford a décidé que nous devions discuter ensemble et nous voilà en train de le faire. Vous voyez ? Cette femme est toute-puissante. Asseyez-vous.

Il désigna l'espace vide devant son bureau et je pris place.

— Maintenant, de quoi vous a-t-elle demandé de discuter avec moi ?

— Des candidates. Les Beautés. Quel style de vêtements souhaitez-vous pour la présentation du défilé ?

Il réfléchit. Je retins mon souffle en priant pour que

sa vision ne soit pas trop sophistiquée. Des robes en toile de jute n'auraient pas été une suggestion malvenue.

— Elles devraient toutes… se ressembler.

Des tenues identiques. Je relâchai ma respiration.

— Rien de compliqué. Une sorte de toile blanche jusqu'au moment où la gagnante sera… révélée. Une tunique ample. Simple. Immaculée.

Il griffonna quelques mots sur un bloc de papier et me tendit la feuille.

— Allez voir la dame du deuxième étage, ma première de rayon. Elle vous trouvera quelque chose de convenable.

— Merci, Mr. Rutherford.

— Non. Merci à vous.

Son regard scrutateur s'attarda sur moi. Perdant contenance, j'eus l'étrange certitude qu'il me trouvait jolie. *Vous*, semblait-il dire, *c'est vous*. Il insisterait pour que je participe au concours Miss Rutherford's. Même si jamais je n'en avais ressenti le désir ni cru en être digne, c'était grisant d'être examinée aussi attentivement. Pas étonnant que les dames de New York rivalisent pour attirer son attention, malgré le risque de s'entendre dire qu'elles manquaient de grâce ou que leurs cheveux ressemblaient à de la paille.

Cette sensation, c'était celle qu'Emily avait éprouvée à peine quelques heures plus tôt. Me rappelant les espoirs de Sadie concernant son mystérieux gentleman et le tour cruel qu'ils avaient pris, je demandai :

— Miss Tyler participera-t-elle au concours ?

— Certainement.

— Donc, onze tuniques.

Il hocha la tête, souhaitant que je le débarrasse de ma présence.

— Seulement… je sais que sa mère, Mrs. Florence Tyler, tient à ce qu'elle retourne à l'université.

— Moi aussi ! Miss Tyler est une étudiante de Vassar. Toutes ces jeunes filles instruites penseront : « Puisqu'elle fait ses achats à Rutherford's, c'est là que je dois faire les miens. »

Il eut un fin sourire, comme pour me faire comprendre qu'il n'était, après tout, qu'un commerçant de l'Ohio et que le reste était de la poudre aux yeux. L'apparat et la poésie, c'était bien beau. L'objectif demeurait de vendre.

Alors que je me retournais pour partir, il murmura :

— Votre… coiffure…

— Je vous demande pardon ?

Il secoua la tête. C'était plus fort que lui, il remarquait ces détails sans réfléchir. Mais je n'avais pas les moyens d'acheter ses vêtements et ne devais donc pas retenir son attention. Qu'est-ce que cela faisait, me demandais-je en rebroussant chemin, d'entrer chez Rutherford's et de dépenser sans compter ? D'essayer et de rejeter autant de versions de soi qu'on le désirait ? Robes, chapeaux, souliers. Cheveux coiffés de telle ou telle façon. Se matérialisait-elle dans le miroir, cette autre soi-même en mieux ? Cette version idéale à laquelle on était véritablement censée ressembler ? Et si l'occasion ne s'en présentait jamais ?

Je secouai la tête. *Oui, Jane, ton vrai moi se trouve dans un chapeau de chez Paquin. Si seulement tu laissais l'argent te filer entre les doigts, tu accomplirais ta destinée sur terre. Si seulement George Rutherford te disait à quoi tu devrais ressembler, tu vaudrais la peine qu'on te regarde.* Les vacances, semblait-il, me rendaient gâtée et prompte à m'apitoyer sur moi-même.

Dans le Crystal Palace, Mrs. Rutherford et Louise

répétaient la scène où Mrs. Lincoln exhorte son mari à rédiger la proclamation d'Émancipation ; dans cette version, les mots semblaient surgir de l'imagination de Mrs. Lincoln. La seule réplique de Louise, dans le rôle de Lincoln, se réduisait à : « Fort bien, ma chère. »

— Pauvre vieux Lincoln ! compatit Leo. Comme si être assassiné par Booth ne suffisait pas. Alors, comment était le patron ?

Je couchai quelques notes sur les costumes dans un carnet.

— Très agréable, en fait. Je dois voir la première de rayon du deuxième étage.

— Ah oui ? dit-il en se laissant glisser de son banc. Permettez-moi de vous accompagner et de vous présenter comme il convient.

— À qui ?

— À ma mère, bien entendu.

***

Certains hommes auraient hésité à s'aventurer dans le rayon Lingerie, mais pas Mr. Hirschfeld. À en juger par les « Bonjour, Leo ! » qu'il récoltait sur son passage, c'était loin d'être la première fois. Repérant une petite brune qui pliait maladroitement un déshabillé, il lui demanda :

— Myrtle, ma mère est là ?

— Près des cabines, indiqua-t-elle, puis, croisant les bras sur le comptoir : Vous savez, j'ai une envie folle de pastrami, ces temps-ci.

Leo sourit.

— Tiens ! C'est drôle, moi aussi.

Il ne ralentit pas ses longues foulées pour autant, laissant Myrtle me lancer un regard venimeux.

Alors que nous approchions des cabines d'essayage, je découvris que si Leo exagérait sur beaucoup de choses, il disait la vérité en affirmant que personne ne vendait des dessous comme sa mère. Posée, élégante jusqu'au bout de ses longs doigts effilés et ses cheveux noirs impeccablement coiffés, elle aurait passé pour une cliente si elle n'avait été contrainte de porter la blouse prune de Rutherford's. En regardant bien, je distinguai un léger soupçon de rides aux coins de ses yeux et de sa bouche, sinon on ne lui aurait pas donné trente ans. Elle faisait le tour de l'étage, dispensant des ordres aux jeunes vendeuses, des compliments aux clientes qui avaient fait un choix judicieux et des conseils prévenants à celles qui se fourvoyaient.

— Oh ! Mrs. Kanfer, je m'excuse, nous ne vous avons pas donné le bon article, annonça-t-elle à une femme qui débordait d'un corset choisi avec trop d'optimisme.

— C'est pourtant ma taille habituelle ! assura dans un souffle la corpulente Mrs. Kanfer.

Ce mensonge éhonté fut accueilli par un large et chaleureux sourire.

— Bien sûr, mais nous vous avons apporté la mauvaise, c'est pourquoi cela comprime un peu. Madolyn !

Un signe éloquent fit accourir la vendeuse. À voix basse, Mrs. Hirschfeld lui recommanda :

— Apportez deux tailles au-dessus, ne précisez pas laquelle.

S'adressant à la cliente, elle déclara d'un ton apaisant :

— Vous savez, quand on a la chance d'avoir une poitrine superbe comme la vôtre, Mrs. Kanfer, les coupes standard ne conviennent pas. Elles sont destinées aux femmes banales, pas à celles aussi magnifiquement dotées par la nature. Je vous envie vos proportions.

Mr. Kanfer est un homme heureux. Hélas ! soupira-t-elle en montrant sa mince silhouette. Mon mari doit se satisfaire de ma conversation.

Je me croyais experte dans l'art du compliment constructif : un éloge qui persuadait celle que j'habillais de montrer de l'audace, de renoncer à des ambitions irréalistes ou de reconnaître que certains endroits avaient besoin d'être astucieusement camouflés. En Mrs. Hirschfeld, j'avais trouvé mon maître. Une débutante au corps anguleux et au menton fuyant était fascinante. Une matrone à l'allure belliqueuse était majestueuse, tandis qu'un timide bout de femme commettait un crime – un véritable crime – en dissimulant ses splendeurs. Comme son fils, elle s'exprimait et se déplaçait avec prestesse, mais contrairement à lui, elle semblait sincère. Je commençais moi-même à entrevoir des possibilités dans ces inconnues. En l'espace d'une demi-heure, Mrs. Hirschfeld enrichit Mr. Rutherford de centaines de dollars et améliora l'humeur de toutes les dames présentes à l'étage.

Je devais offrir l'image même de l'adoration muette, car Leo me dit :

— Oui, je sais, elle fait cet effet-là. Je vais vous présenter.

Le sourire maternel qui l'accueillit était affectueux, mais, au lieu de l'embrasser, elle fit mine de lui tirer les cheveux.

— Pourquoi Mrs. Rutherford est-elle privée de son accompagnateur ? Bonjour, ma chère, poursuivit-elle en se tournant vers moi. Je suis la mère de Leo, Mrs. Hirschfeld.

J'avouai être Jane Prescott.

— Miss Prescott s'occupe des costumes pour le concours, expliqua Leo. Il lui faudrait des vêtements bon marché…

— Il n'y a rien de bon marché ici, mon chéri. Des

prix raisonnables pour femme avertie. Du bon marché, jamais.

— Des chemises de nuit à prix raisonnable, c'est-à-dire gratuites, pour les Beautés américaines. Mr. Rutherford a dit qu'une telle chose pourrait être disponible.

— Je vois. Et tu as généreusement proposé de porter ces chemises de nuit pour Miss Prescott, vu qu'elles seraient trop lourdes pour une frêle petite chose comme elle.

— Pas du tout, j'avais envie de te voir.

Radoucie, Mrs. Hirschfeld s'intéressa à moi.

— Vous êtes costumière de théâtre ?

— Je travaille pour Mrs. William Tyler.

— Ah oui ? Une cliente l'a vue le mois dernier chez Mrs. Howell et l'a trouvée très en beauté. Elle est…

Elle abaissa sa main à angle droit sur le devant.

— Mince, oui.

— Cela représente un défi.

— Moins maintenant que la mode privilégie les silhouettes filiformes. Et la posture aide.

— Mais elle a ses limites. Avez-vous entendu parler d'une nouveauté appelée « soutien-gorge » ? Leo, mon chéri, retourne donc te rendre utile auprès de Mrs. Rutherford.

— Je suis là pour porter les chemises de nuit, lui rappela-t-il.

— Non, tu es là pour jouer du piano. Monte vite ! ordonna-t-elle, ponctuant ces mots d'un geste de la main.

Leo partit non sans adresser un sourire éblouissant à Myrtle, qui feignit de ne pas le remarquer. J'essayai de faire de même.

Mrs. Hirschfeld tapa dans ses mains.

— Donc, le soutien-gorge ! La première fois que j'en ai entendu parler, c'était par une amie de Miss

Polly Jacob. Un soir, Miss Jacob trouvait son corset trop visible sous la robe qu'elle comptait porter. Elle a réuni deux triangles de soie avec un lien, et voilà ! Il se glisse sur les épaules et dans le dos, il remonte et sépare. Je suppose qu'il étoffe, aussi. Ce qui serait peut-être utile pour une dame gracieuse et longiligne.

J'essayai de me représenter un tel stratagème.

— Il se porte sous le corset ? Au-dessus ?

— Sans, chuchota Mrs. Hirschfeld.

— Sans corset ?

Elle hocha la tête.

— Rien que… ?

— Deux petits bouts d'étoffe et un lien.

Je posai la main sur ma taille comprimée par les baleines, tentant de m'imaginer marcher sans rien du tout entre le nombril et le buste. La première idée qui me vint à l'esprit fut « indécent ». La deuxième fut « Oh ! respirer… ». Et que l'on devait se vêtir vite, quand on n'avait pas à lacer, à serrer et à superposer !

— J'ai dit à Mr. Rutherford qu'un jour on en verrait dans tous les magasins. Autant être parmi les premiers ! Venez, allons voir ce que nous avons comme chemises de nuit.

Nous trouvâmes un modèle parfait, mais il n'y en avait pas assez dans la réserve ; il faudrait les faire venir de l'entrepôt. Mrs. Hirschfeld m'assura qu'elle risquait sa tête si les tenues n'étaient pas là dans les deux jours ou si Mr. Rutherford était insatisfait.

En retournant au cinquième étage, je remarquai une chevelure d'un blond très clair et m'arrêtai, sûre qu'elle m'était familière. La jeune vendeuse derrière le comptoir se retourna alors, révélant une frimousse piquetée de taches de rousseur.

— Carrie Biel ! m'exclamai-je. Que faites-vous ici ?

— Je travaille ! Puis-je intéresser *mademoiselle** avec cet article pour la chambre à coucher ? proposa-t-elle en me montrant un déshabillé suggestif, essentiellement composé de rubans et de froufrous.

Nous éclatâmes de rire. La gaieté de Carrie m'avait toujours impressionnée. Elle n'aurait pu connaître de pire début dans l'existence, pourtant cela ne semblait pas entamer sa joie de vivre. Cette blondinette aux yeux bleus eût été ravissante sans une abondance de taches de son qui lui donnaient l'air d'avoir six ans.

— Comment se porte votre oncle ? Et Sadie, comment va-t-elle ? Quoi ? Qu'est-ce qu'il y a ? s'inquiéta-t-elle en voyant mon sourire se crisper.

Je le lui appris dans les termes les plus factuels. Carrie m'écouta, les yeux écarquillés. Puis les coins de sa bouche frémirent et elle se couvrit le visage d'une main tremblante. Je la serrai dans mes bras et lui offris mon épaule pour cacher ses larmes. Elle donna libre cours à ses sanglots puis, très vite, se redressa et rajusta son chemisier. Lorsqu'elle s'essuya les yeux du revers de sa manche, je vis qu'elle avait au poignet son vieux bracelet en corde. Sa mère lui avait toujours dit que c'était le seul bien que son père leur avait laissé avant de repartir en mer, et Carrie ne l'enlevait jamais.

— Comment vous débrouillez-vous pour le garder, au magasin ?

— Je cache ma main derrière le comptoir chaque fois que le patron est dans les parages, expliqua-t-elle, puis elle soupira tristement. Je croyais l'avoir sauvée.

— Vous avez agi pour le mieux. Seulement, il y a plus de…

Le mot « démons » m'avait traversé l'esprit, cependant Carrie n'avait pas besoin qu'on lui parle du mal et des ténèbres en cet instant.

— Nous avons ses affaires, au refuge. Vous voulez peut-être les récupérer ?

Elle hésita.

— Ça me ferait mal au cœur qu'on les jette. Mais c'est que je termine tard, le soir…

— Ce n'est pas grave. Les femmes adoreront que vous leur racontiez tout de votre travail, j'en suis sûre. Et mon oncle sera ravi de vous voir.

C'était la vérité : mon oncle avait toujours eu de l'affection pour elle et il serait content. Je discernai toutefois une tension dans l'expression de Carrie, du doute ou de la peur. Était-elle mal à l'aise à l'idée de retourner vers son passé ? Cette expression disparut avant que je puisse la définir.

— Ça me plairait, dit-elle.

Nous nous quittâmes en échangeant des sourires et la promesse de parler davantage plus tard. Néanmoins, en retournant au Crystal Palace, j'eus du mal à chasser de mon esprit les larmes de Carrie. Elle avait essayé de sauver Sadie ; nous avions tous essayé. Même Sadie, à sa façon. Mais il y a des démons dans le monde, et elle n'avait pas eu de chance. Ou elle avait manqué de prudence, pensai-je, me rappelant Bill Danvers articulant des prières alors que son regard s'attardait sur elle. On tombait facilement sur des démons se faisant passer pour des anges.

Mrs. Rutherford tâchait d'intégrer les nouvelles dans le chœur. Beaucoup d'entre elles se trouvèrent placées à l'arrière, tandis que les dames plus âgées et plus placides se tenaient à l'avant. Emily se dressait sur la pointe des pieds afin d'être vue.

Louise était affalée sur une petite chaise dorée, ses manches sombres lui tombant sur les mains. Je tirai les épingles de ma poche.

— Laissez-moi vous raccourcir les manches, Mrs. Tyler.

— J'écrirai à William ce soir. Il pourra peut-être rentrer à la maison pour quelques jours, dit-elle en me tendant son bras, puis elle baissa la tête, comme contrite de paraître égoïste.

— Je suis certaine qu'il serait heureux d'avoir cette excuse pour revenir.

— Et il pourrait raisonner Emily. Lui faire comprendre qu'elle doit retourner à Vassar.

— Je ne sais pas si Miss Tyler est destinée à des études universitaires.

— Non, mais pas non plus à être l'épouse d'un jockey.

Voyant mon étonnement, Louise entra dans les détails. L'été où William et elle s'étaient fiancés, Emily était en villégiature à Saratoga Springs, où elle s'était prise de passion pour les courses à l'hippodrome. (« Nous pensions qu'elle aimait les chevaux », précisa Louise). Si un attrait juvénile pour les poneys avait en effet motivé sa première visite, un jockey nommé Snapper Wilkes en avait inspiré plusieurs autres. Emily avait tenté de rejoindre son amoureux à bord d'un train en partance pour la Floride, mais William les avait rattrapés à la gare et avait ramené sa sœur chez elle. Peu après, la jeune fille avait été renvoyée aux amphithéâtres de Poughkeepsie, loin de la ville et des champs de courses.

— Elle a profité du séjour de sa mère à Boston, supposai-je.

— En effet, confirma Louise. Quoi qu'il en soit, elle doit retourner à Poughkeepsie. On ne peut pas la laisser se conduire comme une écervelée.

Ôtant à Louise le manteau épinglé, je regagnai ma place de couturière près du piano, où Mr. Hirschfeld martelait obstinément « When Johnny Comes Marching

Home ». J'observai Emily, toujours sur la pointe des pieds. À chaque hourra, elle se dressait encore plus haut et criait plus fort que les autres. En dépit de ses coquetteries avec Mr. Hirschfeld, il était difficile de ne pas sourire. Fougueuse, provocante, impossible, elle me faisait penser à Sadie. Je respirai un bon coup et me frottai les yeux pour refouler mes larmes.

— Psst ! souffla Mr. Hirschfeld. Dites-moi où vous serez. Je viendrai vous chercher vers sept heures.

— Pourquoi vous le dirais-je ?

— Nous allons danser. Vous vous rappelez ? Je vous ai invitée pendant l'Opéra des chats écorchés.

— Je ne peux pas aller danser avec vous, Mr. Hirschfeld.

Il regarda à terre.

— Je vois deux pieds. Un droit et un gauche.

— Vrai, je ne suis pas d'humeur.

— Je sais.

La chanson terminée, il se retourna pour me faire face.

— C'est justement pour ça que vous devez venir. Votre amie est morte. Vous, non. Rien ne vous empêche d'avoir de la peine pour elle, puis de savourer cette vie que vous avez encore. Venez danser avec moi.

Sa voix était grave, et bien qu'il ne se fût pas rapproché de moi, je me sentis… troublée. Il semblait soudain très important d'aller danser avec Leo Hirschfeld.

— Où ?

— À l'Acme Café. C'est près de chez vous, non ?

C'était le cas, et je le connaissais bien. L'Acme appartenait à Chick Tricker, qui avait repris un tiers du gang Eastman quand son ancien patron, Big Jack Zelig, avait été tué l'année précédente, probablement sur ordre de Tricker lui-même. Le club était un second foyer pour certains des gangsters les plus dangereux et les politiciens les plus véreux de Tammany[1], ainsi que pour les meilleurs orchestres de la ville. Au cours de la dernière décennie, les gangs avaient conçu l'idée de capitaliser sur leur notoriété. Les New-Yorkais huppés étaient prêts à payer cher la chance de s'adonner aux comportements décriés par leurs journaux – jeu, prostitution, boisson, drogue et danse – en compagnie des malfrats les plus pittoresques de la ville. Et Tricker était certainement haut en couleur, s'étant fait connaître après avoir conquis une entraîneuse surnommée Ida the Goose. Les Eastman l'avaient volée aux Gopher, déclenchant une guerre à qui aurait droit à ses faveurs et à ses gains. L'un des clubs de Tricker avait été le cadre d'une fusillade qui en constituait l'ultime épisode ; cinq Tricker avaient été tués.

Les Eastman tiraient la majeure partie de leur fortune du vol, du trafic d'armes, des détournements de fonds et des contrats. Si vous aviez besoin d'intimider ou de tuer un parent, un concurrent ou un syndicaliste, les Eastman se faisaient un plaisir de vous aider. Ils devaient leur nom en partie au fait qu'ils contrôlaient les bordels du Lower East Side. Mon oncle n'apprécierait pas que je mette les pieds dans un établissement dirigé par Chick Tricker.

D'un autre côté, on disait que la piste de danse de l'Acme était immense, que le Johnson's Brass Band y jouait parfois, et mon oncle n'avait pas à tout savoir.

— Ils ne nous laisseront jamais entrer, opposai-je pour la forme.

— Ils ont intérêt, pourtant, répliqua Leo Hirschfeld. Je commence mon service à vingt heures.

1. Tammany Hall, comité exécutif du Parti démocrate, à New York. Au tournant du XXe siècle, ce nom était synonyme de corruption.

CHAPITRE VIII

Au cours des dernières années, New York était devenue « la ville des danses épouvantables[1] ». La danse, cette activité physique si proche de la séduction, était jusqu'alors strictement réglementée, réservée aux fêtes privées des gens aisés et, pour les classes modestes, aux bals municipaux – souvent sous la houlette du clergé. Les corps conservaient une distance appropriée, la musique était convenable et bienséante, quant aux mouvements évoquant les étapes ultérieures de l'intimité… ils étaient inexistants.

Puis les New-Yorkais, jeunes et vieux, avaient commencé à danser dans les night-clubs et les restaurants à travers la ville. Les établissements qui divertissaient leurs clients par des spectacles et des serveurs chantants avaient trouvé un usage inédit à la piste : la danse. Des femmes de tous horizons sortaient – sans escorte ! – et se mouvaient d'une toute nouvelle manière. Elles trottaient, se déhanchaient et se laissaient renverser en arrière par leur partenaire. Les couples ne se tenaient plus à bout de bras, ils se collaient l'un contre l'autre au-dessus et au-dessous de la ceinture.

1. *The City of Dreadful Dance* : titre utilisé par le journal *New York World* pour décrire la folie des danses corps contre corps qui s'était emparée de l'Amérique, et notamment de New York.

En attendant que Leo Hirschfeld vînt me chercher au refuge ce soir-là, je songeai que les censeurs ne comprenaient rien aux danses contre lesquelles ils tonnaient. La sensation qu'elles procuraient n'avait absolument rien de scandaleux. Danser, c'était comme… une bonne balade dans le parc. Revigorant. Sain. Une façon de se calmer les nerfs. Soit, j'avais surtout dansé avec des filles. Néanmoins, il n'y avait pas de quoi fouetter un chat.

Avant le dîner, je prévins mon oncle :

— Un jeune homme viendra me chercher ce soir. Et Carrie Biel passera vers neuf heures récupérer les affaires de Sadie.

J'enchaînai ces annonces, de sorte que si mon oncle ne souhaitait pas aborder la question du visiteur, il n'aurait pas à le faire.

Il m'observa longuement, puis répondit :

— Ce sera agréable de revoir Miss Biel.

Bien entendu, rien ne m'assurait que Leo Hirschfeld viendrait. Il semblait vivre dans l'instant ; quiconque se trouvait devant lui méritait son attention complète et presque trop intense. Ceux ou celles qui n'étaient pas là n'avaient qu'à manger leur sandwich au pastrami dans la solitude. Il m'avait invitée des heures plus tôt, autant dire qu'il avait largement eu le temps d'oublier.

Mais il n'avait pas oublié. Quelques minutes après sept heures, la sonnette retentit et je sortis. L'Acme n'était pas loin et la soirée était douce, aussi, nous y allâmes à pied. La conversation avec Leo ressemblait à un match de tennis – ou plutôt de ping-pong. Un va-et-vient, un échange tonique, percutant et rapide, avec à la fin une plaisanterie qui nous pliait de rire. Une fois qu'on prenait le rythme, c'était facile de suivre. Il était très chic dans son manteau court de couleur sombre et sa casquette plate. Quelquefois, il marchait à côté de moi ; d'autres, il avançait à reculons pour me faire face.

— Comment devient-on un serveur chantant ? m'enquis-je. Et pourquoi ?

— Quand vous êtes le plus jeune de six enfants et que vous voulez manger, vous avez intérêt à attirer l'attention de votre mère. À part ça, mon oncle publie des partitions musicales. Un soir, lorsque j'avais neuf ans, il est venu dîner et j'ai décidé de faire un numéro devant le grand agent. Une fois que tout le monde a arrêté de se boucher les oreilles, mon oncle a dit : « Petit, tu ne chantes pas bien, mais tu n'as pas peur du ridicule. Je t'engage. »

— En tant que quoi ?

— Chanteur des rues. Les gens ne vont pas acheter une chanson qu'ils n'ont jamais entendue, pas vrai ? C'est là que j'entrais en scène. Après l'école, je m'installais à un coin de rue de Times Square, devant l'entrée de Macy's à Herald Square – n'importe où, du moment qu'il y avait du monde – et je me mettais à chanter un morceau dont mon oncle voulait augmenter les ventes. En général, des chansons d'amour. Les gens trouvaient ça drôle, un gosse tout maigrichon qui chantait à tue-tête qu'il avait le cœur brisé. Je passais facilement pour italien, dit-il avec un geste vers ses boucles brunes. Alors j'interprétais des titres du genre de « My Mama's Spaghetti » et « In Old Napoli ». Pour les chansons irlandaises, j'allais dans les brasseries. Tous les ivrognes avaient la larme à l'œil et me jetaient des pennies. Une fois, mon oncle m'a même envoyé en montgolfière au-dessus de Coney Island avec un mégaphone.

— Que pense votre père de votre carrière ?

— Ce qu'en pense mon père ? Eh bien ! Il a la particularité d'être le pire tailleur de New York. Je ne mens pas, ce titre lui revient de droit. Les basses contingences de ce monde ne l'atteignent pas… Mes frères et moi, il nous confond tout le temps : « Irv… Dave… Artie ? – Leo, papa. C'est Leo. – Ah ! Le petit dernier. – Tout juste, papa. »

Je tâchais de me représenter ce que cela devait être de faire partie d'une fratrie si nombreuse qu'on en confondait les membres, quand Leo déclara :

— Voilà, nous y sommes !

Nous étions, en effet, devant l'immeuble de l'Acme Café. Près de la porte, une vingtaine d'images de femmes dévêtues, dans des poses faussement ingénues, laissaient entendre que les modèles en chair et en os attendaient à l'intérieur. Bizarrement, je pensai aux Beautés américaines. Le club, m'informa Leo, comportait une multitude d'entrées et de sorties, car « on ne sait jamais quand on va devoir filer en vitesse ». Nous passâmes par les cuisines et empruntâmes une succession d'escaliers sordides jusqu'à la salle.

Par son mauvais goût délibéré, le décor de l'Acme Café assurait aux touristes qu'ils pénétraient dans un antre authentique de stupre et de luxure. Murs tendus de toile rouge mouchetée d'or, brouillard de fumée de cigare, lumière tamisée dispensée par des suspensions coniques. Le mobilier en teck incrusté d'ivoire donnait à l'ensemble un parfum d'Orient. Un homme taciturne s'affairait derrière le bar ; sans jamais signaler qu'il avait entendu la commande, il faisait couler un flot constant de spiritueux, de bière et de champagne. (Pour les moins fortunés ou les plus désespérés, il y avait une mixture à base d'eau et de camphre ou un punch chaud composé de rhum, de whisky, de benzène et d'un soupçon de cocaïne.) L'année précédente, me raconta Leo, Tricker avait offert en attraction une « véritable » opiomane : Hophead Lil, une vieille Chinoise qui travaillait le jour dans un restaurant de chop suey au bas de la rue. Drapée d'un kimono, elle posait avec une pipe, si épuisée après sa longue journée à nourrir les gens qu'elle donnait l'impression d'être sous l'emprise de Morphée. Dûment horrifiés, les clients déposaient de l'argent dans un petit bol posé à terre, dont elle gardait un tiers et versait la différence à Mr. Tricker.

Leo devant travailler, je resterais seule une partie de la soirée. Il me plaça dans un coin discret d'où je pourrais observer sans être vue, à une petite table récupérée dans la réserve.

— N'oubliez pas, si qui que ce soit vous pose la question, vous attendez de parler au directeur pour un emploi. À moins que ce ne soit quelqu'un qui ressemble au directeur, auquel cas votre amie est allée se recoiffer et ne va pas tarder.

Promettant de revenir, il prit son service. Avant que l'orchestre entre en scène, les serveurs devaient divertir les dîneurs. L'oncle de Leo avait raison : son neveu ne ferait jamais carrière à l'opéra. Toutefois, il se lançait dans chaque chanson avec un enthousiasme qui charmait son public et lui valait de généreux pourboires. Il revint discrètement avec une assiette de haschisch et déposa une poignée de pièces de monnaie sur la table.

— On dirait que vous avez plus de succès comme chanteur que comme compositeur. Vous devriez peut-être changer de carrière.

— Les interprètes travaillent comme des chiens, sont moins payés et virés plus vite. Dès que le « Pickle Barrel Rag » aura fait un triomphe, Leo Hirschfeld ne mettra plus les pieds sur scène. Comment est le hasch ? Je pense que c'est du vrai, ce soir.

Je me hasardai à y goûter.

— C'est bon.

— Oui ? Je peux ?

Il se pencha et m'embrassa.

— Vous avez raison, c'est bon. Je reviens très vite.

— Oui, revenez, murmurai-je comme si c'était la formule de politesse appropriée.

Je m'assis très droite, les mains sur mes genoux. Mais j'avais peine à respirer et la seule idée qui tournait dans ma tête était que la vie réservait parfois de drôles de surprises. Je m'accoudai sur la table, le menton dans ma paume comme si je m'ennuyais un peu. Mais je ne quittai pas Leo des yeux tandis qu'il entamait « Melinda's Wedding Day » et la pensée *Oui, c'est bon* flotta dans mon esprit.

Je finis par recouvrer ma lucidité et savourai le spectacle, faisant abstraction du fait bien réel que j'étais entourée d'hommes armés qui vendaient des êtres humains et en tuaient d'autres pour de l'argent. J'étais installée avec les clients les moins raffinés, des garçons de Harvard qui se mettaient au défi de boire ceci ou de s'envoyer cela, et des messieurs qui n'échangeaient que des monosyllabes, isolés dans leur partie de *stuss*[1]. Mais je distinguais parfaitement la piste et le cercle de tables tout autour.

Là étaient assis les clients chics et influents. Je crus apercevoir un membre de la branche cadette de la famille Vanderbilt et un gentleman en queue-de-pie et à la moustache toute impériale, dont je ne pus déterminer s'il était autrichien ou anglais. Je reconnus l'élégante Mrs. Frosby-Beers, qui avait pour amants deux sénateurs de partis adverses et au moins un membre du cabi-

1. Variante du jeu de faro, ou pharaon, très populaire à New York au début du XXe siècle, en particulier dans les quartiers d'immigrants.

net Wilson. Près d'elle, un homme taciturne à lunettes se curait les ongles à l'aide d'un couteau. C'était Lolly Blum, qui gérait l'animalerie de Monk Eastman dans Broome. James Walker, le jeune membre de l'Assemblée législative aux allures de dandy, riait aux éclats de ce qu'une délicieuse jeune femme lui susurrait à l'oreille.

Les étudiants de Harvard s'amusèrent à attirer mon attention en lançant des écorces de cacahuètes vers ma table. Je leur fis savoir que je préférais les garçons de Yale et, quand ils poussèrent des huées, je montrai du doigt un vigile posté dans les parages – une montagne de muscles. Mon petit ami, prétendis-je, dont la discipline favorite était l'art de rompre les os. À partir de ce moment, ils se tinrent cois. Je m'intéressai ensuite à la progression d'un fort séduisant jeune homme, qui s'approchait de toutes les tables occupées uniquement par des femmes, excepté la mienne. À ses gestes et aux réactions des dames, on voyait qu'il employait une technique élaborée pour charmer. Son choix se portait toujours sur l'une des plus âgées, qu'il invitait à danser. Après avoir observé son manège à plusieurs tables, je remarquai que ce n'était pas qu'une question d'âge : la quantité de bijoux était également un facteur essentiel.

Une fois tous les clients servis, l'orchestre vint sur scène. Un groupe de six, trop modeste pour le Johnson's Brass Band, à ma grande déception. L'un des membres s'assit au piano, un deuxième à la batterie, les autres s'installèrent sur des chaises ou restèrent debout. Il y avait un clarinettiste, un tromboniste, un trompettiste et un contrebassiste. Dès les premières notes, les couples déferlèrent sur la piste de danse. Au milieu du brouhaha, je sentis Leo me saisir la main et m'attirer dans la foule, au grand dam des garçons de Harvard. Au début, il nous fut difficile de trouver de la place, mais une danse souple et énergique génère son propre espace et bientôt nous pûmes sauter, fox-trotter, nous tortiller et nous démener avec abandon sur « I Want to Love You While the Music's Playing ».

— Votre patron ne sera pas contrarié ? m'inquiétai-je.

— Mon pote Stumpy s'occupe de mes tables, et le club ne voit pas d'inconvénient à ce qu'on donne du bon temps aux jeunes femmes pourvu que les clients continuent de consommer.

L'orchestre acheva « I Want to Love You ». Leo leva un doigt pour me faire signe de patienter un instant, courut au bar, puis monta sur scène et tendit un verre à chaque musicien – deux au pianiste – avant de regagner la piste à toute allure. Les artistes avalèrent une lampée, puis entamèrent les premiers accords d'un air qui me disait quelque chose sans que je puisse le situer. Les danseurs l'adoraient, en tout cas, et de nouveaux couples envahirent la piste tel un raz de marée d'énergie et de jubilation.

De nouveau à mes côtés, Leo cria :

— « Pickle Barrel Rag » !

— Excellent !

— Je sais !

La musique rappelait un peu le « Maple Leaf Rag » de Joplin. Mais on entendait si souvent cette chanson que c'était sans doute facile de tout confondre. À la fin, le morceau fut salué par un tonnerre d'applaudissements. La mélodie suivante était plus lente, plus insinuante. Leo passa son bras autour de ma taille et me tint plus près.

— Un tango, la dernière mode venue d'Amérique latine.

Pendant les danses précédentes, soit nous connaissions les pas, soit nos pieds et nos mains s'accordaient. Ici, la communication s'opérait au-dessous de la ceinture, par un mouvement des hanches et la pression d'une cuisse. J'enregistrai la présence de ses doigts au creux de mes reins et l'idée m'effleura d'émettre une objection. Mais je ne le fis pas.

— Il faut me regarder. Avec le tango, tout se passe dans les yeux, affirma-t-il en agrandissant les siens d'un air comique.

— Oh ! C'est là que ça se passe, vraiment ?

Par bonheur, plusieurs figures nous imposèrent de nous écarter et d'évoluer à distance avant qu'il m'enlace à nouveau. Ce qui, décidai-je, n'était pas tellement indécent, une fois qu'on en prenait l'habitude.

Tandis que nous glissions, bras tendus, je repérai le bel homme que j'avais remarqué auparavant. Il guidait avec douceur une jeune fille rougissante, au menton fuyant, autour de la piste. Je demandai à Leo qui c'était.

— Lui ? C'est Frank. Il aime se faire appeler Eduardo. Pourquoi ? Ah ! Vous vous demandez pourquoi il ne vous a pas invitée.

— Pas du tout.

Leo sourit de toutes ses dents.

— Frank est un gigolo. Les dames plus riches, et plus âgées, viennent ici pour éprouver des sensations. Comment ? Elles n'en ont pas la plus petite idée. Frank se charge de les leur procurer.

— Et se fait payer pour ça.

— Exact. Il est infatigable, ce Frank.

Il n'était pas le seul du club à mettre du cœur à l'ouvrage. Plusieurs jeunes femmes n'étaient accompagnées ni d'amies ni de cavalier. Elles passaient près du cercle de tables, liaient une conversation pleine d'entrain avec tout client réceptif à leur compagnie.

Il suffisait à certaines de flirter moins d'une minute pour être invitées à s'asseoir. Des flatteries, quelques poses habiles et une main bien placée leur valaient un verre. Ensuite, certaines entraînaient le gentleman vers la piste, d'autres carrément vers l'étage inférieur.

Un seul homme n'était, à l'évidence, pas là pour s'amuser. Assis à une table à l'angle de la salle, il était très entouré mais ne parlait à personne. Il émanait de lui un éclat dur et vulgaire. Cela venait de ses cheveux lustrés comme des poils de loutre, de ses chaussures vernies, de ses boutons cuivrés. Les yeux plissés, il observait la foule qui dansait et riait, et je crus lire du mépris dans son expression. Une femme qui avait trop tournoyé ou trop bu fit quelques pas vacillants vers lui. Elle fut aussitôt interceptée et renvoyée à son partenaire.

— Qui est-ce ? demandai-je à Leo.

— Le patron. Ne cherchez pas à lui être présentée.

— Pourquoi ? Il n'aime pas les femmes ?

— Bien sûr que si, autant qu'un banquier aime les actions. Arrêtez de le fixer. Ce n'est pas malin.

Il avait raison. Je savais qu'il avait raison. Pourtant, je me surprenais sans cesse à observer le tristement célèbre Chick Tricker. Pendant les danses qui suivirent, quelques hommes s'approchèrent de lui. Certains furent autorisés à s'asseoir ; d'autres furent refoulés. Tout à coup, je remarquai une silhouette familière qui se dirigeait vers sa table. L'homme tenait son chapeau à la main, les doigts crispés sur le bord, et se grattait la moustache. À ma grande surprise, on lui permit d'approcher. Mais pas de s'asseoir. Quoi que Bill Danvers eût à dire, cela serait chuchoté directement à l'oreille de l'unique destinataire.

Voilà donc comment Bill Danvers gagnait sa vie ! Le fervent chrétien travaillait pour Chick Tricker.

Beaucoup en faisaient autant, indirectement. Leo, par exemple. Mais certains dépouillaient des ivrognes, protégeaient les briseurs de grève, empoisonnaient les chevaux et abattaient les gens. Mr. Tricker s'intéressait à une multitude d'affaires différentes et offrait de nombreux emplois. J'avais le sentiment très net que Bill Danvers ne débarrassait pas les tables.

Il retourna ensuite vers l'autre extrémité du club, sans se presser. Il se figea soudain, puis contourna vivement plusieurs tables pour attraper par le bras une toute jeune fille aux cheveux bruns. Elle se dirigeait vers un client et n'apprécia pas d'être retardée. Mais quand elle voulut se dégager, Danvers l'agrippa par le cou et la repoussa dans le noir, au-delà des premières tables. Après quelques minutes angoissantes, elle reparut, une main sur le ventre, les cheveux en désordre. Pas d'œil au beurre noir ni de lèvre sanglante, comme on devait s'y attendre. Bill Danvers frappait de sorte à ne pas laisser de marques.

Il émergea de la pénombre et, en sursautant, je me rendis compte qu'il pouvait me voir. Mon cœur battit à tout rompre ; je perdis le rythme. Frénétiquement, je cherchai un moyen de quitter la piste.

— Qu'y a-t-il ?

— Pourrions-nous… J'ai légèrement la tête qui tourne… y a-t-il un endroit où on pourrait prendre l'air ?

Une infime hésitation révéla que Leo savait fort bien que ce n'était qu'un prétexte. Il répondit néanmoins :

— La jeune dame veut de l'air, elle aura de l'air. J'ai accès à une partie très sélecte de l'établissement. Si vous permettez…

D'un geste, il me proposa de monter, et j'acquiesçai. Me tenant par la main, il m'emmena loin de la piste et des yeux malveillants de Bill Danvers.

Le lieu sélect s'avéra être le toit en terrasse. C'était très à la mode, pensai-je en reprenant mon souffle après avoir gravi tous ces étages. Les clubs de la ville étendaient souvent le cadre de la fête au toit, où leurs meilleurs clients se détendaient au son d'un quatuor à cordes en faisant couler des flots de champagne. Cependant, l'Acme Café ne réussissait à proposer qu'un vieux divan entouré de lanternes chinoises. Au moins, il n'y avait personne d'autre là-haut et l'air nocturne se chargeait de la douceur du début du printemps. Leo plaça une grosse brique devant la porte et je contemplai les toits de la ville, en me remémorant le tableau des jeunes femmes qui se lavaient les cheveux, entourées par la splendeur de New York. Et cet autre dessin, représentant des fenêtres la nuit et un voyeur.

Leo m'invita à m'asseoir, et je m'installai comme si nous étions dans un petit salon et non sur le toit d'un club, avec la musique résonnant au loin. Le tissu en tapisserie du divan avait connu des jours meilleurs, mais avait été protégé des intempéries par une toile cirée posée à proximité.

— Pourquoi avoir monté un divan jusqu'ici ? m'étonnai-je.

— Je me le demande. Quelle drôle d'idée !

Poussant un peu mon pied avec le sien, il m'interrogea :

— Vous voulez me dire pourquoi une fille capable de tenir tête à George Rutherford a fui la piste à cause d'un voyou ?

Il avait remarqué Danvers, lui aussi.

— Cet homme travaille-t-il ici ?

— Je l'ai vu dans les parages. Pourquoi ? Il vous a fait du mal ?

— Pourquoi me posez-vous cette question ?

— Parce qu'il est trop laid pour être votre mari. Dites-moi ce qui s'est passé.

Je faillis tout lui raconter, mais, rien qu'un soir, j'avais envie d'oublier le refuge, les vertueux partisans de Pickett et le meurtre de Sadie. Que le vent emporte tout au loin, le long de l'East River !

— D'accord, vous n'avez pas envie. Permettez que je vous pose une autre question : croyez-vous qu'on puisse tomber amoureux au premier regard ? fit-il en se rapprochant de moi sur la banquette.

— Non.

— Bien. Moi non plus. Croyez-vous aux baisers ?

— À leur existence ou à leur valeur éthique ?

— La première proposition… non, la seconde. Ce que vous êtes jolie !

Nous décidâmes de répondre à sa question par une troisième méthode : l'approche expérimentale. Honnêtement, je n'avais jamais été très sûre de mon opinion sur les baisers ; s'écraser mutuellement les lèvres semblait un début maladroit. Cela dit, Leo Hirschfeld présentait d'excellents arguments en leur faveur.

Chaque époque a sa conception des convenances, en matière de sexe. À peine une décennie plus tard, les gens m'auraient taxée de pruderie. Mais, de mon temps, beaucoup auraient été choqués par mon comportement. Certes, il allait au-delà – ou au-dessous – de mes propres attentes. Le tango avait accompli son œuvre. Leo Hirschfeld dansait bien, il embrassait tout aussi bien. Et il était beaucoup trop facile de s'allonger sur un divan. On imagine que parce que ce n'est pas un lit, les choses qui ont lieu dans des lits ne peuvent s'y produire. Peut-être est-ce vrai des divans de salons ; pour ceux des toits en terrasse, pas du tout.

À un moment, je compris que ma confiance dans

l'usage conventionnel des meubles était mal placée et je me rassis, délogeant Mr. Hirschfeld. Je replantai les épingles dans mon chignon et reboutonnai mon corsage.

— Pour de bon ? souffla Leo.

— Pour de bon.

— Vous connaissez *Roméo et Juliette* ? « Oh, me laisseras-tu si insatisfait ? »

— « Oui. » *Henri IV*.

Il me regardait, la main sur le cœur. Puis il hocha la tête, admettant soit la pertinence de la citation, soit la sagesse de l'interruption.

— Je… je dois retourner m'occuper de mes tables, de toute manière. Ne parlez plus à ces gars de Harvard. Je n'ai pas le droit de boxer les clients.

J'allais le rassurer quand des rumeurs de panique montèrent de la rue, loin en contrebas. Nous postant au bord du toit, nous vîmes l'Acme dégorger sa belle clientèle. Chics ou vulgaires, tous se déversaient par les portes de devant, se ruaient par les sorties de secours et escaladaient la clôture de l'arrière-cour. Au-dehors, des policiers rassemblaient tel un troupeau ceux qu'ils avaient capturés et les faisaient monter dans les fourgons.

— Une descente, commenta Leo. Chick n'a pas dû payer les flics à temps. Venez.

Il me prit par la main et me guida sur un toit adjacent. Puis sur le suivant, et le suivant, jusqu'à ce que nous en trouvions un pourvu d'un escalier de secours qui n'était ni rouillé ni descellé du mur de briques. Je me glissai sur la plateforme métallique, détournant les yeux des fenêtres, contrairement à Leo qui lançait des salutations et des excuses cordiales aux rares résidents stupéfaits de nous voir déambuler au milieu de la nuit. Nous atteignîmes l'échelle et, avant que j'aie pu tomber, il me saisit par la taille et m'aida à descendre. Un moment plus tard, nous étions dans la rue sans un policier en vue.

Il était plus de onze heures quand nous remontâmes le Bowery. Leo se sentit autorisé à m'enlacer, marmonnant de vagues insultes à propos des passants.

— Ça veut dire que vous avez perdu votre emploi ? lui demandai-je.

— Pas pour longtemps. Voyez-vous, à votre insu, vous assistiez à une réception organisée par la Piano Tuners Benevolent Euchre and Whist League, l'Association des joueurs d'euchre et de whist accordeurs de piano bénévoles. Ce n'était pas une salle de bal et certainement pas un club. Comme ça, si la soirée tourne mal – ce qui est le cas presque chaque nuit –, Chick peut répondre : « Qu'est-ce que j'y peux ? J'ai loué la salle, les choses ont dégénéré. Quels irresponsables, ces accordeurs de piano ! » Personne ne le croit, mais tout le monde touche sa part pour regarder ailleurs. Rien que les licences couvrent une grande partie des pots-de-vin. Sans doute que quelqu'un s'est montré plus gourmand, Chick s'est entêté, et ils ont montré les muscles en appelant les flics. D'ici quelques jours, ils se mettront d'accord et nous servirons des boissons aux Sœurs de Sainte-Claire.

Une femme tituba vers nous et fit observer que Leo avait l'air assez viril pour deux. Il l'écarta d'un geste, mais je songeai à Danvers et à la fille qui pressait son ventre.

— Qu'est-ce qu'un homme qui maltraite les femmes aurait à raconter à votre patron ?

Il mit les mains dans ses poches et haussa les épaules.

— Vous avez vu qu'au club il y avait…

— Des entraîneuses, oui.

Je pensai à Joe. J'avais supposé que Sadie lui remettait tout ce qu'elle gagnait, selon l'arrangement assez répandu. Mais supposons que Joe ait donné une partie de cet argent à quelqu'un d'autre ? Des tas de jeunes gens désœuvrés et en colère gravitaient autour de Chick Tricker et de ses semblables. Ils n'hésitaient pas à échanger l'argent durement gagné de leur petite amie contre une besogne occasionnelle, cambrioler une maison ou tabasser le gagnant d'une partie de cartes.

Évidemment, l'amie en question pouvait voir d'un mauvais œil qu'on refile son gain à une tierce personne. Mais les coups de poing dans le ventre étaient faits pour ça. Et quand on s'appelait Chick Tricker, on n'avait pas besoin de les administrer soi-même ; on avait des Bill Danvers pour s'en charger.

Donc, qu'aurait fait un Bill Danvers si l'une des femmes décidait d'arrêter de travailler ? De sa prison, Joe ne pouvait obliger Sadie à marcher droit. Ç'avait été le moment de faire appel aux experts. Or pour convaincre une fille de retourner sur le trottoir, pourquoi ne pas commencer par lui faire du charme ? On la sortait. On la flattait. On l'écoutait se plaindre de sa situation, on compatissait : elle méritait mieux. Après, si elle se montrait encore récalcitrante, on la châtiait pour l'exemple.

Et quel meilleur moyen de garder l'œil sur les anciennes employées que de rester posté devant leur maison, leur rappelant chaque jour le risque qu'elles couraient en s'obstinant dans leur refus ? Bill Danvers avait-il eu l'idée d'intégrer la brigade de Mrs. Prickett, ou le stratagème venait-il de Chick Tricker ? Je soupçonnais Tricker ; le plan semblait trop intelligent pour Bill. Combien d'entre les pensionnaires du refuge avaient trimé, sans le savoir, pour Chick Tricker ? Le meurtre de Sadie servait-il à la fois de vengeance et d'avertissement ? Il faudrait que je demande à Carrie si Sadie avait travaillé dans un des clubs.

Et Clementine Pickett. Se doutait-elle seulement du

genre d'homme qui se tenait auprès d'elle dans sa croisade moralisatrice ?

Pendant qu'un train passait en grondant au-dessus de nos têtes, Leo séduisit les passants, et peut-être un peu moi, en chantant : « Elle savait coudre, oh ! elle savait coudre, mais quand elle dansait... j'étais captivé, mon cœur se balançait. »

— Un cœur, se balancer ?

— Vous avez raison, un cœur qui se balance, ce n'est pas bon.

Alors, il me prit les deux mains.

— Vous me plaisez beaucoup, Miss Prescott.

Il me plaisait beaucoup à moi aussi et j'envisageai de le lui dire. Mais il semblait judicieux de conserver une longueur d'avance, aussi me contentai-je de sourire.

Cela suffit à Leo, qui chanta joyeusement :

— « Une fille m'a souri... » Non, attendez...

Il leva les yeux vers le viaduc métallique, inspiré par le rythme des roues.

— « Elle m'a souri / sous l'IRT[1]. »

Il me souleva et me fit tournoyer de plus en plus vite.

— « Et maintenant je crois / qu'elle est faite pour moi. / Moi, je filais, le temps passait / et maintenant je sais... »

Il allait m'embrasser à nouveau quand je remarquai la foule au bout du pâté d'immeubles. Les gens. Là où ils n'auraient pas dû être. La police. Et, par terre, quelque chose.

Quelqu'un.

Laissant Leo derrière moi, je me mis à courir. La foule s'écarta, me révélant le corps.

Celui de Carrie Biel.

1. Interborough Rapid Transit : premier réseau métropolitain de la ville de New York, comportant des lignes aériennes et souterraines.

CHAPITRE IX

C'était comme mourir gelé. La scène était trop terrible, trop atroce, alors on s'engourdissait. Tout ralentissait jusqu'à devenir irréel. Penser était difficile, et tant mieux. Penser, c'était comprendre. Je ne voulais pas comprendre l'horreur en laquelle on avait transformé Carrie Biel. Comment pouvait-on infliger pareil traitement à un autre être humain – tordre, lacérer, détruire ? Derrière moi, je sentais la présence de Leo, anxieux, désemparé. Le monde était glacé. La bonté n'existait pas ici-bas. Prétendre le contraire était se complaire dans l'illusion.

— Vous voyez ? Vous voyez ce qu'il fait à ces jeunes femmes ? Vous devez l'arrêter, l'arrêter sur-le-champ !

La voix de Mrs. Pickett perça le brouillard et l'image de Carrie se détacha tout d'un coup avec acuité. Elle était étendue comme si on l'avait laissée tomber, les bras écartés, les jambes de travers. La mort avait fondu sur elle, la fauchant dans un dernier spasme de vie. Son visage était un patchwork de sang et de peau. Les coupures étaient les mêmes que sur Sadie, des entailles portées à l'aveuglette sur le front et sur les bras. Quoique sur les bras, cela avait pu arriver au cours d'un affrontement. Carrie se serait battue. Elle aurait su ce qui l'attendait et se serait défendue de toutes ses forces.

Je sentais que quelque chose m'échappait. *Oublie le sang, les plaies, elles t'aveuglent. Regarde Carrie, imagine-la se battre. Regarde ses bras, ses mains.* Les paumes étaient tournées vers le haut, les doigts légèrement recourbés. Les manches de son manteau étaient remontées et ses poignets paraissaient pâles et vulnérables. Voyons… pas les poignets, ce n'étaient pas les poignets, c'était…

Son bracelet. Le bracelet de corde avait disparu.

Hébétée, je parcourus des yeux les visages autour de moi, trouvai l'officier Nolan.

— Couvrez-la, s'il vous plaît. Ne les laissez pas regarder ce qu'il a fait d'elle.

Il ordonna aux agents d'entourer le corps, le protégeant de la vue du public. Un gémissement de déception monta de la vingtaine de badauds excités à la perspective du spectacle dont on venait de les priver.

— Vous ne pourrez pas soustraire ses crimes à notre vue, rétorqua Mrs. Pickett.

Tirée du lit, elle avait jeté un imperméable sur sa chemise de nuit. Ses cheveux grisonnants étaient tressés et ses yeux soulignés de poches marbrées de noir. La main qui resserrait le col de son vêtement était marquée de taches et d'un réseau de veines. Elle avait l'air vieille. Vieille et terriblement sincère.

— Je sais, répondit l'officier Nolan d'un ton las. Connaissez-vous cette femme, Miss Prescott ?

— Oui. Elle s'appelle Carrie Biel.

J'élevai la voix afin que Mrs. Pickett et ses acolytes puissent entendre la scandaleuse profession de Carrie :

— Elle travaille à Rutherford's, le grand magasin. C'est ma faute si elle était ici, dis-je plus bas à l'officier Nolan.

— Comment ça ?

— C'était une amie de Sadie Ellis. Je lui ai dit qu'elle pouvait venir récupérer ses affaires, si elle les voulait.

— À quelle heure avez-vous quitté le refuge ce soir, Miss Prescott ?

— Vers dix-neuf heures.

— Vous ne savez donc pas si votre oncle est resté à la maison cette nuit ?

Ce nouvel angle d'attaque me fit tressaillir.

— C'est ce qu'il avait prévu. Il se faisait une joie de voir Carrie…

— Je n'en doute pas, intervint Mrs. Pickett. Demandez donc à votre oncle de quoi il discutait avec elle plus tôt dans la soirée.

— De son nouvel emploi, j'imagine.

— Ah oui ? Dans la rue ? Pourquoi, alors, lui a-t-elle dit de la laisser tranquille ? Et d'enlever ses sales pattes ?

La foule étouffa un cri. La scène évoquée par Mrs. Pickett était pour moi inconcevable. Je ne savais si j'allais qualifier ces allégations de « grotesques » ou de « honteuses » quand elle s'écria :

— Ce n'était qu'à quelques rues d'ici ! Je les ai entendus. Ouvrez les yeux, Miss Prescott ! Voyez votre oncle pour ce qu'il est réellement !

Il me déplaisait de haïr une femme à ce point. Sa rectitude, sa méchanceté, son manque d'humanité paradant sous la bannière de la vertu. Avec plus de colère que je n'aurais voulu, je lançai :

— La police pourrait aussi demander où Bill Danvers se trouvait ce soir.

Je me retournai vers l'officier.

— Danvers s'est associé à Mrs. Pickett, mais il collabore également avec Chick Tricker. Il était à l'Acme Café ce soir. Je l'ai vu là-bas, mais pas en permanence.

Il se peut qu'il ait quitté le club. Qu'il soit venu ici. Saviez-vous ça, Mrs. Pickett ? Que l'homme que vous côtoyez depuis des semaines travaille pour un gangster, et que lorsque les femmes refusent d'obéir, il les frappe ? Si ce n'est pire.

Je m'étais mise à crier et recouvrai mon calme à grand-peine. Leo passa son bras autour de moi. Ce faisant, il attira l'attention de l'officier, qui lui demanda son nom. Leo déclina son identité et je sentis l'hostilité hérisser la foule, un peu comme lorsqu'on entend le grondement sourd d'un dogue avant qu'il morde.

— Qu'est-ce qui vous amène dans le quartier ce soir, Mr. Hirschfeld ?

— Je raccompagne cette dame chez elle, officier.

— Vous êtes sortis ?

— À l'Acme Café. Il n'y a qu'une centaine de personnes qui m'ont vu. Ça risque d'être difficile de trouver des témoins.

Les sarcasmes de Leo lui valurent un sourire pincé.

— C'est bon, je me fierai à la parole de Miss Prescott.

Jamais je n'avais eu autant conscience de la consonance chrétienne de mon nom de famille. Cela n'échappa pas non plus à Leo.

— Naturellement.

— Pardon ? dit l'officier.

— Je voulais dire que votre confiance en l'intégrité de Miss Prescott est tout à fait fondée.

Leo parlait un peu trop vite et ce n'était pas par déférence. Il se moquait de l'officier.

— Vous habitez le quartier, Mr. Hirschfeld ?

— Non, je n'y habite pas.

— Vous y travaillez ?

— Je travaille dans toute la ville, officier.

Les poings au fond des poches, il se balançait légèrement d'avant en arrière.

— Y compris par ici ?

Leo énuméra ses jours et lieux de travail, en terminant par l'Acme les mercredis et vendredis. Puis il ajouta :

— Vous noterez qu'aujourd'hui nous sommes mercredi.

Nolan l'ignora.

— Vous êtes restée en compagnie de Mr. Hirschfeld ce soir, Miss Prescott ?

— Oui.

— La soirée entière ?

L'apparente désinvolture de sa question m'apprit que je devais allier la prudence à la vérité. Je m'emparai du bras de Leo.

— Je n'ai pas souvenir de l'avoir perdu de vue.

Ce n'était pas vrai au sens strict. À certains moments, j'avais observé d'autres personnes sans me soucier des allées et venues de Leo. Le café se trouvait à moins d'un kilomètre. Théoriquement, un homme pouvait partir, commettre un meurtre et revenir en à peine plus d'une demi-heure. Mais Leo n'avait aucune raison au monde de tuer Carrie. Il n'aurait pu changer de vêtements si vite. Et bien que ma conception de ce dont les gens étaient capables eût changé au cours de la demi-heure écoulée, je ne pouvais l'associer à ce genre de brutalité.

Quant à Bill Danvers, en revanche, j'ignorais où il se trouvait après vingt et une heures trente. Et même avant. Il était venu au club pour parler à Chick Tricker. Quelle nouvelle pouvait être d'une importance telle qu'elle lui permettait de s'entretenir en privé avec un mafieux aussi puissant ? Le meurtre d'une seconde prostituée égarée, abritée au refuge ? Je regardai alentour. Nous étions près de l'endroit où Sadie avait été retrouvée – encore une fois non loin du refuge. On voyait les grandes fenêtres de l'un des entrepôts, mais nous n'étions pas tout à côté de l'abattoir. Il n'y avait pas la même quantité de sang sur le trottoir. Carrie avait été déplacée. Mais pas cachée. Près de l'entrepôt désert, peut-être le tueur n'avait-il pas jugé nécessaire de dissimuler le cadavre, tard dans la nuit.

Un grognement de mauvais augure s'éleva et je pris conscience de têtes qui se tournaient, d'une nervosité qui s'exacerbait. Mon oncle arrivait. Il marcha lentement, évaluant l'assemblée du regard. Puis il posa les yeux sur la forme recouverte de Carrie Biel et les ferma brièvement.

— Alors quoi ? lui jeta Mrs. Pickett. Vous avez honte de contempler votre œuvre ?

L'officier Nolan entraîna mon oncle un peu plus loin dans la rue. Je les suivis. À voix basse, le policier expliqua :

— Une autre femme a été assassinée. D'après votre nièce, Carrie Biel.

— Alors je pense que c'est elle en effet.

— Vous la connaissiez ?

Mon oncle s'approcha du corps de Carrie. D'une voix rauque, il le confirma.

— Si vous la connaissiez ? se récria Mrs. Pickett d'une voix stridente. Vous l'avez agressée ! Vous l'avez assassinée !

La foule s'approcha et le jeune policier écarta les bras, tenant Mrs. Pickett et ses partisans à distance. Mais tout juste.

— Mrs. Pickett affirme vous avoir vu dans la rue ce soir, dit le policier.

— Eh bien, c'est ce qu'elle dit.

— Elle soutient que vous avez parlé avec Carrie Biel. Qu'il y a eu une dispute.

— Il n'y a pas eu de dispute.

Je crus déceler un réel embarras dans le ton de mon oncle.

— Mais vous avez parlé avec Miss Biel. À quel sujet ?

Il y eut une pause. Le silence pesa de tout son poids sur mon cœur. *Dis-lui*, pensai-je. *Pour l'amour de Dieu... dis quelque chose.*

Mon oncle éluda :

— Officier, je voudrais emmener ma nièce à l'intérieur.

J'eus la surprise de voir mon oncle tendre la main vers moi, mais l'officier Nolan le saisit par le bras.

— Il serait préférable que vous nous accompagniez au poste.

— Pourquoi ? Parce que je suis plus commode que Mrs. Pickett ?

— Parce que vous admettez avoir eu un contact avec la victime un peu plus tôt. Il nous faudra un compte rendu détaillé de vos allées et venues.

Les deux hommes avaient élevé la voix et parlaient assez fort pour être entendus par la foule, qui exigeait que mon oncle fût interrogé, arrêté et inculpé.

— Cette malheureuse mérite justice ! tempêta Mrs. Pickett. Vous avez laissé un dangereux criminel libre de rôder parmi nous et vous voyez ici le résultat. Nous ne le tolérerons pas une seconde fois.

L'officier Nolan ne toléra pas davantage ce défi à son autorité. Il aboya à son collègue de rétablir l'ordre et emmena mon oncle. La foule, sentant qu'on lui donnait raison, manifesta bruyamment son approbation.

Délaissant Leo, je me précipitai pour affronter l'officier.

— Où le conduisez-vous ?

— En cellule.

— Pour quel motif ?

— Au motif que je suis fatigué de l'interroger dans la rue à une heure du matin et que votre oncle sera peut-être plus disposé à répondre à l'intérieur.

— Vous ne pouvez pas le mettre en prison. Vous n'en avez aucune raison.

Le policier désigna d'un brusque mouvement du menton la silhouette recouverte.

— La voilà, ma raison. Venez, révérend.

Et c'est ainsi que nous allâmes en prison.

***

Au commissariat, mon oncle fut longuement interrogé, puis je fus enfin autorisée à le voir. Un officier exténué m'ouvrit la porte de la pièce où il était détenu. Je me rendis compte à cet instant précis que mon premier souvenir de ce pays était le visage d'un agent.

Qui est-ce ? Tu connais cet homme ?

Je m'en souvenais distinctement, même si je n'avais que trois ans. On me montra une enveloppe, celle qui avait été épinglée à mon manteau. Un homme en uniforme bleu m'indiqua quelque chose d'écrit dans le coin. Des lettres ornées de boucles que je ne savais pas encore lire. Pourtant, je sentais que la question était importante.

Il la répéta.

— Qui est-ce ?

Je secouai la tête, ma façon de dire que j'étais incapable de déchiffrer les mots. Un autre homme en bleu s'en mêla :

— Allons, Charlie, elle ne peut pas lire ça.

Le premier regarda l'enveloppe.

— Le révérend Tewin Prescott. Qui est-ce, ma puce ?

Je savais que mon nom était Prescott. L'espoir dut illuminer mes traits, car l'homme suggéra :

— Un parent ? Ton père, peut-être ?

Je fis encore non de la tête. Mon père était parti, mais j'avais le sentiment très fort que si j'accordais ce titre à un autre, la place serait prise et il ne pourrait jamais revenir. Les noms semblaient compter, toutefois, alors je murmurai :

— Je m'appelle Jane.

— Jane Prescott.

J'opinai du chef, et le policier échangea un commentaire avec son partenaire.

— Donc, il est de la famille. As-tu déjà rencontré ce monsieur, Jane ? Tu le connais ?

Maintenant que je suis assise en face de mon oncle, je me rappelle cette nuit. Les questions.

Qui est cet homme ? Est-ce que je le connais ?

— Mon oncle, dis-moi que Berthe témoignera que tu étais au refuge toute la soirée. Qu'après avoir parlé avec Carrie tu es rentré et que tu es resté.

— Cela, je ne peux pas te le dire.

— Alors, il faut informer la police de l'endroit où tu es allé.

— Permets-moi de différer sur ce point.

Le connaissant, nous nous orientions vers une dispute sur la nature même de la coercition. Je changeai de tactique.

— Si tu n'apprends pas à la police où tu étais et que personne ne confirme ta version des faits, ce sera dangereux.

— Dangereux ? En quoi ?

— Ne fais pas semblant de ne pas comprendre.

Un sourcil levé me signala que j'étais à deux doigts de dépasser les bornes.

— Je ne fais pas semblant. Je te demande ta définition du terme.

— Si tu ne peux pas prouver que tu n'étais pas dans l'allée où la pauvre Sadie a été tuée, ni que tu te trouvais au refuge au moment de l'assassinat de Carrie Biel, les gens croiront que tu es le meurtrier.

— Une idée absurde.

— Bien sûr. Mais les gens pensent continuellement toutes sortes d'absurdités. Par exemple, que l'électricité est le feu de Satan.

— Ai-je besoin de te faire remarquer que nous ne pouvons nous laisser régenter par ces inepties ?

— Ce n'est pas se laisser régenter que d'indiquer son emploi du temps.

— Si, quand cela va contre ma volonté.

— Et les conséquences d'un refus ? Tu les rejettes aussi facilement ?

J'attendis, le laissant imaginer le refuge sans lui. Ou ce que cela impliquerait d'être accusé, et peut-être inculpé, pour les assassinats de Sadie et de Carrie. Bien qu'il ne fût pas du genre à se soucier de confort matériel, il n'était plus de première jeunesse, et il faisait froid et humide en prison. La nourriture était sans doute mauvaise. Et la compagnie… fruste.

— Seras-tu en sécurité, ici ? m'inquiétai-je.

— C'est une prison, Jane.

Je le scrutai. Il n'était pas le seul à être épuisé. J'avais l'impression que mon sang s'était transformé en plomb.

— Pourquoi ne me laisses-tu pas t'aider ? soupirai-je.

— Pas la peine. Ils ne peuvent pas me retenir ici. Ils

ne disposent d'aucune preuve. C'est une démonstration de force pour éloigner Mrs. Pickett et ses partisans.

— Et pour continuer à les éloigner, vont-ils te garder ici ?

— Le policier a agi inconsidérément. Il était fatigué. Il s'en rendra compte demain matin et me relâchera.

— Et s'il ne s'en rendait pas compte ? As-tu vu Carrie ce soir, mon oncle ?

— Oui. Elle venait chercher les affaires de Miss Ellis. Je l'ai félicitée pour son nouveau travail, et elle est partie.

— À quelle heure est-elle arrivée ?

— Un peu après vingt et une heures, je crois.

J'avais vu Bill Danvers avant. Il avait eu le temps de tuer Carrie et de revenir au club.

— Et… l'altercation ? m'enquis-je avec circonspection.

— Je me souviens, maintenant, Berthe lui a recommandé de marcher vite et d'éviter les ennuis. Miss Biel a dit qu'elle avait été accostée par un importun, mais qu'elle s'en était débarrassée assez facilement.

Mon oncle n'était généralement pas doué pour se rappeler les conversations des autres. Mais, s'il avait raison, Mrs. Pickett n'avait pas entendu Carrie se battre avec son assassin. Du moins… pas au moment où il l'avait tuée. Bien sûr, Bill Danvers avait pu attendre qu'elle quitte le refuge.

— Au moins, mon oncle, ne t'importe-t-il pas de savoir qui a tué Sadie et Carrie ?

— Bien sûr que si.

— Quand les policiers et cette horde déchaînée penseront tenir leur coupable, crois-tu qu'ils se donneront beaucoup de mal pour trouver le vrai meurtrier ?

— Ce n'est pas de mon ressort.

Je voulus argumenter, presser mon oncle de m'autoriser à tenter quelque chose. Puis je compris qu'il ne céderait jamais.

Et que je n'avais pas besoin de sa permission.

Je me levai.

— Reste ici, dans ce cas. Rentre à la maison s'ils te relâchent. Mais, que cela te plaise ou non, je ne te laisserai pas endosser la responsabilité d'un crime dont tu es innocent. Tu me dis souvent que lorsqu'une situation me déplaît ou m'offense, je n'ai qu'à y remédier. Ta présence ici m'offense. Que l'assassin de Sadie et de Carrie coure toujours m'offense. « Et si ton œil droit est pour toi une occasion de chute… » Tu es pasteur, tu connais la suite. Bonne nuit, mon oncle. J'espère que tu parviendras à trouver un peu de sommeil.

***

Tandis qu'on me reconduisait vers la sortie, je me demandai quelle heure il était. Presque toute la ville était endormie, mais le quartier général de la police était en pleine effervescence. Des agents finissaient leur service, vannés, les yeux cernés ; des ivrognes ulcérés et des femmes hystériques étaient amenés sans ménagement. Bien que le trajet à pied jusqu'au refuge ne fût pas long, il s'annonçait peu agréable. J'hésitais à appeler Berthe pour qu'elle vienne me rejoindre quand j'entendis l'officier Nolan :

— Miss Prescott ? Y a-t-il quelqu'un pour vous raccompagner ?

Le haut de son uniforme était déboutonné, ses cheveux gris ébouriffés. Ils avaient des lits de camp en bas, pour l'équipe de nuit, et je devinai qu'il était sur le point de se coucher. Je ressentis un élan de sympathie, puis je songeai à mon oncle, sur un lit étroit derrière des barreaux.

— Ça ira, officier. Il y a sûrement du monde dans les rues, même à cette heure-ci.

Reboutonnant son col, il appela :

— Frank ? Signe-moi une sortie, je raccompagne la jeune dame chez elle.

— Ne vous donnez pas cette p…

— Je ne veux pas que vous soyez la troisième femme assassinée pendant mon quart, Miss Prescott.

Comme je l'avais prédit, les rues étaient encore animées, et le chemin, au sortir du nouveau quartier général de la police, dans Centre Street, était encombré de gens, de chevaux et de fumier. Je relevai mes jupes et vis que l'officier Nolan tenait sa matraque d'une main ferme. Il n'était plus tout jeune. Était-ce à la médiocrité ou à la malveillance de ses supérieurs qu'il devait de continuer à faire ses rondes au bout de tant d'années ?

— Vous ne seriez pas là si vous croyiez mon oncle coupable, fis-je remarquer. Vous penseriez que le tueur est sous les verrous et que tout va bien dans le monde.

— Il y a toujours des problèmes dans les rues, marmonna-t-il, refusant de se laisser entraîner.

— Que savez-vous de Chick Tricker, officier Nolan ?

— Pas autant que je le voudrais. Il a des amis.

À sa façon de parler, je compris que ces amis étaient ses collègues de la police.

— Mais vous savez qu'il dirige des bordels et des clubs.

— Est-ce que l'une des victimes travaillait pour lui ?

— Je l'ignore. En tout cas, elles travaillaient dans ce quartier, donc ce n'est pas impossible qu'il ait pris leur argent. Avez-vous déjà entendu parler de Bill Danvers ?

— L'homme que vous avez mentionné plus tôt. Son nom ne m'est pas familier.

— Il est employé par Chick Tricker. Ce soir, à l'Acme, je l'ai vu agresser une femme.

— Vous n'avez rien à faire dans un endroit pareil.

Là n'était pas la question. Je m'en tins à mon sujet.

— Chick Tricker a tout intérêt à ce que le refuge ferme. Les femmes ne trouveront plus la sécurité nulle part, elles seront effrayées et donc plus dociles. Danvers travaille pour lui, même s'il prétend être un allié de Mrs. Pickett. N'est-ce pas un comportement bizarre ?

— En parlant de ça…

L'officier Nolan esquissa un geste vers deux hommes de l'autre côté de la rue. Ivres, ils tournaient l'un autour de l'autre, armés de tessons de bouteille. De temps en temps, l'un faisait un mouvement menaçant vers l'autre, puis trébuchait.

— À mon avis, persistai-je, Danvers veille à ce que les femmes filent doux. Pourquoi resterait-il planté dans la rue toute la journée avec Clementine Pickett, à moins que Chick Tricker ne le paie ? Ne peut-on raisonnablement supposer que Sadie et Carrie ont été tuées en guise d'avertissement ? « Vous pouvez toujours fuir, on vous retrouvera. »

— Ces deux femmes connaissaient-elles Danvers ?

— Sadie, oui, mais pas Carrie.

— Pourquoi personne n'a-t-il entendu de hurlements, ce soir ?

— C'est le Lower East Side. Il y a tout le temps des cris. Les voisins n'y prennent plus garde.

— Ils ne prêtent plus attention aux bagarres, aux querelles de ménage. Les appels à l'aide, les hurlements de terreur, ça, en général, ils s'en souviennent. J'ai parlé à beaucoup de gens dans ce secteur. Personne n'a rien entendu. Pourtant, votre homme n'a pas l'air du genre à inspirer confiance.

Je réfléchis.

— Peut-être qu'il les emmenait d'abord ailleurs. J'ai eu l'impression que le corps de Carrie avait été déplacé. Il n'y avait pas autant de sang que pour Sadie.

— Sadie a été tuée sur place. Et par quelqu'un dont elle ne se méfiait pas.

— Officier Nolan, mon oncle avance en âge. Sadie et Carrie étaient jeunes, en bonne santé, difficiles à maîtriser.

— Il n'y avait pas forcément besoin de les maîtriser, pas si elles avaient confiance. Nous pensons…

Il hésita à partager des détails macabres avec une jeune femme, puis se rappela que cette jeune femme avait vu les mêmes scènes que lui.

— Nous pensons qu'il commence par leur trancher la gorge. Tout le reste vient après.

Je formulai intérieurement une prière de gratitude qu'aucune des deux n'ait trop souffert. Puis cela me fit penser à un autre point en faveur de mon oncle.

— L'assassin devait être couvert de sang, non ?

— À proximité, il y a des tanneries, des abattoirs, des boucheries. Combien de fois avez-vous croisé, sans vous en étonner, un homme dont l'avant du vêtement était maculé de sang ?

— Mais vous avez remarqué que ceux de mon oncle étaient propres la nuit où Sadie a été tuée.

— J'ai aussi remarqué qu'il portait un sac. Ce n'est pas très compliqué de se munir d'affaires de rechange, puis de se débarrasser du reste.

— Il se serait changé au milieu de Bowery sans un seul témoin ?

— Les coins sombres et isolés ne manquent pas dans

cette ville. Malheureusement pour Carrie Biel et Sadie Ellis.

Je n'aurais su dire s'il mettait une fierté professionnelle à contrer toutes mes objections ou s'il croyait vraiment que mon oncle était coupable.

— Recherchez-vous le bas de Sadie et le bracelet de Carrie ?

Il eut un air méfiant.

— Pourquoi ?

— Carrie Biel portait un bracelet en corde. Elle le tenait de son père et ne l'enlevait jamais. Je l'ai vue avec hier matin, pourtant il avait disparu quand on a retrouvé son corps. Ce n'était pas le style de bijou qui intéresse un voleur, il n'avait aucune valeur. Et vous avez sûrement remarqué qu'on avait ôté à Sadie un de ses bas.

Il secoua la tête.

— Eh bien, c'était le cas. Un bas noir, reprisé à deux endroits. Le genre d'objet que Danvers montrerait à Chick Tricker pour prouver qu'il a accompli sa mission.

Nous arrivions au refuge. Sur le perron, je frissonnai.

— Le lendemain du meurtre de Sadie, quelqu'un a appelé ici. Il a dit qu'il savait que j'allais le « chercher », c'est la formule qu'il a employée. Et que si je le cherchais, il me trouverait. Plus tôt dans la journée, j'avais souligné que Bill Danvers avait parlé à Sadie. Il en a déduit que je l'accusais de l'avoir tuée.

— Et vous l'accusiez ?

— À l'époque, non. Maintenant, oui.

Ses épaules s'affaissèrent. Je lui imposais un surcroît de travail – à ses yeux, pour rien – et je me demandais : se souciait-il vraiment de savoir si le tueur de Sadie et de Carrie était pris ?

— Cela doit vous fatiguer.

— Quoi donc ?

— Vous attrapez un criminel, un autre le remplace. Ou il sort de prison. Quand Joe McInerny sort-il ?

Je savais que je devais sembler puérile et découragée. Mais je me sentais comme une enfant. Découragée. Et effrayée.

— J'aime l'idée que ça en fait toujours un de moins, répondit-il sur un ton d'excuse.

— Désolée, je dois paraître prétentieuse et ingrate. Cependant, je ne peux pas m'empêcher de penser que le tueur a déjà gagné. Il a réussi son coup. Carrie et Sadie, elles, ne pourront jamais retrouver leur… moi. Leur visage… Mes paroles ont l'air incohérentes, mais j'ai l'impression que c'était justement son but.

— Lequel ?

— Les faire ressembler à ce qu'il voulait. Les transformer en choses. Bonne nuit, officier. Merci encore. J'espère que je reverrai mon oncle ici demain ?

Aujourd'hui. On était déjà aujourd'hui.

— Je l'espère aussi, Miss Prescott. Laissez-nous nous en occuper.

— Il est la seule famille que j'aie au monde, officier Nolan. Je ne pense pas arriver à m'y résoudre.

— Ma foi, il n'y a pas grand-chose que vous puissiez faire.

Doux. Condescendant. Je souris poliment. Mais il avait tort. Je pouvais faire une chose au moins.

Retrouver Otelia Brooks.

CHAPITRE X

Quant au moyen de retrouver Otelia, je n'en avais pas la moindre idée. Une femme, dans une ville de cinq millions d'habitants. Une femme connue d'une seule autre personne de mon entourage, qui refusait de m'aider. Une femme qui, fallait-il le préciser, préférait probablement ne pas être trouvée.

Elle ne serait pas restée dans le Lower East Side, j'en étais convaincue. Ayant été agressée, elle se serait installée dans un quartier où elle se fondrait dans la masse. Dans celui où je travaillais, Otelia Brooks se serait fait remarquer. Dix ans plus tôt, elle aurait pu se placer comme domestique ; désormais, la mode était aux immigrés – ceux au teint le plus clair possible, de préférence. Et bien que Tenderloin abritât des pauvres de toutes carnations, je ne la voyais pas là-bas. Elle avait trop de compétences, trop de détermination… une conscience trop aiguë de son chemin.

Où ce chemin l'avait-il menée ?

J'écartai la possibilité qu'elle fût retournée dans le Mississippi. Le voyage aurait nécessité de l'argent, or elle avait apporté tout ce à quoi elle tenait en montant dans le Nord. Dans mon souvenir, elle n'était pas femme à se tourner vers le passé : elle allait de l'avant.

Le nom qu'elle avait donné au cotillon faisait référence aux baptistes du Sud, mais ce n'était pas forcément sa religion. Dans l'annuaire téléphonique, je ne trouvai rien à « Brooks ».

Il y avait deux quartiers où j'imaginais qu'une couturière doublée d'une coiffeuse qualifiée pouvait ouvrir boutique : San Juan Hill, vers la 60e Rue, et le haut de Tenderloin vers la 50e, où la misère cédait la place à des familles de la classe moyenne. Je quadrillai San Juan Hill pendant une heure en pure perte, agaçant plusieurs personnes en les dévisageant trop longuement ou scrutant l'intérieur des bars à travers la vitre. Je descendis ensuite jusqu'à la 53e Rue, entre la 6e Avenue et la 7e, dans la « Bohème noire » où se réunissaient musiciens, comédiens, danseurs et écrivains célèbres. J'avais un excellent motif d'y aller : il était plausible qu'Otelia Brooks ait trouvé un poste d'habilleuse dans un théâtre. J'étais aussi mue par une raison égoïste : je mourais d'envie de voir le Marshall.

Situé dans deux *brownstones*[1] aux 127 et 129 de la 53e Rue Ouest, le Marshall Hotel était le rendez-vous des gens à la mode, des auteurs et des acteurs de théâtre qui n'étaient pas admis dans les établissements blancs de New York. À la fois hôtel et club, il avait la réputation d'offrir les meilleurs spectacles de la ville. Bert Williams[2] y avait joué. Le chef d'orchestre James Reese Europe y séjournait lorsqu'il était de passage. Tout comme John Rosamond Johnson et son frère James. Il n'était pas inconcevable que l'un d'entre eux sorte se promener au moment précis où je passerais devant.

Mais alors que je rôdais au-dehors, le seul qui sortit

1. Maisons de ville en grès rouge, auxquelles on accède par un escalier souvent encadré de rampes en fer forgé.

2. Le roi du vaudeville.

dans la rue portait un seau d'eau et un balai. Posant le seau, il se mit à balayer les détritus laissés par les fêtards de la nuit. Il accomplissait cette tâche d'un air flegmatique ; ce n'était qu'une des mille et une besognes dont il se chargeait à l'hôtel.

Au bout d'un moment, je trouvai le courage de l'aborder :

— Excusez-moi, puis-je vous poser une question ?

— Non, je ne connais pas Mr. Williams, et je ne manquerai pas de transmettre à Mrs. Castle[1] que vous la trouvez merveilleuse.

— Désolée, je suis en fait à la recherche d'une dénommée Otelia Brooks.

— Jamais entendu parler. Danseuse ?

— Peut-être habilleuse. Ou coiffeuse ?

Il secoua la tête avec un sourire, habitué à décevoir.

— Pourtant, je connais la plupart de ceux qui bossent dans le coin.

— J'en suis sûre. Merci quand même.

— Avec plaisir.

Avant de partir, je levai les yeux vers le bâtiment, m'imaginant écouter l'orchestre de James Reese Europe ou voir les Castle danser. Alors j'entendis :

— Feriez mieux de vous dépêcher d'entrer si vous voulez jeter un coup d'œil. Ils essaient de nous fermer.

— Pourquoi ?

La plupart des clubs de la ville étaient des pièges mortels en cas d'incendie, mais pas le Marshall. Florenz Ziegfeld[2] le fréquentait, quand même !

— Ils disent qu'on trouble l'ordre public.

1. Irene et son époux Vernon Castle formaient un duo très en vogue aux États-Unis et popularisèrent de nombreuses danses en y apportant leur élégance.

2. Producteur des Ziegfeld Folies, spectacles musicaux.

En pensant aux nombreux bars et clubs du Lower East Side pour lesquels un simple trouble à l'ordre public aurait été un compliment, je répondis :

— Je suis sûre qu'ils ne le fermeront jamais.

— Très bien alors, puisque vous en êtes sûre…

Je tournais les talons pour partir quand, sur une impulsion, je posai encore une question :

— Vous n'avez jamais rencontré Mr. Joplin, n'est-ce pas ?

— Si, plusieurs fois. Paraît qu'il prépare un opéra.

— Quoi ? Un opéra ?

— La plupart des gens réagissent comme vous. Bonne journée, miss.

Accablée par le sentiment décourageant que j'avais perdu du temps et que Scott Joplin se tournait vers le classique, je me dirigeai vers l'arrêt du trolley. Comment retrouvait-on une personne disparue quand on n'avait pas les moyens d'engager un détective privé ? Je l'ignorais.

En revanche, je connaissais quelqu'un qui le saurait. Et ses bureaux ne se trouvaient qu'à un kilomètre de là.

Quand je me présentai au *Herald*, le réceptionniste m'identifia immédiatement :

— Oh, non ! Je me souviens de vous. J'ai des ordres : interdiction de vous laisser monter.

Je restai abasourdie. Puis je me souvins que, la dernière fois, j'avais commis un manquement au décorum.

— Je vous assure, aujourd'hui je veux vraiment passer une annonce.

L'homme fit signe à un agent de sécurité, qui s'avança vers moi avec détermination. Je montrai le téléphone.

— Auriez-vous l'obligeance d'appeler Michael Behan et de l'informer de ma présence ? Miss Jane Prescott.

Je levai les mains et affirmai à l'agent :

— Je ne bouge pas d'ici.

Entre la léthargie et l'effort, le vigile trouva la première plus attrayante et retourna s'affaler sur sa chaise. Quelques minutes plus tard, Michael Behan dévalait les marches quatre à quatre.

— Bon boulot, Jim, vous avez empêché cette folle d'entrer ! Je la raccompagne à la porte.

Je protestai quand il s'empara de mon bras, mais il me chuchota : « Non. »

Une fois dehors, il m'expliqua :

— Harry Knowles a pris une cuite hier soir après une longue interview au Murphy's Saloon. Il s'est cassé deux dents. Le *Herald* tolère un certain niveau d'ébriété de la part de son équipe, mais, pour le coup, il a exagéré. Il prétend donc que c'est arrivé lorsque vous vous en êtes prise à lui. Vous êtes désormais une menace pour la liberté de la presse.

— Ça veut dire que je peux lui casser d'autres dents ?

— Non. Qu'est-ce que c'est que cette histoire d'annonce ?

— J'ai besoin de retrouver une certaine Otelia Brooks.

Je précisai qui elle était et pourquoi je la cherchais.

— Et vous passeriez une petite annonce ? Pour dire quoi ?

Entre la soirée dansante et l'arrestation de mon oncle, j'avais très peu dormi et je n'avais pas les idées claires. « Recherche une femme du nom d'Otelia Brooks. Ou toute personne sachant où elle se trouve. » Non, cela n'avait pas beaucoup de chance de recevoir une réponse.

C'était aussi l'opinion de Behan, qu'il exprima avec ménagement. Puis il ajouta :

— De toute façon, ils ne lisent probablement pas le *Herald.*

— Comment ça ?

— Ils ont leurs propres journaux. L'équivalent de *Il Progresso* ou *Der Amerikaner.*

Son explication me parut bizarre. *Il Progresso* et *Der Amerikaner* visaient des lecteurs qui n'étaient pas anglophones de naissance. Or Otelia Brooks parlait l'anglais à la perfection. Quoique les Irlandais aussi, pour la plupart, et ils avaient leur propre presse.

— Quels sont ces journaux ?

— Il y en a un qui, je le sais, publie des petites annonces. Il s'appelle… Un nom de rue, chercha-t-il en claquant des doigts. Celle où il se trouve. Ah, l'*Amsterdam News* !

— Très bien. Merci.

Ma tentative se soldait par un échec. Mais je ne voulais pas m'avouer vaincue. Je voulais m'asseoir – me laisser choir, plutôt – sur un banc du misérable jardin de Herald Square et parler à en perdre le souffle. Parler à Michael Behan de Carrie, de ce que j'avais ressenti en la découvrant la veille. Poser toutes les questions auxquelles je n'osais me confronter : Que cachait mon oncle ? Comment Sadie et Carrie avaient-elles pu perdre la vie juste au moment où elles prenaient un nouveau départ ? Quel être bestial faisait ça aux femmes ?

Behan s'immisça dans mes pensées.

— J'ai été désolé d'apprendre qu'il y a eu une nouvelle victime, la nuit dernière.

Je le regardai fixement.

— Comment le savez-vous ?

Il sortit un journal de la poche de son pardessus.
— L'édition du matin.
Je le lui pris des mains et lus :

UNE DEUXIÈME FEMME ASSASSINÉE
DEVANT LE REFUGE
LE RÉVÉREND SOUS LES VERROUS

Au petit matin, un cri a retenti dans l'East Side. Le corps d'une deuxième jeune femme a été découvert devant le refuge Gorman. La victime, Carrie Biel, en était une résidente.

« Était », notai-je. Pas « avait été ». Une faute grammaticale bien commode.

De même que la victime précédente, Miss Biel avait été égorgée. Son visage atrocement mutilé…

J'en lus juste assez pour acquérir la certitude que Harry Knowles avait vu de ses yeux la pauvre Carrie ou parlé à une personne présente cette nuit-là.

Des témoins ont vu Miss Biel en compagnie du révérend Tewin Prescott plus tôt dans la soirée. On les a entendus se quereller dans la rue, Miss Biel répétant au révérend Prescott d'arrêter de la molester. Une personne du voisinage l'a entendue crier à plusieurs reprises : « Enlevez vos sales pattes de moi ! »
La tension monte dans le quartier. En vue de préserver le calme, tard la nuit dernière, les autorités ont interrogé le pasteur ainsi mis en cause.

Je chiffonnai le journal et le réduisis en une boule que je jetai par terre.

— Je suis désolé, dit Behan.

Je fus tentée de répliquer que si Harry Knowles m'approchait de moins d'un kilomètre, ce ne seraient pas que des dents qu'il perdrait. Mais les menaces n'empêcheraient pas ces articles de paraître, pas plus qu'elles ne tireraient mon oncle de prison. Traîner sur le banc d'un parc avec Michael Behan non plus.

— L'*Amsterdam News*.

— L'*Amsterdam News*, confirma-t-il. Leurs bureaux viennent d'emménager à Harlem.

***

Lorsque ma première employeuse, Mrs. Armslow, était devenue grabataire, ses proches multiplièrent les visites dans l'espoir d'un trésor post mortem. L'un des principaux sujets de conversation était leur célèbre famille et en particulier ses extravagances. L'histoire de Walter Armslow, l'une des préférées, réduisait l'assemblée à des fous rires incontrôlables au milieu desquels le mot « vaches » surgissait dans un hoquet. Gentleman-farmer par aspiration, Walter avait acquis une propriété au bord de la Harlem River et inauguré une ferme laitière. Il avait pour originalité de choisir le bétail en fonction de sa beauté plutôt que de sa capacité à produire du lait, et sa ferme prospérait à l'avenant. Les vaches constituaient un spectacle charmant et se révélaient utiles chaque fois que Walter, féru d'histoire, décidait de reconstituer la victoire de Washington et avait besoin de soldats anglais dociles à pourchasser. L'évocation de Walter chargeant une troupe militaire de bovidés à travers les plaines de Harlem tout en brandissant un sabre aux cris de « Pour la liberté ! » était un souvenir familial que chérissaient même ceux qui n'en avaient jamais été témoins. Malheureusement, le krach de 1873 avait exercé sur la ferme le même effet que le retour des *redcoats* à Harlem, la détruisant entièrement. Ce qui, comme le soulignaient les Armslow, n'était pas plus mal, car une fois que l'IRT avait prolongé sa ligne, les Italiens étaient arrivés, puis les Juifs, « profitant du malheur comme toujours ». Walter n'aurait certainement pas pu résister. Qu'Oscar Hammerstein eût bâti son opéra ou pas.

Mais si les heurs et malheurs du quartier portaient préjudice aux Armslow, ils furent une aubaine pour Philip Payton Junior qui, voyant les propriétaires désemparés incapables de trouver des locataires, fonda sa société immobilière, l'Afro-American Realty Company. Attirées par la possibilité de vivre dans des demeures avec cheminées en marbre et véritables placards, des familles commencèrent à s'installer dans les quartiers chics. Les journaux blancs avaient prédit avec tristesse que le succès de Mr. Payton causerait la perte de Harlem. Certains magasins fermèrent plutôt que de servir les nouveaux venus. John G. Taylor, qui avait fait fortune en investissant dans les bars, avait lancé la campagne « Sauvez votre propriété ! » en exigeant le retour de la ségrégation dans le métro aérien et l'édification d'une barrière le long de la 136e Rue pour empêcher « l'invasion des personnes de couleur ». Ses tentatives avaient échoué et, pour autant que je puisse en juger, Harlem prospérait. En descendant du métro, je plongeai dans un concert de voix où les accents juif, italien, espagnol et antillais se mêlaient à celui du Sud. Certains étaient familiers, d'autres inconnus, et pendant une minute je restai immobile, à les écouter.

C'était encore un lieu où les belles résidences de l'ouest étaient accolées aux baraques noires de poussière de charbon qui s'étendaient à l'est. Mais les larges boulevards étaient bordés de coquets immeubles de cinq étages aux jardinières plantées de géraniums et de tomates. Les trolleys et les voitures à cheval descendaient à toute allure vers le viaduc de Riverside Drive. En 1911, les terrains de polo, où, à ma connaissance, on n'avait jamais pratiqué ce sport, avaient brûlé. Ils avaient toutefois été reconstruits à temps pour que les Giants remportent le championnat, comme d'habitude. Les commerces fleurissaient le long de la 135e Rue, où les enseignes des tailleurs italiens et des bouchers cashers rivalisaient avec les boutiques de vêtements et les cafés plus récents. Les nickelodéons envahissaient la 125e. Rien qu'à un seul coin de rue, trois hommes haranguaient la foule, debout sur des caisses à savon. L'un discourait sur l'esclavage, un autre sur le socialisme, le troisième sur la Révolution française. Pendant ce temps, leurs camarades distribuaient des tracts.

Quand ces nouvelles populations migrèrent vers les quartiers résidentiels, leurs chroniqueurs les suivirent. La majorité des journaux de New York annonçaient les naissances, les mariages et les décès de maints d'entre ses habitants. Toutefois, la vie de la communauté noire était rarement mentionnée dans leurs pages. Le *New York Times* signala bien le décès d'Edward Sharps, un « nègre » qui prétendait avoir cent vingt-trois ans. Les exactions commises dans le Sud trouvaient parfois un écho dans les colonnes. Les discours de Booker T. Washington étaient dûment notés. Mais lorsque Aida Walker, la reine du cake-walk, donna sa célèbre interprétation de Salomé ou que R. W. Overton, de la Stuyvesant High School, remporta à seize ans le record de distance pour un avion en modèle réduit, New York dans son ensemble le passa sous silence.

C'est ainsi que des journaux comme le *New York Age*

et l'*Amsterdam News* prirent le relais, d'abord sous la forme de six feuilles volantes. Le bureau du *News* se trouvait dans la 135e Rue, juste à côté de la 5e Avenue, dans une modeste échoppe. La grande vitrine donnait à penser qu'il s'agissait auparavant d'une épicerie. Il y avait un comptoir à l'avant et, en entrant, je distinguai des bureaux à l'arrière, d'où émanait le crépitement des machines à écrire. Un jeune homme portant un col haut et des lunettes me dit bonjour.

— Excusez-moi, je voudrais passer une petite annonce.

— Je vois. Est-ce pour un emploi ?

Ce prétexte ne m'était pas venu à l'esprit ; pouvais-je prétendre que je cherchais une place, mais seulement chez une femme qui correspondrait à la description exacte d'Otelia ?

Rendu perplexe par mon silence, le jeune homme m'encouragea :

— Avez-vous besoin d'une cuisinière ? D'une bonne ?

— Oh ! non, je suis moi-même femme de chambre.

— Ah ! très bien.

Il attendit que j'exprime un désir qui ait du sens. N'importe lequel.

— Je cherche une personne que j'ai connue autrefois.

— Quel est son nom ?

— Otelia Brooks. C'était il y a plusieurs années, elle s'est peut-être mariée depuis…

Il inscrivit le nom sur un bloc de papier. Je remarquai qu'une jeune femme s'attardait près de la porte de l'arrière-boutique.

— Une description ? demanda l'employé.

— Elle avait une cicatrice… non, je suppose qu'il ne convient pas de le mentionner dans l'annonce.

Comment décrire en quelques lignes l'impressionnante personnalité d'Otelia ?

— Elle était très habile de ses mains pour faire des coiffures. Et des chapeaux. Elle aimait fabriquer des chapeaux. Cela restait plutôt un passe-temps, néanmoins. C'était une excellente couturière.

— Excusez-moi.

La femme s'approcha du comptoir. Elle était de taille moyenne et avait une petite tête élégante ; ses cheveux étaient relevés en une splendide coque bouffante de sept centimètres de haut, mais tirés sur les côtés et à l'arrière, dans un style que je n'avais encore jamais vu. Elle portait de simples clous d'oreilles en or, un chemisier blanc à col montant et un tailleur sombre. Le pli sérieux de sa bouche suggérait la détermination. Elle ne serait pas intervenue sans une bonne raison, pensai-je avec un brin d'espoir.

— Vous dites que vous cherchez Otelia Brooks ?

— C'est moi qui m'occupe de cette dame, Miss Dodson.

Le ton du jeune homme laissait deviner qu'elle avait l'habitude de l'interrompre et qu'il n'appréciait pas du tout la chose.

— Je n'en ai pas l'impression, Mr. Ransom. Celle que vous cherchez, poursuivit-elle à mon adresse, elle coiffe les femmes ?

— Elle était très douée dans ce domaine. J'ignore si elle…

— Et elle fabrique des chapeaux ?

— Elle le faisait à l'époque. Vous la connaissez ?

— Non, elle ne la connaît pas, pronostiqua Mr. Ransom, voyant se profiler une vente manquée.

— Pas personnellement, mais de réputation, nuança Miss Dodson, qui s'accouda au comptoir, les yeux brillants. Et je peux vous conduire à elle.

— Oh ! Ça serait…

— À une condition.

— Je n'ai pas vu Miss Brooks depuis de longues années. Je ne peux accepter de conditions en son nom.

— Accepteriez-vous, en votre nom, de me présenter à elle ?

— Quant à cela, oui.

Je pourrais au moins essayer, me dis-je.

— Parfait. Je vais chercher mon manteau.

Exaspéré, Mr. Ransom jeta derrière elle :

— Miss Dodson, vous ne pouvez pas quitter le bureau chaque fois que ça vous chante.

Revenant avec son manteau, elle riposta :

— Je suis journaliste, Mr. Ransom. Je fais ce qu'il faut pour obtenir un bon papier. Le nom d'Otelia Brooks ne vous dit peut-être rien, mais, si vous étiez une femme, vous sauriez. Venez, Miss…

— Prescott, Jane Prescott.

Avant de partir, j'achetai plusieurs exemplaires du journal pour compenser le manque à gagner causé par l'annonce que je n'avais pas passée. J'avais l'impression que Mr. Ransom avait connu des jours meilleurs.

Petite et mince, Miss Dodson se faufilait dans la foule de midi avec rapidité. Sans se retourner, elle m'interrogea :

— Comment avez-vous connu Miss Brooks ?

Je n'étais pas prête à partager cette information et je le lui dis, assurant toutefois que je me souvenais d'Otelia avec beaucoup d'admiration et que je souhaitais renouer connaissance.

— Et vous, Miss Dodson, d'où la connaissez-vous ? Êtes-vous aussi originaire du Sud ?

— Non, de New York. Et toutes les femmes de ce quartier connaissent Miss Brooks. Du moins, elles en ont entendu parler. Pour l'essentiel, ce ne sont que des rumeurs.

Elle s'arrêta brièvement pour laisser passer le flot de véhicules, puis se remit en route.

— J'espère leur révéler la vérité avec votre aide, Miss Prescott.

— Quel genre de rumeurs ? m'enquis-je, mal à l'aise.

— À propos des chapeaux.

— Des chapeaux ?

Le premier d'entre eux, expliqua-t-elle, était apparu à l'église baptiste de Mercy Street quatre ans plus tôt. De la paille bleu marine torsadée en une forme incroyable, couronnée d'un halo de plumes de paradis. Il était porté par Miss Adella Terrell.

— Une dame fortunée ?

— Pas du tout. Miss Terrell jouait du piano à l'église. Elle connaissait tous les cantiques qui pouvaient exister, mais ses pauvres doigts devenaient un peu raides. Elle vivait chez son frère et sa belle-sœur, où elle dormait sur le canapé, car elle n'avait pas un sou vaillant. Alors, quand elle est arrivée avec cette merveille, tout le monde a voulu savoir où elle l'avait eue. Elle a dit que la personne qui lui avait offert le chapeau tenait à conserver le secret. Six mois plus tard, un autre a fait son apparition, cette fois sur la tête de Miss Mary Ann Deets. Celle-ci était mélancolique depuis qu'elle avait perdu son fiancé, emporté par une pneumonie. Elle s'est mariée tout juste l'année suivante.

— Grâce au chapeau ? fis-je, sceptique.

— Si vous connaissiez Miss Deets, vous sauriez qu'un peu d'embellissement ne pouvait pas faire de mal. On raconte aussi que Victoria Earle Matthews, de la mission White Rose, en a reçu un alors qu'elle s'éteignait des suites d'une grave maladie. Aujourd'hui, la mission aide les femmes venues des États du Sud à prendre leurs repères, en les protégeant de ceux qui ne cherchent qu'à les mettre sur le trottoir. C'est un foyer où l'on enseigne l'économie domestique, la cuisine, la lessive.

— Ce genre d'établissement m'est familier.

— Vous disiez que Miss Brooks venait du Sud…

Qui, moi j'avais dit cela ? Mais oui ! L'information m'avait échappé quand je lui avais demandé si elle était, elle aussi, « originaire du Sud ». Miss Dodson était journaliste, à n'en pas douter.

— Et elle est membre de l'église baptiste de Mercy Street. De plus, la mère de Miss Deets la connaît.

— Vraiment ?

— Vraiment, Miss Prescott. Nous y voilà.

Nous étions devant un bel immeuble en grès rouge.

— Est-ce là qu'elle habite ?

— Je ne saurais le dire. C'est là qu'elle travaille, en tout cas.

Avant de monter jusqu'au perron, Miss Dodson vérifia sa coiffure dans un petit miroir compact et lissa sa veste, trahissant un manque d'assurance pour la première fois depuis que je l'avais rencontrée. Se reprenant, elle se hâta de gravir les marches et sonna.

— Puisque vous savez où elle travaille, comment se fait-il que vous ne l'ayez pas déjà interviewée ?

— Miss Brooks n'accorde pas d'entretien à n'importe qui. En fait, elle ne reçoit pratiquement personne. Certains pensent même qu'elle n'existe pas, que c'est un nom fantaisiste donné à la boutique. Il y a deux mois, j'ai dépensé une belle somme pour me faire traiter le cuir chevelu. Je n'ai malgré tout pas pu l'apercevoir. J'espère que vous serez mon moyen d'accès.

Nous entrâmes dans ce qui aurait dû être un grand salon. À la place des rideaux et des lampes, il y avait de petites tables, des chaises et des bassines d'eau surmontées de robinets. Des compartiments étaient créés au moyen d'une série de rideaux blancs qui pouvaient être tirés afin de ménager de l'intimité. En tendant le cou, je pouvais voir des stylistes en uniforme immaculé s'occuper de clientes drapées dans des capes pour protéger leurs vêtements.

C'était une atmosphère très chaleureuse. Deux femmes qui attendaient qu'on s'occupe d'elles étaient assises côte à côte sur une causeuse vert émeraude. Des serviettes étaient rangées dans un bureau de majordome qui avait pu autrefois renfermer de l'argenterie et du linge de table. Une vitrine exposait des produits à vendre, tous fabriqués par une certaine Madam Walker. De la Glossine, du shampoing végétal, de la pommade pour le cuir chevelu, un baume pour faire pousser les cheveux, et un autre encore nommé Tetter Salve. Des photos encadrées, sur le mur, présentaient des clientes arborant avec satisfaction leur jolie coiffure. Quelques autres montraient des familles, debout sous le porche poussiéreux de fermes. Les femmes portaient des robes en coton qui laissaient deviner la chaleur du Sud.

Plusieurs conversations se déroulaient en même temps. Une cliente qui se faisait laver les cheveux racontait gaiement les dernières bêtises en date des gamins de sa voisine. Une autre compatissait avec sa coiffeuse : les hommes étaient vraiment tous des ordures. Plusieurs dames s'accordaient à dire que la robe d'une amie commune était si affreuse que l'enfer n'était rien en comparaison.

Les têtes se tournèrent à notre entrée et les bavardages animés se turent. Gênée d'attirer l'attention, je laissai Miss Dodson prendre l'initiative. Elle s'approcha d'une jeune employée assise à un bureau, dans l'espace qui faisait office de réception.

— Excusez-moi. Nous sommes ici pour voir Miss Otelia.

La secrétaire la dévisagea comme si elle avait demandé à rencontrer le président Wilson. C'était bien tenté, mais il fallait quand même être raisonnable.

— Miss Otelia ne reçoit que sur rendez-vous, répliqua-t-elle.

Je m'en mêlai.

— Voudriez-vous lui dire que Miss Jane Prescott est ici et aimerait la voir ?

— Avec Miss Ella Dodson, précisa ma compagne.

La secrétaire se leva et se rendit au fond du salon. Quelques instants plus tard, elle revint annoncer que nous étions attendues dans le bureau. Respirant un grand coup, je traversai l'appartement dans toute sa longueur et pénétrai dans une pièce où une femme était assise à un bureau. À côté d'elle, un établi.

Surchargé de chapeaux.

CHAPITRE XI

C'était elle.

Je le sus à la cicatrice. Et à ses yeux, qui me fixèrent longuement avant que se dessine un sourire.

— La petite Miss Jane Prescott. Laissez-moi vous admirer.

Sans réfléchir, je pivotai sur moi-même. Elle hocha la tête avec approbation.

— Je vois que vous vous lavez le cou, à présent.

Elle avait pris un peu de poids, ce qui lui allait bien. Son visage était plein, son teint radieux ; impossible de lui donner un âge. Les yeux étaient vifs et clairvoyants. La balafre s'était affinée et estompée avec le temps, mais tirait toujours le coin de la paupière vers le bas. Otelia était vêtue d'un tailleur en velours marron rehaussé de parements noirs. Elle avait indéniablement l'allure d'une femme d'affaires prospère.

Elle pria la secrétaire de nous apporter du thé.

— J'ai toujours le chapeau que vous m'avez offert, dis-je en guise de préambule.

— Vous en avez un, vous aussi ? intervint Miss Dodson, vexée que je n'aie pas partagé cette information avec elle.

Otelia Brooks posa un regard appuyé sur la journaliste, qui tendit la main.

— Ella Dodson, de l'*Amsterdam News*. C'est un réel plaisir de vous rencontrer, Miss Brooks.

L'expression d'Otelia indiquait que le sentiment n'était pas réciproque.

— Que faites-vous pour le *News*, Miss Dodson ?

— Je suis reporter.

— Dans ce cas, vous prendrez votre thé de l'autre côté. Ceci est une visite privée.

— J'espérais que peut-être…

Otelia Brooks battit une fois des paupières. Puis attendit. Son regard était trop intense même pour l'intrépide Miss Dodson, qui battit en retraite en soupirant : « Oui, madame. »

Quand elle fut partie, Miss Brooks m'indiqua le canapé et se remit à son bureau. Aussitôt, son air chaleureux lui revint.

— On dirait que vous allez… bien.

— Et vous, plus que bien ! répondis-je. Vous créez toujours des chapeaux.

— Toujours.

Sa voix s'adoucit, comme celle d'une mère quand elle pense à ses enfants. Sur l'établi étaient disposés un bloc de bois de la taille d'une tête féminine, des gerbes de paille sèche et une bouilloire en cuivre au bec allongé. Suivant la direction de mon regard, Otelia expliqua :

— On étale la paille sur le bloc, puis on passe la vapeur. De cette façon, elle devient tellement souple qu'on peut la façonner comme on en a envie. Une fois qu'elle est sèche, on observe le résultat.

Le résultat, pour le moment, n'était comparable à rien de ce que j'avais vu sur les cheveux d'une femme, riche ou pas. Des chapeaux à diverses étapes de leur création jonchaient la surface. L'un, tout au bout de l'établi, attira mon regard : de la paille noire ornée d'un immense nœud orange et or dont, je ne sais comment, elle avait fait jaillir une vague. Il n'était pas raide et resserré au milieu, mais tourbillonnait sur lui-même, suggérant le mouvement de l'eau. Par habitude, je tâchai de me le représenter sur Louise. Il était difficile d'imaginer un tel chapeau dans le salon de Mrs. Goelet[1] ou sur la pelouse de Mrs. Kluge, néanmoins la femme assez audacieuse pour le porter ferait l'objet de conversations envieuses des jours durant.

— Il est étonnant.

— Digne de celle à qui il est destiné. Les cheveux paient mes factures et chaque jour je remercie le Ciel pour les traitements capillaires de Madam Walker. Mais les chapeaux…

— Vous disiez qu'ils vous aidaient à continuer votre chemin.

— C'est vrai.

Posant les mains sur son giron, elle indiqua que nous avions fini pour l'instant de parler du passé.

— Et vous, dites-moi, où votre chemin vous a-t-il conduite ? J'ai toujours pensé que vous seriez institutrice.

— Je n'ai jamais reçu l'éducation nécessaire. Je travaille comme femme de chambre, chez Mrs. William Tyler.

— Et comment se porte le révérend ?

— Il…

Le discours rationnel que j'avais préparé tourna court

1. Famille influente de New York, détentrice de propriétés foncières.

à la lumière du succès d'Otelia. Même si cela me rendait folle, mon oncle avait raison. Je n'avais pas le droit d'entraîner cette femme dans l'horreur des meurtres de Sadie et de Carrie.

— Il n'est pas malade, au moins ?

— Non. Je ne sais pas si vous lisez les journaux…

— Jamais. Je ne m'intéresse pas aux affaires des autres et tout ce que je demande, c'est qu'ils ne s'intéressent pas aux miennes.

Le bon sens même. Brièvement, j'envisageai de dire que j'étais désolée de l'avoir dérangée. Mais mon oncle était toujours en prison et Otelia Brooks demeurait la seule personne qui, à ma connaissance, avait peut-être vu le meurtrier. Aussi me lançai-je. Maladroitement. Je bredouillai, m'interrompis, butai sur les mots. Finalement, je murmurai :

— Toutes les deux, elles avaient été…

Je passai mon doigt de haut en bas sur ma joue.

Otelia Brooks s'était renfermée en elle-même. Pétrifiée dans son fauteuil, la tête détournée, le menton sur ses doigts. Elle avait chuchoté « Oh, Seigneur ! » en apprenant la mort de Sadie, mais, ensuite, elle s'était tue.

— Je suis tellement désolée de vous apporter ces nouvelles, conclus-je.

Elle me donna l'absolution d'un léger hochement de tête ; à moins que ce geste ne fût une tentative de mettre un terme à la discussion. Elle se carra contre le dossier de son siège et me fit face. En même temps, elle saisit un morceau de paille sur l'établi. Elle joua avec, puis le reposa avec un soupir résigné.

— La police pense que mon oncle… parce qu'il les connaissait toutes les deux…

— La police soupçonne le révérend ?

Soulagée par la stupeur dans sa voix, j'acquiesçai.

— Une voisine du quartier dit qu'elle l'a entendu se disputer avec Carrie Biel, cette nuit-là. Je n'aime pas traiter les gens de menteurs, mais cette femme mène une campagne pour la suppression du refuge et elle n'est pas neutre à ce sujet.

— Elle pense que si votre oncle est arrêté, le refuge fermera.

— À mon avis, elle le croit sincèrement coupable. D'une chose ou d'une autre. Elle est douée pour utiliser les peurs des autres. Elle a rallié des partisans et ils passent des heures devant le bâtiment, à prier. Leur groupe était déjà assez pénible avant, mais maintenant qu'ils pensent avoir affaire à un meurtrier…

— Une meute, dit-elle doucement.

Longtemps, nous gardâmes le silence.

— Puis-je vous demander autre chose ? dis-je enfin.

Elle acquiesça.

— Avez-vous connu un nommé Chick Tricker ?

Elle secoua négativement la tête.

— À l'époque, aviez-vous… un protecteur ?

Le passé n'était pas un terrain où elle souhaitait aller, et je la vis prendre la décision consciente de s'y aventurer. Ce n'était pas facile.

— Non, personne. D'ailleurs, je me suis demandé si je n'avais pas empiété sur le territoire d'un gang, qui m'avait envoyé quelqu'un pour m'en dissuader.

Une besogne tout à fait dans les cordes de Bill Danvers. Je ressentis une pointe d'espoir.

— Vous rappelez-vous à quoi ressemblait votre agresseur ?

Otelia Brooks fixa sa table de travail.

— Je n'étais pas dans mon état normal, à cette époque. Je refusais d'affronter la réalité et je prenais ce qu'il fallait pour l'éviter. Je ne me souviens donc pas bien de son apparence. Les choses me reviennent par bribes et je ne m'attarde pas dessus. Il ne puait pas et n'était pas mal vêtu. J'ai pensé que j'avais de la chance, que je n'aurais pas d'odeur sur moi après.

— Il avait les cheveux bruns ? Blonds ?

— Les souvenirs que j'ai de lui sont les sensations de ce qu'il faisait. Il devait être grand. Il pesait sur moi, j'en avais le souffle coupé. Et il me tirait les cheveux, fort. Comme sur la laisse d'un chien.

Je me rappelai l'explosion de douleur au moment où Danvers avait empoigné mon chignon.

— Était-il mince ? Avec les dents de travers ?

— Ce sont là les seuls détails que je peux vous fournir, Miss Jane. Sauf si vous voulez que j'invente.

— Toutefois, ce n'était pas mon oncle. Cela, vous seriez en mesure de le confirmer.

— À qui ?

— À la police.

Elle éclata de rire.

— Miss Jane, rien de ce que je pourrais déclarer à la police n'aidera votre oncle.

— Mais si vous témoignez…

— Quoi ? Qu'un homme m'a ouvert le visage il y a dix ans, et que ce n'était pas lui ? On ne peut prouver qu'il s'agit du même agresseur que pour ces deux jeunes femmes, cela remonte à trop longtemps.

Je faillis citer ce qu'elle-même m'avait dit au sujet de l'attaque, mais ç'aurait été cruel.

— D'après les faits que vous m'aviez décrits, je pense que c'est bien le même individu.

— Vous n'en savez rien.

— Si. Je les ai vues toutes les deux et je le sais.

Je crispai les poings de frustration. J'aurais dû

m'arrêter, mais j'avais placé trop d'espoir en Otelia Brooks pour renoncer.

— Accepteriez-vous au moins de dire à la police que ce n'était pas mon oncle ? Que, lui, il était gentil ? Cela leur donnerait une image différente. Je suis sa nièce, ils ne me croiront pas.

— Eh bien, je ne suis pas sa nièce.

Elle se leva, frémissante de colère.

— Et ce n'est pas une période de ma vie que je désire me rappeler. Ni rendre publique de quelque façon que ce soit.

Je pensai à l'entreprise florissante, de l'autre côté de la porte.

— Non, bien sûr. C'était stupide de ma part. Mais on pourrait trouver une autre histoire pour expliquer que vous ayez connu mon oncle.

— Ces femmes qui ont été assassinées… elles sont venues au refuge pour une raison précise. La police ne croira pas qu'il en allait différemment de moi.

— Je vous en prie.

Je ne trouvai à lui opposer que ces mots stupides, et je les répétai en désespoir de cause :

— Je vous en prie.

Elle se renfonça contre son siège.

— Vous étiez une petite fille intelligente, comme la femme que vous êtes aujourd'hui. Mais vous avez peur et vous cherchez à quoi vous raccrocher, quelque chose qui vous empêchera d'être emportés sans raison, votre oncle et vous. J'aimerais être cela pour vous, malheureusement je ne le peux pas.

— Mais…

— Si je pensais qu'aller à la police puisse vous être utile, je l'envisagerais, vraiment.

Elle me prit les mains et les serra comme pour imprimer ses paroles dans ma chair.

— Cela ne servira à rien. Ils ne m'écouteront pas. Croyez-moi. Je suis déjà passée par là.

L'intensité avec laquelle elle s'exprimait me poussa à hasarder :

— Vous ne m'avez jamais raconté ce qui est arrivé à votre mari.

— En effet.

— Le feriez-vous, aujourd'hui ? Je ne connais rien de lui, pourtant j'aimerais bien. Ne serait-ce que… son nom ?

Elle resta silencieuse un long moment.

— Il s'appelait Norman Brooks.

Elle se frotta la gorge comme si celle-ci lui faisait mal. Néanmoins, prononcer ce nom à haute voix sembla la libérer.

— Il n'avait pas une stature très imposante, mais il était beau.

Elle prononça « beau » en investissant ce mot banal de riches qualités : du charme, de l'énergie et, surtout, la profonde séduction qu'il avait possédée à ses yeux.

— Son imagination l'emportait… plus haut que tout le monde. Il avait dix idées le temps que les autres aient vaguement le commencement d'une seule. Je lui ai dit : « Un homme aussi brillant a mieux à faire que de passer toute sa vie dans le Mississippi. » Il a dit : « Ah ! Par exemple, la passer à tes côtés ? » J'ai dit : « Peut-être. C'est à voir. »

Elle cessa de sourire.

— Il ne serait jamais venu à New York si je ne lui avais pas dit que j'irais, avec ou sans lui. Mes parents ne voulaient pas que je parte. Je ne comprenais pas qu'ils veuillent rester. Mais ils avaient un commerce, ils étaient connus, respectés. Mon père allait se présenter aux élections. Puis les troupes fédérales sont parties et les gens ont commencé à réécrire les lois. Ils ont dit : « Il faut payer une taxe. » Mon père a dit : « Bien, je vais la payer. » Puis ils ont dit : « Tu n'as pas le droit de posséder d'arme à feu, on ne peut pas faire confiance aux nègres. » Alors il a rendu son arme. Puis ils ont tiré sur sa boutique et lui ont dit d'oublier les élections. Après ça, j'ai annoncé à Norman que je m'en allais. J'avais envie qu'il vienne avec moi, mais je partirais quoi qu'il décide. Il a répondu : « Certaines femmes, quand elles se sont mis en tête d'aller quelque part, on ne peut pas les retenir. Donc si je veux être avec toi, je dois partir aussi. »

— C'est comme ça que vous êtes venus à New York.

— Oui, c'est comme ça. Ce n'était pas mal, au début. Ne vous méprenez pas, ce n'était pas bien pour autant. Norman et moi, on a déniché un logis du côté de la 30e Rue. Un petit îlot d'immeubles où les Noirs pouvaient vivre, entourés d'Irlandais qui pensaient avoir plus que nous le droit d'être là. J'ai dégoté un travail de blanchisseuse. Pour Norman, ce n'était pas aussi facile. Dans la plupart des métiers du bâtiment, ils tiennent à embaucher l'un des leurs et lui, il n'était de chez personne. C'était un incroyable bricoleur. Vous lui donniez un câble électrique, des clous et du bois, il vous fabriquait un poste radio. Il avait ce genre d'intelligence. Le meilleur emploi qu'il avait pu trouver, c'était serveur. Il détestait le froid. Mais il disait que si j'étais heureuse, lui aussi. À notre premier anniversaire, il m'a offert une écharpe bleue. Je lui ai demandé pourquoi il avait gaspillé notre argent. Il m'a dit que quand on tient à une personne, on veut qu'elle soit belle. On montre au monde ce que l'on voit.

Elle se tut et prit un bout de ruban qu'elle plia pour former un nœud.

— Vous vous rappelez ce qui s'est passé à l'été 1900 ?

Je fis « non » de la tête.

— Bien sûr, comment en irait-il autrement ?

Elle posa le nœud.

— Le mois d'août. La canicule. Un air torride qui pèse comme un poids. La puanteur des ordures dans la rue. Dès qu'on sort, cette lumière aveuglante qui fait mal au crâne. Tout le monde se sent à cran et hargneux.

« Là où nous habitions, ce n'était pas tranquille. Beaucoup de bars, beaucoup de… enfin, vous connaissez Tenderloin. Une nuit, une femme entre dans un des bars à la recherche de son homme. Il est tard, elle veut qu'il rentre. Il lui dit de l'attendre dehors, qu'il arrive dans deux minutes. Un policier – en civil, notez bien – la voit sur le trottoir et pense qu'elle racole. Alors il essaie de l'arrêter. L'homme sort du bar, voit un Blanc qui entraîne son amie de force. Il lui crie d'arrêter. Le policier prend son bâton et le frappe à la tête.

Je grimaçai. Certains agents réagissaient à toute provocation à coups de matraque.

— L'homme se relève, le front en sang. Tout ce qu'il sait, c'est qu'un gars embête sa petite amie et lui a flanqué un coup de trique. De son point de vue, il est agressé. Alors, il poignarde le policier. Qui meurt le jour suivant. À l'enterrement, les amis du policier sont fin soûls. Ils décident d'apprendre un peu le respect à des nègres. Et ils s'en donnent à cœur joie. Très vite, c'est la fête, tout le monde se joint à eux. Les gens se font rosser dans la rue. Traîner hors des bars ou des hôtels et rouer de coups. Des femmes du quartier font irruption dans les appartements et emportent tout ce qui leur plaît. Norman et moi, on avait de la chance, de ce côté-là ; on n'avait rien à voler.

« Seulement, il fallait quand même aller travailler. Personne n'allait vous dire : "Des Blancs fracassent les crânes dans la rue, c'est bon, reste chez toi." Alors Norman a décidé qu'il me retrouverait après le travail et que nous prendrions le trolley ensemble. Ça s'est bien passé à l'aller ; tout le monde avait trop la gueule de bois pour bouger. Le soir, en revanche, ils étaient remontés à bloc. Des gars couraient dans la rue et attrapaient tous ceux qu'ils repéraient. Où qu'on regarde, des gens en sang, se tenant le front, les jambes. Des éclats de verre, des carreaux pulvérisés. Des chariots renversés et brisés. Je me revois, dans ce trolley, suppliant dans ma tête : "Continue d'avancer, continue d'avancer, on y est presque."

Elle prit une profonde inspiration.

— Tout à coup, le trolley s'est arrêté. L'homme sur le siège d'à côté a crié : « Pourquoi on n'avance pas ? » Moi, je voyais pourquoi. Dix, vingt hommes debout sur les rails. Ils ont dit : « Qui est là-dedans avec vous ? Quelqu'un qui n'a rien à y faire ? »

Ses lèvres disparurent et sa mâchoire trembla. Elle poursuivit d'une voix brisée par les larmes :

— Et c'est là qu'ils… l'ont pris.

« Ces hommes ont sauté à l'intérieur et l'ont saisi en criant : "Donnez-le-nous, donnez-le-nous…" Je me cramponnais à lui, il se cramponnait au dossier du siège. Je suppliais les passagers de m'aider à le retenir ou à repousser les autres. Mais ils se contentaient de crier au conducteur : "Avance, avance !", comme si ce qui nous arrivait n'avait rien à voir avec eux. Le conducteur était terrorisé, il est reparti trop vite. On a fait une embardée, on a pilé net et Norman a lâché prise. Les hommes l'ont entraîné par l'arrière du trolley. Moi, je le tenais toujours, je m'accrochais à son bras et je me souviens… Je me souviens de ses yeux… Il avait tellement peur ! Il hurlait : "Tiens bon ! Tiens bon !" Et j'essayais, j'essayais, j'enfonçais mes doigts et je tirais de tout mon corps. Et puis le trolley est reparti et je… je ne le tenais plus. Je le leur avais laissé.

Elle ferma les yeux pour lutter contre le souvenir de ce qui s'était passé ensuite. Quand elle les rouvrit, elle dit d'une voix dure :

— J'ai vu les policiers, je les ai vus, là, tout le long de la rue, en train de regarder. Et de rigoler.

« Après, il y a eu une enquête, continua-t-elle avec un sourire de dérision. J'ai témoigné lors de cette… enquête. Ils ont conclu qu'aucun fait n'étayait l'accusation. Rien ne prouvait que les policiers avaient maltraité qui que ce soit ou manqué de quelque façon à leurs devoirs. Norman ne figurait même pas parmi les victimes des émeutes. Ils ont prétendu qu'il était tombé sous le trolley au cours d'une rixe.

« Je ne l'ai pas bien pris, continua-t-elle d'un ton détaché, comme si elle lisait un rapport relatant sa propre histoire. J'avais peur de quitter ma maison. Je tremblais rien que d'aller à la porte d'entrée. Je me recroquevillais dans un coin de notre lit, je ramenais les couvertures sur moi, et… Je ne sais pas, j'attendais de mourir.

Son front se creusa de plis, mais elle se contrôla.

— Comme je ne pouvais pas sortir, j'ai perdu mon travail. Une voisine m'a suggéré de boire un verre, ça rendrait les choses un peu plus floues. L'idée paraissait bonne, alors j'ai bu un verre. Puis un autre. Et ensuite j'ai pu quitter la maison. Du moment que j'allais au bar. Les propriétaires n'ont pas mis longtemps à me jeter dehors. Ils ont confisqué nos affaires. Ils ont dit qu'on leur devait des arriérés de loyer. Ils ont pris tout ce qu'il me restait de lui, sauf la petite écharpe bleue qu'il m'avait offerte. Je l'ai gardée autour de mon cou, bien cachée.

J'observai son cou, pensant y voir encore l'écharpe. Elle n'y était pas.

— Un type, au bar, a dit qu'il connaissait un endroit où je pourrais rester. Il avait un ami.

Elle eut un sourire désabusé.

— J'ai dit : « Je ne peux pas payer votre ami. » Il a répondu qu'on s'arrangerait.

« J'ai gardé cette écharpe jusqu'à la nuit où je vous ai rencontrée. Cette brute me l'a enlevée, il l'a arrachée de mon cou. Mais c'est tout ce qu'il a pris. Et il m'a, en fait, donné quelque chose. Quand il m'a attaquée, j'ai pensé : "Non. Tu ne me prendras plus rien. Je vais me reprendre, moi, même si je dois t'enlever ce couteau de force et te couper pour y arriver."

— Et alors ? Vous l'avez blessé ?

— Oui. Après qu'il…

Elle esquissa un geste vers son œil.

— Sa main était glissante de sang. Alors j'ai saisi le couteau et j'ai flanqué un bon coup de lame en travers de son poignet. Sur l'intérieur. Mais j'ai raté les veines. J'aurais mieux fait de viser la gorge.

« J'avais entendu parler de votre oncle, je l'avais vu marcher dans le quartier. Donc, je savais où aller. J'ai failli m'évanouir je ne sais combien de fois sur le chemin. J'entendais tout le temps Norman dans ma tête, qui disait : "Je ne suis pas venu dans le froid pour que tu meures. Je n'ai pas lavé la vaisselle sale des autres pour que tu meures. Je t'ai lâchée pour que tu vives. Alors vis." C'est là que j'ai compris que c'était lui qui m'avait laissée. Parce qu'il savait qu'ils m'entraîneraient en même temps que lui. Et il n'était pas question que je gâche cette vie qu'il avait sauvée en sacrifiant la sienne. Alors, j'ai été chez vous. Puis, de chez vous, à la mission White Rose, qui m'a envoyée suivre les classes de Madam Walker, où elle forme ses représentantes. Et me voilà.

Elle inspira, comme pour ramener tous les souvenirs au plus profond d'elle-même.

— J'espère que vous comprenez, maintenant, comment je sais que la police n'écoutera pas un traître mot de ce que je pourrais dire.

Le long silence qui suivit fut rompu par un coup timide à la porte. Otelia Brooks jeta un coup d'œil à l'horloge et dit : « Entrez. » D'un regard, elle me signala que notre conversation avait pris fin. À l'instant.

La porte s'ouvrit et une petite bouille apparut. Derrière, une voix âgée chuchota :

— Dis : « Excusez-moi, Miss Brooks. »

— Excusez-moi, Miss Brooks, répéta la fillette.

Otelia Brooks se pencha légèrement.

— Voyons, qui vient me rendre visite ? Serait-ce une grande dame qui a besoin d'un nouveau chapeau ?

L'enfant entra et se balança, les mains jointes derrière le dos.

— Je ne sais pas.

— Oh, je pense que oui ! Et je crois qu'elle amène sa grand-mère.

Miss Brooks sourit à la vieille femme qui suivait l'enfant dans la pièce. Son visage était remarquablement peu ridé, avec de longs yeux bien dessinés. J'admirai les boutons blancs sur le col retourné de son tailleur sombre, la dentelle sophistiquée de son jabot. Elle me jeta un bref regard avant de sourire et de me saluer. Ma présence était inattendue, mais pas inopportune.

Un ravissant bonnet orné d'un ruban jaune était destiné à la petite fille, qui le sut tout de suite et dut faire de gros efforts pour contenir son excitation lorsque Otelia Brooks l'ajusta sur sa tête. Le chapeau, avec son bord relevé et son nœud tendrement noué, créait une auréole autour de son visage, image de fragile innocence et promesse de beauté qui faisait à la fois appréhender et attendre le jour où elle rangerait le bonnet parmi ses affaires d'enfant.

— Il faudra le garder pour votre fille, lui recommandai-je.

— Voici Miss Jane Prescott, me présenta Otelia Brooks. Elle habille l'une des dames les plus élégantes de la ville.

La bouche de l'enfant s'arrondit avec une crainte gratifiante. Sa grand-mère s'enquit poliment :

— S'agit-il de Mrs. Mayme Marshall ? Ou de Mrs. Martha Anderson ?

— Je travaille pour Mrs. William Tyler.

— Je ne crois pas avoir eu le plaisir de la rencontrer.

Son regard se posa sur sa petite-fille et s'adoucit.

— Il me plaît, déclara-t-elle. Je pense qu'il conviendra.

— Cela me fait très plaisir, Mrs. Cross, dit Otelia Brooks. Et Miss Cross.

Recourbant l'index, elle fit signe à l'enfant d'approcher.

— Maintenant, pas un mot sur la personne qui vous a donné ce chapeau. Vous êtes membre d'une société spéciale, à présent, et j'attends de vous que vous gardiez ses secrets. Même si vous croyez reconnaître une autre membre, vous ne devez pas suggérer que vous savez qui a confectionné son chapeau. Vous pouvez tout au plus lui adresser un signe de tête, quand personne ne regarde. Elle vous répondra probablement de la même manière, mais peut-être pas. Vous vous en souviendrez ?

La fillette hocha le menton.

— Je m'en souviendrai, Miss Brooks.

Avec un sérieux exagéré, Otelia Brooks ajouta :

— Et vous, Mrs. Cross, vous en souviendrez-vous ? Et vous engagez-vous à respecter ce secret ?

— Je m'y engage. Et je vous remercie.

Quand elles furent parties, je fis observer :

— Miss Dodson risque de les remarquer. Elle est déterminée à révéler que vous êtes la Dame aux chapeaux de Harlem.

— C'est bien pour cette raison que ma secrétaire les fera sortir par-derrière.

— Puis-je vous demander pourquoi vous ne vous attribuez pas le mérite de votre travail ?

— Je préfère destiner mes chapeaux à celles qui, selon moi, les méritent. Ou en ont besoin. Cette fillette a perdu sa maman il y a deux mois. Or sa grand-mère est une femme influente, vous l'aurez deviné. Certains membres de l'élite nordiste ont des réserves au sujet des gens du Sud. Donc, si j'obtiens que Mrs. Cross fréquente mon salon de coiffure…

J'inclinai la tête, rendant hommage à son sens des affaires.

— Mon oncle offre des cours de comptabilité, désormais. Il ne supporte pas d'être dans la classe pendant les leçons, mais s'il les a autorisées, c'est grâce à vous.

Elle sourit poliment, sachant très bien ce que j'allais dire ensuite.

— Si la police ne vous écoute pas, personne n'a besoin de savoir que vous êtes impliquée. Et dans le cas contraire…

— … je perds tout ce que j'ai bâti ces dix dernières années. Pensez-vous que Mrs. Edwina Cross achètera des chapeaux pour sa petite-fille à une soûlarde qui arpentait Minetta Lane en remontant ses jupes ? Pensez-vous que ces dames voudront se faire coiffer par cette femme-là ?

Non, pensai-je, *et si vous étiez blanche et vendiez des chapeaux à Mrs. Benchley, je ne vous aurais même pas posé la question.* Impossible de réparer ce manque de délicatesse, sauf en disant que je comprenais, maintenant, que je ne pouvais lui demander de sacrifier tout ce pour quoi elle – et Norman Brooks – avait lutté.

— Je suis désolée de vous avoir dérangée.

— Il ne faut pas. Vous vous battez pour votre famille. Je comprends.

— Puis-je poser une dernière question ?

Un soupir d'exaspération.

— Vous n'avez pas changé. Allez-y.

— Pourquoi vous faites-vous appeler « miss » ?

— Parce que je ne peux pas renoncer à ce nom, mais que je n'ai pas l'impression de mériter le titre d'épouse. De plus, je n'ai pas besoin qu'on me pose des questions auxquelles je n'ai pas envie de répondre.

Comme toutes celles que je lui avais imposées ce jour-là. Tâchant d'admettre ma défaite avec grâce, je me levai pour partir.

— Puis-je, à mon tour, vous poser une question ? me demanda Otelia.

Il y avait de la surprise dans sa voix, comme si elle ne s'attendait pas à sa propre curiosité.

— Bien sûr.

— Vous avez réussi à faire partir le sang de ce tapis ?

Étonnée qu'elle se souvînt d'une chose pareille, je secouai la tête.

Elle sourit.

— Je savais que vous n'y arriveriez pas.

Elle imita mon frottement distrait et peu enthousiaste.

— Trop intéressée par tout ce qui se passait autour de vous. Vous le faisiez pénétrer encore plus.

— On distingue à peine la trace.

Et cependant, je l'avais remarquée quelques jours plus tôt.

— Elle est bien là, pourtant. Heureusement que vous n'êtes pas chargée du ménage ! Une tache comme celle-là sur une robe de Mrs. Tyler, vous ne la laisseriez pas s'incruster. Mais le tapis, tout le monde marche dessus, au bout d'un moment on n'y fait plus attention. Ça ne vaut pas la peine de se fatiguer. Depuis le temps qu'elle est là, ce n'est pas si grave.

Elle me serra la main pour me dire au revoir. Sans pouvoir m'en empêcher, je lâchai :

— Ça ne vous effraie pas, l'idée que cet homme court toujours ? S'il vous voyait, s'il se souvenait de vous...

Elle tapota un petit sac brodé sur son bureau.

— Je vous ai dit qu'ils ont pris l'arme de mon père. Mais personne ne me prendra celle-ci. Non, Miss Jane, je n'ai pas peur. Pas peur du tout.

CHAPITRE XII

Je ne pouvais contester le point de vue d'Otelia Brooks, bien que ce ne fût pas faute d'essayer tandis que je regagnais le refuge. Elle avait presque certainement raison : la police ne considérerait pas son témoignage comme une preuve de l'innocence de mon oncle. Et pour sauver sa réputation à lui devant le tribunal de l'opinion publique, elle devrait sacrifier la sienne. Pendant quelques arrêts, j'envisageai de lui demander de venir dans le quartier et d'observer Bill Danvers, au cas où cela éveillerait des souvenirs. Mais comment lui suggérer de se replonger dans ce cauchemar, alors qu'elle avait eu tant de peine à tourner la page ? Je ne le pouvais pas, c'était un « non » ferme et définitif.

Les mains sur mon giron, me résignant en silence à la défaite, je triturai le bord de mon gant. Mon regard tomba sur la petite cicatrice toujours présente sur ma peau. Des années plus tôt, je m'étais brûlée au poignet en repassant une chemise de nuit de Mrs. Armslow. J'élaborais une liste de choses à faire dans ma tête et je ne prenais plus garde à la pointe du fer. Résultat : un disque pâle de tissu cicatriciel qui ne s'était pas effacé avec le temps. Les poignets guérissent mal, m'avait dit la cuisinière en passant du baume sur la brûlure, car l'os est tout proche.

Je contemplais ma main et peu à peu une idée se précisa. Otelia avait blessé son agresseur au poignet. Ce qui signifiait qu'il pouvait en conserver une cicatrice. Une marque qui confirmerait ses dires.

Mais cette cicatrice, comment la voir ? Telle était la question. Bill Danvers n'était pas facile à manœuvrer. Des semaines s'écouleraient avant que les hommes roulent leurs manches de chemise à cause de la chaleur, et je pouvais difficilement demander à Orville Pickett s'il avait remarqué les poignets de son associé.

Je descendis du train. En empruntant la rue, je réfléchissais à une feinte offre de paix, une proposition de recoudre un bouton ou de raccommoder une manchette, quand une voix masculine s'écria :

— Pitié, ne me frappez pas !

Je levai les yeux et découvris Harry Knowles. Le journaliste du *Herald* n'avait pas plus fière allure en plein jour, et sa présence à quelques mètres de moi n'était pas la bienvenue.

— Je vous préviens, Mr. Knowles, j'ai plusieurs journaux dans ma poche.

— J'ai un journal, moi aussi. Vous aimeriez peut-être le lire.

Il me le tendit. Je fus tentée de refuser. Toutefois, mieux valait savoir. Nous n'étions pas loin de chez la veuve Pickett. Elle avait sans doute encore inventé des histoires à l'intention du journaliste. Je pris le journal.

DÉTAILS CROUSTILLANTS SUR LA VIE
AUX CÔTÉS DU PASTEUR DÉPRAVÉ !

À la suite de l'arrestation du révérend Prescott pour les meurtres de Sadie Ellis et de Carrie Biel, des témoignages font état de faits inattendus survenus au refuge Gorman. Des personnes proches du refuge laissent entendre que l'intérêt du pasteur pour ses pensionnaires n'est pas uniquement humanitaire. L'une d'elles au moins a déclaré à ce journal que le révérend avait des façons bizarres et un comportement peu digne d'un chrétien. Selon ses propres termes :

« Il est bizarre avec les femmes. Quelquefois, il me regarde comme si je ne portais pas de vêtements. Et qu'il ne savait pas ce qu'il avait envie de me faire à cause de ça. »

Telles furent les paroles de Sadie Ellis, assassinée il y a moins de trois jours.

Je pris une minute pour absorber ces informations. La conclusion s'imposait.

— Je croyais que vous trouviez matière à vos articles auprès de la veuve Pickett. Mais c'était Sadie, n'est-ce pas ?

Il serra les lèvres, ne disant ni oui ni non.

— Celui qu'elle rejoignait en cachette, c'était vous.

— « En cachette » est une drôle d'expression.

— Quitter le refuge sans prévenir en s'assurant de ne pas être vue, comment qualifieriez-vous ça ?

— Le comportement d'une adulte qui va où ça lui plaît.

— Et ça lui plaisait d'apporter de l'eau à votre moulin pour dénigrer ceux-là mêmes qui s'efforçaient de l'aider ?

— L'argent lui plaisait. Et l'intérêt qu'on lui portait. Elle aimait être le centre de l'attention. Autant que j'aime le whisky. Même si ça n'est pas bon pour la santé, visiblement.

— Ce petit jeu a duré combien de temps ?

— On s'est rencontrés six ou sept fois. Je surveillais le refuge, espérant entrer en contact avec une des filles pour qu'elle me raconte comment c'était à l'intérieur. La gargouille m'a flanqué son parapluie sur la tête.

Berthe, devinai-je.

— Quelques autres ont dit qu'on y faisait beaucoup

de prières et de couture, mais qu'elles avaient un lit et des repas gratuits et que ça leur convenait très bien.

Une vérité terne et ennuyeuse, qui ne valait pas l'encre pour l'écrire.

— C'est alors que vous avez trouvé Sadie.

— Exact. Tard une nuit, elle est passée sous le réverbère, j'ai vu les horions qu'elle avait pris et j'ai lancé : « Vous n'allez tout de même pas retourner avec lui ? » Simple coup de bluff, mais elle s'est sentie intéressante. Elle a répondu : « Qu'est-ce qui pourrait m'en dissuader ? » Je lui ai dit que j'avais un dollar pour elle et qu'en plus elle n'aurait pas à relever ses jupes. Elle a demandé ce qu'elle devrait faire, et j'ai dit : « Parler, c'est tout. Me tenir compagnie. »

Son ton était devenu mélancolique.

— Vous l'aimiez bien, constatai-je.

— Elle était futée, égoïste et pleine de vie. Oui, je l'aimais bien.

— Même si elle mentait.

— Elle ne mentait pas. Elle embellissait un peu la réalité.

— En prétendant que mon oncle la… regardait ?

— Qu'est-ce qui vous rend si sûre qu'il ne le faisait pas ? Bien entendu, une partie de ce qu'elle disait était inventée. Elle savait sacrément bien raconter. Elle me parlait de ses journées, des autres qui n'étaient pas gentilles avec elle…

— Là, justement, c'était un mensonge.

— Et de votre oncle, qui était bizarre et lui faisait peur.

— De toute évidence, elle sentait que c'était ce que vous vouliez entendre. Et vous vouliez l'entendre parce que vous saviez que Clementine Pickett voulait le lire dans vos colonnes.

— Vous ne trouvez pas, vous, que votre oncle est bizarre ?

— Dans ce monde, les hommes bons sont inhabituels. Oui, il détonne. Cela ne veut pas dire qu'il mérite d'être insulté par une fille comme Sadie Ellis.

— Une fille comme Sadie Ellis, répéta-t-il. Elle disait ce qu'elle pensait. Elle agissait comme bon lui semblait. Elle gagnait sa vie et prenait son avenir en main. Simplement, Miss Prescott, vous n'appréciez pas sa manière de le faire. Vous vous entendriez bien sur ce point Mrs. Pickett et vous. Les frustrations de la liberté.

Je détestais être comparée à Mrs. Pickett, néanmoins sa réflexion avait du sens. Une vérité inconfortable, comme un bout de pomme coincé entre les dents.

— Qui les a tuées, d'après vous ? demandai-je. Honnêtement.

— Honnêtement, Miss Prescott ? Je pense que c'est votre oncle.

***

Au refuge, je découvris qu'on avait relâché mon oncle, sans inculpation pour le moment. Son arrestation avait eu un unique avantage. La brigade de la vertu estimant avoir accompli sa mission, chacun était rentré chez soi. Clementine Pickett, Orville, Mrs. Hilquit… tous disparus. Ce à quoi j'avais aspiré pendant des semaines. Cependant, ce retrait triomphal présentait certains inconvénients. Il fallait que je me mette en quête de Bill Danvers si je voulais examiner son poignet.

***

Le lendemain matin, je retournai à Rutherford's, où j'appris que les chemises de nuit étaient arrivées de l'entrepôt. En me rendant au rayon Lingerie, je me rendis compte que je n'avais plus parlé au pauvre Leo depuis que je l'avais laissé en plan le mercredi soir. Je demandai à Mrs. Hirschfeld comment il allait.

— Très occupé, dit-elle en souriant. J'ai cru comprendre qu'il vous a emmenée danser.

Percevant une pointe de nervosité dans sa voix, je tentai de prendre la chose à la légère.

— Oui, j'étais attristée par la mort d'une amie et il a eu la gentillesse d'essayer de me remonter le moral.

Nous allâmes dans son petit bureau chercher les chemises de nuit. Après les avoir empilées dans mes bras, elle m'interrogea :

— Allez-vous voir Leo, plus tard ?

— Je crois qu'il travaille aujourd'hui.

— Cela ne vous dérangerait pas de lui transmettre un message de ma part ?

— Bien sûr que non.

— Dites-lui que Clara est venue dîner l'autre soir et qu'elle était très peinée par son absence.

Un silence suivit, pendant lequel j'attendis qu'elle précise l'identité de Clara. De toute évidence, elle n'était pas disposée à le faire.

— Certainement.

***

Le reste de l'après-midi, je mesurai. Je cousis. Je réussis à ne pas piquer Emily Tyler avec les épingles quand elle demanda à George Rutherford si les robes « devaient vraiment être si simples ». Je parvins à prodiguer des sourires et des « Oui, madame » à Mrs. Rutherford, des regards rassurants à Louise. Je ris des anecdotes de Hattie Phipps sur sa vie d'opératrice téléphonique – *Kandinsky, Nussbaum et Schlom, à qui désirez-vous parler ?* – et des potins de chez Rector's[1], dont Gertie Walsh nous régala. Je tins jusqu'à l'heure du déjeuner avant de sortir du Crystal Palace et, même alors, j'aurais conservé mon calme si Leo n'avait insisté pour me suivre, se vantant de relations au réfectoire des employés. Avais-je envie d'un reste de *Knackwurst*[2] ? À ce moment-là, faisant volte-face, je déclarai que je détestais la *Knackwurst* et, pour changer de sujet, qui était Clara ?

Je sus, alors que son sourire habituel s'effaçait, que je l'avais coincé. Ou justement pas.

— Clara, répondit-il, est une très chic fille que ma mère pense que je vais épouser.

Le sourire réapparut, comme si l'avis de sa mère n'était pas un motif d'inquiétude.

— Et que pense Clara ?

Il marqua une pause, faisant mine de chercher dans sa mémoire.

— Elle a des opinions très arrêtées sur l'instruction publique. Je ne saurais pas vous expliquer lesquelles, mais elles sont très catégoriques.

— Et le two-step de Clara, comment est-il ?

— Loin d'être aussi bon que le vôtre, assura-t-il en me prenant la main.

Deux vendeuses nous dépassèrent dans le couloir, intriguées par la situation. Gardant ma main dans la sienne, Leo me fit descendre l'escalier et me conduisit dans la rue, où les camions de livraison arrivaient pour être déchargés.

Je dus hausser le ton pour couvrir les appels des ouvriers et le choc sourd des caisses.

1. Célèbre restaurant du quartier des théâtres.

2. Petite saucisse, spécialité allemande, à base de veau, de porc et d'ail.

— Vous ne vous bornez donc pas à discuter des bienfaits de l'instruction publique. Clara a d'autres charmes.

— Peut-être.

— Et vous avez d'autres partenaires de danse.

— Je le jure devant Dieu, je ne me souviens pas d'une seule d'entre elles.

Sa main se glissa autour de ma taille. Je m'écartai pour l'éviter. Surpris par cette rebuffade, il se contenta de dire : « Je suis désolé. »

Il ne savait pas de quoi il s'excusait, c'était clair. Mais que lui reprochais-je, au juste ? D'avoir dansé avec d'autres ? De s'être assis avec d'autres sur des divans ? Peut-être en allait-il simplement ainsi quand on ne s'appelait pas Louise Tyler ou Charlotte Benchley. William avait dû clarifier ses intentions avant d'embrasser Louise. Louise Benchley avait beaucoup plus à offrir que Jane Prescott – des millions, pour être précise. Ce que Jane Prescott avait à offrir, on pouvait l'obtenir sur une piste de danse ou sur un divan. Mes doigts tourmentèrent le premier bouton de mon corsage. J'étais emplie du sentiment coupable que, malgré tout, je n'éprouvais pas autant de remords que je l'aurais dû.

Clara ! La partie lésée m'apparut dans un éclair stupéfiant de lucidité. C'est pour elle que j'étais en colère. Pour Clara.

— Et, bien entendu, Clara connaît mon existence et celle de toutes les autres dont vous avez oublié le nom.

— Nous ne discutons pas de tout…

Ce qui signifiait qu'ils discutaient de certains sujets, fait qui pour être évident n'en était pas moins pénible.

— Que pense-t-elle du baiser, du point de vue tant expérimental qu'éthique ?

Il ne dit mot. J'avais ma réponse. J'enfonçai mes

mains dans mes poches et commençai à marcher. Je supposais que Léo resterait derrière et que, toute seule, je reprendrais le long et misérable chemin jusqu'à la salle de répétition.

— Jane !

Il me rattrapa et me retint par le bras. Sa tête était très proche de la mienne, ce qui me fit penser à l'embrasser, ce qui me mit en colère et je le repoussai. J'étais partagée entre l'envie de le gifler très fort et celle de fondre en larmes. Mais je parvins à me ressaisir, annonçai que je n'avais pas faim et montai l'escalier.

Hélas, alors que je traversais le hall vers le Crystal Palace, je reniflais beaucoup. Ces stupides larmes n'arrêtaient pas de couler. En les essuyant, j'entendis Emily Tyler :

— Jane, que se passe-t-il ?

— Rien, Miss Tyler. Je vais... très bien.

— Pas du tout. Vous vous êtes rongé les ongles, vous avez les yeux rouges et le nez qui coule. Ça ne va pas ? C'est Mr. Hirschfeld ?

J'étais trop surprise pour trouver un prétexte crédible.

— Pourquoi dites-vous ça ?

— Parce qu'il vous aime bien. J'avais plutôt l'impression que vous aussi.

— Il m'aime bien, en effet. Moi et cinq mille autres filles.

Emily fit une moue peinée exprimant sa sympathie. Elle avait les paupières un peu rouges, elle aussi.

— Il est arrivé quelque chose ? m'inquiétai-je.

— Oh... !

Elle se laissa aller contre le mur et y porta un coup de poing rageur.

— Je sais que vous êtes toute dévouée à Louise, mais, là, je ne sais pas ce qui me retient de la jeter par la fenêtre. Me faire la morale au sujet de George Rutherford comme si j'étais une oie blanche. « C'est un homme marié. » « Dolly est contrariée. » À croire que j'ai l'intention de m'enfuir avec lui. Je suppose que vous avez entendu parler de mon coup de folie à Saratoga.

— J'ai appris que vous étiez tombée amoureuse de quelqu'un.

— Très amoureuse, en fait.

Les mains dans le dos, elle s'appuya au mur, s'en détachant puis y revenant tout en parlant.

— Snapper Wilkes était drôle, beau et… enfin, si vous l'aviez vu à cheval, vous auriez compris. Et il m'aimait, ajouta-t-elle doucement. Nous restions assis à parler de chevaux, des nouvelles chansons et des lieux de villégiature agréables en été, et il se comportait comme si j'étais la fille la plus intelligente qu'il ait jamais rencontrée. Au moins, il prenait ce que je pensais au sérieux.

Contrairement à ce qu'elle ressentait chez elle, songeai-je, auprès d'une mère obsédée par les perspectives matrimoniales de sa sœur et le statut social de son frère.

— Je déteste William de m'avoir forcée à descendre de ce train.

— Il l'a fait parce qu'il se soucie de vous.

— Non, parce que Mère le lui a ordonné et qu'ils ont tous peur du scandale. Le scandale… Vous auriez dû me voir sur ce quai, en train de clamer : « J'irai où je veux. On vit dans un pays libre, non ? »

Cela, je le savais par Louise. Je connaissais aussi la réaction de William, qui avait entrepris d'énumérer ce que l'on ne pouvait avoir comme on le voulait, par exemple la nourriture, les vêtements et le logement, et qui s'était demandé tout haut si le salaire de Mr. Wilkes lui permettrait d'offrir à Emily ce qui allait de soi à ses yeux. Apparemment, Mr. Wilkes avait eu l'impression qu'Emily touchait ses propres rentes. Informé du contraire, il avait accepté à regret de s'éloigner.

Comme il était vain de vouloir le démontrer à Emily, j'abordai la discussion sous un autre angle :

— Il y a quand même de meilleures façons d'oublier Snapper Wilkes que de flirter avec George Rutherford.

— Je ne flirte pas, je passe une audition. Saviez-vous que Miss Rutherford's touche une pension ? Non ? Eh bien, on lui en alloue une ! Ce qui veut dire que, si je gagne, je disposerai de mes propres revenus et je n'aurai pas à quémander auprès de William ou de Mère.

— Et dans le cas contraire, répondis-je d'un ton badin, il y a d'autres emplois.

— Et d'autres hommes, renchérit Emily en souriant. Bien que, à mon avis, vous ne devriez pas encore renoncer à Mr. Hirschfeld.

Cet après-midi-là fut le cadre d'une répétition très chaotique de l'ensemble du spectacle. J'édifiai des ailes à l'aide de fil de fer et de papier, que je fixai aux chemises de nuit. L'effet final paraissait froissé et défraîchi. Quant à Leo, je l'ignorai royalement. Sauf dans les rares occasions où, levant les yeux, je le trouvais d'un calme inhabituel. Pas de sourcils tressautant ni de sourires crispés en dépit des fausses notes proférées par les chanteuses, pourtant en assez grand nombre.

À un moment, je reconnus les premières notes du « Pickle Barrel Rag », exécutées à la manière d'un hymne funèbre. Cette tentative de réconciliation me rappela, je l'admets, la joie de danser à l'Acme, l'éclat tonitruant de la trompette, Chick Tricker assis à sa table, dans le coin.

Et Bill Danvers.

Bill Danvers, qui travaillait à l'Acme.

Si j'arrivais à prouver que Bill Danvers gagnait sa vie en menaçant les femmes qui tentaient de se libérer de l'emprise de Chick Tricker... Et aussi qu'il avait quitté l'Acme cette nuit-là, et présentait, de plus, une cicatrice au poignet semblable à celle qu'Otelia Brooks avait infligée à son agresseur...

— Mr. Hirschfeld, chuchotai-je, travaillez-vous à l'Acme ce soir ?

— Oui.

— J'ai besoin que vous m'y emmeniez.

Leo eut l'air méfiant.

— C'est un piège ?

— Non. Je veux y retourner.

— Miss Prescott, rien ne me ferait plus plaisir, mais j'avoue que, dans votre état d'esprit actuel, vous me faites peur. Bien que je sois encore très épris. Mais surtout, aujourd'hui, je ne peux pas.

— Pourquoi ? Cette soirée est réservée à Miss Pastrami ?

Une interruption infime dans la musique.

— Non. Mais les serveurs chantants utilisent la table des invités à tour de rôle. Un soir, j'amène... une amie, le lendemain, c'est Stumpy. Ce soir, Mario a invité sa cousine. Du moins à ce qu'il prétend. Elle était terriblement jolie pour une cousine...

Je ne m'intéressais ni à la cousine de Mario ni à l'opinion exhaustive de Leo sur la beauté.

— Comment puis-je entrer, alors ?

— Entrer où ? s'enquit, près de nous, Emily Tyler, libérée de la répétition.

— Miss Prescott veut que je l'emmène danser à l'Acme. Malheureusement, je ne peux lui rendre ce service.

— Voilà qui est très incorrect de votre part, Mr. Hirschfeld. Jane, je pense que nous devrions donner une bonne leçon à ce monsieur.

— Comment cela, Miss Tyler ?

— Toutes les deux, nous irons à l'Acme ce soir. Non, ne vous inquiétez pas, c'est moi qui régale. Pauvre Mr. Hirschfeld ! Nous allons le laisser chanter pour gagner son souper, et bien nous amuser.

CHAPITRE XIII

Cette nuit-là, en retournant à l'Acme Café avec Emily, je dressai le bilan de mes échecs depuis le départ de sa mère. J'avais laissé Louise tomber entre les griffes de Dolly Rutherford. Je n'avais pas su convaincre Emily de regagner Vassar, ce qui, en soi, n'eût pas été trop grave, mais sa participation à une entreprise aussi bassement commerciale que le concours Miss Rutherford's était une tout autre affaire. De même que son flirt avec le patron du grand magasin. Et voilà que je l'escortais dans un des clubs de danse les plus mal famés de New York.

Dans un bel accès de stupidité, j'avais aussi accepté qu'elle me prête une robe. Emily avait insisté, affirmant qu'elle ne sortirait qu'avec une fille assez stylée pour être son amie. En dépit de son ton désinvolte, je la soupçonnais de se mêler de mes affaires de cœur. La tenue était superbe : elle se composait d'un fourreau en velours mauve sombre complété par un boléro à manches courtes, en soie blanche imprimée de feuilles et de violettes. Une ceinture, mauve elle aussi, soulignait la taille, et un profond décolleté accentuait le reste. Je me sentais à la fois extrêmement jolie et terrifiée à l'idée de la déchirer.

Leo, bien entendu, ne se tenait plus de joie. Comme je le fis remarquer au début de la soirée, donner le bras à deux femmes lui semblait sans doute un minimum. Il répondit en fredonnant sa toute dernière composition :

— « Des femmes de toutes parts / aussi loin que porte le regard. Mais une seule compte à mes yeux / et j'en suis amoureux… »

— « Elle s'appelle Clara, chantonnai-je à mon tour. Myrtle, Edith, ou Leonora… »

Mais personne ne pouvait être plus heureux qu'Emily, qui semblait flotter sur un nuage et sautillait presque en parcourant les rues sordides dans ses mules de soie rose – Dieu merci, ce ne serait pas à moi de les nettoyer ! À l'Acme, on la fit entrer sur-le-champ, le portier identifiant aussitôt une jeune et riche écervelée décidée à se donner en spectacle et à dépenser sans compter.

C'était une expérience très différente d'aller à l'Acme en compagnie de ladite jeune écervelée plutôt qu'avec un des serveurs. Grâce à Emily, nous étions à une table proche de la piste de danse. Tout à coup, les brillantes célébrités que j'avais entrevues du fond de la salle ne se trouvaient plus qu'à quelques pas de moi. Pas de *stuss* ni d'épluchures de cacahuète, cette fois, rien que du champagne, des diamants et de la gaieté. L'éclat vibrant du cornet à piston et du trombone s'emparait des sens ; tout ce qu'on voulait, c'était bouger et en être.

Hélas ! Je n'étais pas venue pour danser. Je scrutai le coin où Chick Tricker était installé la fois précédente ; apparemment, le patron du club menait ailleurs ses affaires. Je me félicitais d'échapper à son regard pénétrant, toutefois cela présentait un inconvénient. À supposer que Bill Danvers fût à l'Acme ce soir-là mais n'eût aucune raison d'apparaître en pleine lumière, je risquais de ne pas le trouver dans ce dédale. Il travaillait peut-être à un autre étage, voire dans un autre établissement, puisque Chick Tricker en possédait plusieurs.

Leo vint à notre table et nota la commande d'Emily, une bouteille de champagne. S'agenouillant à mes pieds, la main sur le cœur, il se mit à chanter en italien. Je résistai à l'envie de lui balancer un coup de pied.

Me penchant, je murmurai à son oreille :

— Prévenez-moi si vous repérez Bill Danvers.

— Ce n'est pas très romantique, grommela-t-il en retour.

— Tiens, vous avez remarqué ?

— Que ferez-vous si vous le trouvez ? m'interrogea-t-il en se relevant.

— J'examinerai son poignet, répondis-je, ce qui me valut un drôle de regard de la part de Mr. Hirschfeld.

Alors que je guettais Danvers, l'idée me traversa que, si sa tâche consistait à maintenir les filles dans le rang, c'étaient plutôt elles que je devais surveiller. Plusieurs opéraient déjà sur la piste ; nous étions vendredi et le club était bondé d'hommes qui venaient de toucher leur paye. Je repensai alors à la jeune brunette que Danvers avait agressée. Elle devait être mieux au fait que quiconque de ses allées et venues, la fameuse nuit. Sauf qu'elle serait peut-être trop effrayée pour me parler. Et très difficile à trouver parmi cette foule animée et bruyante.

— Qui est cette montagne de muscles, dans le coin ? s'enquit Emily en me montrant un grand gaillard en smoking mal ajusté, qui se tenait en retrait.

— Frank Walters. Un ancien boxeur. Maintenant, il travaille comme videur.

Le sourcil en arc de cercle et l'œil coquin, Emily se retourna sur sa chaise, avide d'apercevoir des signes de débauche. J'eus l'idée de mettre à profit sa soif d'expérience et sollicitai une faveur :

— Dans le temps, je travaillais avec une jeune fille qui, depuis, est tombée dans une mauvaise passe. Quelque chose me dit qu'elle pourrait être employée ici, mais… contre son gré, si vous voyez ce que je veux dire.

Emily pivota vers moi en m'accordant son attention entière.

— À quoi ressemble-t-elle ?

— Petite, brune, à peu près de notre âge. Elle se comporte comme si elle était là pour danser. En réalité, elle se promène en suggérant aux messieurs de lui offrir un verre. Quand un gentleman se montre intéressé, ils vont ailleurs pour…

— Faire échange de bons procédés, compléta Emily.

— Exactement. Sans doute tout près, mais je ne sais pas où.

Ravie de compter désormais au rang des initiés, Emily détailla la foule mouvante en tâchant de repérer une fille aux cheveux noirs dont elle ignorait l'existence quelques secondes plus tôt. L'orchestre acheva sa chanson, les couples regagnèrent leur table, la piste se vida. Alors, je la vis à une table voisine, appuyée contre un homme à peine capable de s'asseoir droit et encore moins de tenir debout. La main posée sur l'épaule du client, elle semblait porter une attention extrême à la belle apparence de sa chemise et de sa veste. Les revers furent aplanis, les boutons vérifiés, les poches lissées. Puis elle partit d'un grand éclat de rire tout en glissant la main à l'intérieur de la veste. Les poches inférieures avaient dû être fouillées auparavant.

La main ressortit vide ; ce qu'elle cherchait était soit dans la poche arrière, soit trop à l'étroit pour être extrait à l'insu du propriétaire. La jeune fille se montra alors d'humeur à danser. Son partenaire semblait moins convaincu – ou capable –, cependant elle réussit à le tirer de son siège et à le guider, tout trébuchant, vers la piste. J'allais la perdre de vue. Recommandant à Emily de rester à l'affût, je me mis en quête de Leo.

Il apportait à une table un plateau surchargé de boissons. Je le suivis et l'aidai à distribuer les verres. J'allai vivement déposer le plateau sur le bar, après quoi je l'invitai à danser avec moi.

— Non, bien que je vous adore dans cette robe et que danser avec vous soit une de mes occupations favorites.

Je l'entraînai de force jusqu'à la piste.

— Je vais perdre mon travail, se plaignit-il.

— Vous y avez été contraint par une demoiselle déchaînée qui avait trop bu. Je le jure.

— Si vous le jurez, alors…

Nous évoluâmes, les yeux rivés sur la fille et sur son client, qui cette fois se montrait un peu trop entreprenant. Elle avait peine à le tenir à distance.

— Comment ça marche ? demandai-je à Leo.

— Elle va lui proposer de danser dans un lieu plus… intime. S'il ne veut pas, il fourre un dollar dans sa jarretière. Dans le cas contraire, ils descendent.

La fille tourna la tête comme si elle cherchait quelqu'un. Suivant son regard, je vis un autre gentleman hocher la tête. Presque immédiatement, elle quitta la piste avec son cavalier. Un lit s'était libéré.

Je voulus la suivre.

— Où allez-vous ? me questionna Leo.

— Je dois parler à cette fille.

— Préparez-vous à une conversation coûteuse.

Passant devant les tables, nous nous dirigeâmes vers l'extrémité de la salle, dégagée pour faciliter le va-et-vient des serveurs. *Elle va l'emmener dehors*, pensai-je, *ou alors en bas*. Les bordels étaient généralement situés en sous-sol. J'avais vu juste, la fille conduisit le client vers un escalier au fond du club. Il était probable que Bill Danvers s'y trouverait aussi, aussi pris-je la même direction. Léo m'attrapa par le bras.

— Écoutez, je sais que vous tenez à retrouver ce gars. Mais vous ne pouvez pas descendre.

— Je vois deux pieds, un droit et un gauche. Je pense en être capable.

Je me dégageai et dévalai les marches de bois. Leo s'apprêtait à me suivre quand quelqu'un l'appela. Il dut hésiter, car l'appel retentit à nouveau, péremptoire. En franchissant la porte qui donnait dans la cave, je savais qu'il était resté en haut.

Le sous-sol était très différent des paillettes et de la gaieté de la salle. Exigu et bas de plafond, il évoquait les quartiers des domestiques. Une lampe pendait à mi-chemin du long couloir, éclairant faiblement plusieurs cabines masquées par des rideaux, de chaque côté. Le parquet pourrissait d'humidité. Tout au bout, un homme, heureusement inconscient, était avachi sur un trépied. On entendait des grincements de sommiers et l'écho d'autres activités. Si Bill Danvers était là, on n'en voyait pas la trace.

Je restai à moitié cachée dans un coin. Au bout de quelques minutes, l'un des rideaux s'ouvrit et un monsieur sortit, vacillant sur ses jambes, en reboutonnant son pantalon. Au passage, il me lança un regard lubrique, pensant voir une fille sur le point de commencer son service.

Puis un deuxième rideau fut repoussé et un client prit congé. En l'occurrence, la jeune femme se montra moins réservée. Elle sortit avec lui et lui donna un baiser. C'était la fille aux cheveux noirs. Dès que son client disparut dans l'escalier, je m'approchai du rideau et glissai la main à l'intérieur. Une exclamation impatiente résonna, vite réprimée, et le pan d'étoffe s'écarta. En me voyant, la fille essaya de le refermer.

— Je voudrais seulement…

D'un air farouche, elle passa le tranchant de sa main sur sa gorge et désigna une porte découpée dans le mur de droite. Quelqu'un écoutait. Je fixai cette porte, à laquelle je trouvais un aspect étrange. Tout d'abord par sa présence même – car pourquoi cette pièce minuscule aurait-elle nécessité une porte ? –, mais aussi par son apparence. Les charnières… Il n'y avait pas de charnières ! Rien qu'un crochet au centre destiné à recevoir une robe ou un manteau.

Je pointai l'index vers la fille, puis vers moi. Des lèvres, je formai en silence le mot « parler ». Elle roula les yeux.

Je mimai le fait de prendre un verre. Elle lorgna vers la porte, puis hocha la tête. Posant le doigt sur ses lèvres, elle me fit sortir du réduit, me faufiler devant l'homme assoupi et gravir l'escalier.

— Occupez-vous de la bouteille, dit-elle. Je vous retrouve dehors.

Je me hâtai de retourner à la table, où Emily était plongée dans une conversation animée avec Frank le gigolo. La bouteille de champagne était intacte. Je dis : « Vous permettez que je l'emprunte ? », m'en emparai et sortis dans la rue.

Le vendredi soir, le Bowery n'était que foule et tapage. Je tâchai de dénicher un endroit stratégique où la brunette me repérerait, mais où nous ne nous ferions pas remarquer. Je me dirigeais vers le bout du pâté d'immeubles quand je dus contourner un vieux matelas tout crevé à force d'être exposé aux intempéries, trempé de bière et utilisé comme latrines. La puanteur me montant aux narines, je m'écartai et me retrouvai nez à nez avec Harry Knowles, qui émergeait d'un bar nommé le Dump[1].

Les mots « Vous devriez avoir honte ! » allaient me jaillir des lèvres, mais cela ressemblait trop à du Clementine Pickett. Je me rabattis donc sur une remarque plus modérée :

— Mr. Knowles, vous devriez rentrer chez vous. Vous n'êtes pas en état de rester dehors.

Il écarquilla ses petits yeux porcins pour savoir qui venait de s'adresser à lui. Quand il me vit, il maugréa en vacillant :

— Pas… peur. Pas une jolie petite putain, pourquoi devrais-je… avoir peur ?

Ses yeux se rétrécirent.

— À moins que vous ne vouliez encore… m'assommer.

Le mot « assommer » ou l'effort qu'il lui fallut pour l'articuler parut le déstabiliser à un degré intolérable. Se penchant sur le côté, il vomit dans le caniveau. On sentait chez lui une longue pratique : il prit soin de s'appuyer contre un réverbère afin de se pencher à un angle qui préserverait sa chemise et ses chaussures des éclaboussures. Du moins, pour l'essentiel. Je lui proposai un mouchoir. Il leva l'index, réclamant le silence, puis vomit à nouveau.

— Oui, merci, dit-il en se redressant.

Je lui tendis le carré d'étoffe et précisai, comme il s'essuyait la bouche :

1. En français, « dépotoir », « trou à rats ».

— C'est un présent de mon oncle.

— Très joli.

Il me le rendit. Je le pliai en prenant garde aux salissures.

— Quel âge aviez-vous ? s'enquit Mr. Knowles.

— Treize ans. Je quittais le refuge. Il a cru bon, je suppose, de m'offrir un souvenir.

— Cet endroit est votre maison.

— Oui.

— Et le révérend est… comme un père pour vous.

Il avait une étrange façon de poser les questions. Il n'interrogeait pas, contrairement à maints journalistes. Il affirmait et semblait attendre la réponse par simple curiosité.

— Mon père m'a abandonnée sur un quai lorsque j'avais trois ans. Je ne sais pas comment sont les pères. Mon oncle m'a recueillie. Rien ne l'y obligeait, pourtant. Il m'a procuré la sécurité jusqu'à ce que je sois en âge de sortir dans le monde, et quand je suis partie, j'étais prête. Beaucoup de femmes avec lesquelles il travaille en diraient autant. J'aimerais que vous y réfléchissiez avant de rédiger votre prochain article.

— Le diable ne montre pas toujours ses cornes, Miss Prescott.

Je fixai son front d'un air éloquent.

— Non, il porte parfois un chapeau.

Il gloussa de rire. À cet instant, un frisson courut le long de mon dos. Ce rire, je l'avais déjà entendu.

— Vous m'avez téléphoné au refuge.

Il fronça les sourcils.

— Je ne me…

— Mais si. Vous m'avez appelée, il y a quelques nuits de cela. Vous avez dit que si je vous cherchais, c'est vous qui me trouveriez.

En prononçant ces mots, je me rendis compte que confronter un homme à ses erreurs pouvait être imprudent.

Mais Harry Knowles avait l'air confus.

— J'ai dit ça ?

— Oui. Le soir du jour où je vous ai frappé avec le journal.

— Ah !... Je n'en ai aucun souvenir.

— Vous prétendez que c'est faux ?

— Non. Juste que je ne m'en souviens pas. Cela arrive quelquefois. Quand…

Il tourna la tête vers le bar.

— Il m'arrive de me réveiller en des lieux inattendus.

Après avoir fait quoi ?

— Vous feriez bien d'éviter les bars, Mr. Knowles.

— C'est ce que tout le monde me dit, Miss Prescott. Bonne nuit.

Il passa devant moi, la tête basse, la main sur son chapeau. Il marchait d'un pas plus stable, mais s'arrêtait de temps en temps pour éviter une nouvelle collision. Savait-il où il était ? Se trouvait-il à l'instant même dans cet étrange état de somnambulisme qu'il avait décrit ? Se souviendrait-il le lendemain de m'avoir vue ? D'avoir conversé avec moi ? De mes propos sur mon oncle ?

Un homme à peine capable de marcher ne pouvait pas immobiliser une jeune femme et lui ôter la vie.

Avant que je puisse réfléchir davantage, j'entendis :

— Alors, c'est pour quoi ? Qui c'est qui est venu me voir ? Votre mari ? Votre frère, votre père ?

— Je n'ai ni l'un ni les autres.

J'offris la bouteille à la brune. Elle fit clairement comprendre qu'elle aurait préféré du gin, ce qui ne l'empêcha pas de vider la moitié d'un coup. Elle avait à peine vingt ans, et déjà des rides de lassitude marquaient les contours de sa bouche. Une lourdeur sur ses traits, un regard morne témoignaient d'un effort délibéré pour demeurer autant que possible dans un état d'engourdissement.

Je lui demandai son nom.

— Vous ne me menacerez pas des feux de l'enfer ?

— Non.

— Alors, c'est Moira.

— L'autre nuit, vous vous êtes disputée avec un homme. Maigre, des cheveux noirs et gras.

Elle avala une nouvelle rasade au goulot.

— Et après ?

— C'était Bill Danvers, n'est-ce pas ?

— Comment le connaissez-vous ?

La bouteille ne tiendrait jamais le temps que je finisse mon histoire.

— Je sais qu'il est dangereux.

Elle rit en soufflant par les narines. Et but à nouveau.

— Je sais aussi qu'il aime faire mal aux femmes.

— Bill le Veinard, qui vit de son passe-temps.

Elle fut prise d'un léger hoquet. Elle n'avait pas l'habitude des bulles.

— Pourquoi vous a-t-il frappée ?

— Il pensait que j'avais fauché le rouleau.

— Quel rouleau ?

Je me rappelai soudain la manière dont elle avait palpé les poches.

— L'argent.

— C'est ça. Les hommes viennent ici avec des liasses de billets. L'idée, c'est de les inciter à entrer dans la pièce, à suspendre leur manteau à la porte…

L'étrange porte sans charnières.

— Elle pivote sur elle-même ?

Elle sourit d'un air blasé.

— Pendant que j'occupe le client, Bill fait tourner la porte, décroche le manteau, prend ce qu'il y a dedans, enveloppe quelques billets dans du papier pour reformer un rouleau et remet tout en place à temps avant que le gentleman prenne congé. La plupart d'entre eux sont trop ivres pour s'en rendre compte, et même quand ils découvrent que leur fric s'est envolé, ils se taisent parce qu'ils ne veulent pas que leur femme sache où ils sont allés.

— Vous touchez combien ?

— Le club ramasse le plus gros. Il fournit le lit, pas vrai ? Bill en reçoit une partie, et moi…

Elle écarta très légèrement le pouce et l'index.

— Seulement, avec le type de l'autre fois, il n'y avait rien à prendre. Je l'ai dit à Bill. Vous avez vu vous-même dans quel état ça l'a mis.

Je ne cherchai pas à savoir si elle avait conservé l'argent : elle l'avait gagné, en ce qui me concernait.

— Bill attend toujours de l'autre côté de la porte ?

— Non. Le club ne vole pas tout le monde. Le bruit se répandrait et c'en serait fini des affaires. Surtout les touristes, juste assez pour se faire un petit supplément et garder la police dans de bonnes dispositions.

— Et Bill Danvers est resté ici toute la nuit ?

Elle avait l'ouïe exercée de celle qui est habituée à sentir venir les problèmes.

— Pourquoi ?

Dans quelle mesure pouvais-je lui faire confiance ? Selon toutes probabilités, elle ferait part à Danvers de mon intérêt pour lui – voire à Chick Tricker.

Danvers savait déjà que je le soupçonnais de meurtre, je misai donc sur la franchise.

— Deux de mes amies ont été tuées, dont une la nuit où j'étais ici. Elles… elles avaient avec vous des points communs. Mais elles s'efforçaient de changer de vie, et je pense que Bill Danvers a pu les assassiner, en guise d'avertissement à celles qui seraient tentées de s'en aller.

Elle soupira, inclina la bouteille et la trouva vide.

— Que croyez-vous que ferait Chick Tricker, si vous vouliez arrêter ? lui demandai-je.

Un haussement d'épaules.

— Je me débrouille. Je n'ai pas besoin d'apprendre à laver le linge.

— Pourquoi dites-vous ça ?

— Quoi donc ?

— Que vous n'avez pas besoin d'apprendre à laver le linge. Je n'ai pas fait mention du refuge.

— Non, mais… cet endroit est connu.

— Vraiment ? Qu'en avez-vous entendu dire ?

— Ce cinglé de pasteur, il recueille les filles dans leur seul intérêt, pardi ! ironisa-t-elle. Tout le monde sait ce qui se passe là-bas.

— Ah oui ? Par qui ? Par Chick Tricker, qui veut faire fermer le foyer ?

— Je ne sais pas. Je n'écoute pas ces conversations-là.

Il y avait donc bel et bien des conversations à ce sujet.

— Bill Danvers est-il resté ici toute la nuit ?

— Je dois retourner à l'intérieur.

Lui emboîtant le pas, je persistai :

— Il est resté la nuit entière ?

— Oui.

— Comment le savez-vous ?

— Il me suivait partout en répétant que j'avais son pognon. Vu son haleine, quand il vous suit, vous ne pouvez pas le rater.

Un scénario convaincant. Cependant, Bill avait pu cesser de suivre Moira avant que Leo et moi montions sur le toit. Entre les activités du divan et le chaos de la descente de police, il avait largement eu le temps d'arriver au refuge. Avait-ce été l'objet de son échange avec Chick Tricker ? Planifiait-il le meurtre de Carrie, ou rendait-il son rapport, une fois la besogne accomplie ? N'importe lequel des établissements que Tricker possédait dans les parages aurait pu servir de cache où tout le monde regardait ailleurs. Peut-être le corps de Carrie était-il demeuré là-bas jusqu'à ce qu'un comparse la jette dans l'allée, plus tard dans la nuit, lorsque la voie était libre.

L'orchestre jouait, et je dus parler à l'oreille de Moira.

— Ne croyez pas ce qu'on vous dit au sujet du refuge. Ni de mon oncle. Il est en mesure de vous aider. La maison se trouve à l'angle de Bowery et de la 3e…

Elle tressaillit de douleur : Bill Danvers l'avait agrippée par l'épaule et lui tordait le bras. Prise de panique, j'eus l'idée d'appeler à l'aide, puis je me rendis compte que personne ne m'entendrait à cause de la musique.

Bill poussa brutalement sa victime contre le mur.

— La 3e et Bowery ? Tu ne veux pas aller là-bas, Moira. Les filles y tombent comme des mouches. Tu ne veux pas être la prochaine. Tu as plus de jugeote que ça.

— Bien sûr, murmura-t-elle.

Le choc lui avait coupé le souffle et en même temps toute velléité de rébellion. Danvers lui montra le poing.

Saisissant une chaise, je le menaçai :

— Assez, ou j'apprends à Mrs. Pickett que vous n'êtes pas le parangon de vertu qu'elle imagine.

— Ne vous gênez pas, répliqua-t-il, les yeux sur Moira. Mon travail là-bas est terminé, n'importe comment.

— En quoi consistait ce travail, Mr. Danvers ? À jeter des pierres ? Ou pire encore ?

Il avait quelque chose dans la main, je le devinai à son bras replié et à son épaule contractée. Un couteau.

— Tu vois, Moira, dit-il en faisant mine de s'adresser à la brunette, ça, c'est une femme pas du tout raisonnable. Elle ne se rend pas compte qu'il y a beaucoup de monde. Beaucoup de gens éméchés. Le sol est glissant à cause de la bière, du verre cassé. Elle ne comprend pas que si elle tombe, elle risque de se couper. De s'entailler les veines. Comme si qui que ce soit lui voulait du mal, alors qu'elle n'a à s'en prendre qu'à elle-même, parce qu'elle refuse de faire preuve de bon sens.

J'oscillais entre lui balancer le pied de la chaise en travers de la gorge ou prendre mes jambes à mon cou quand, dans un grand fracas, jaillirent du champagne et une pluie de verre brisé. Bill Danvers bascula en avant. Leo se tenait triomphalement derrière lui. À côté, les tessons d'une bouteille à la main, Emily Tyler.

Je m'accroupis et inspectai les poignets de Danvers. Aucune cicatrice. Pas l'ombre d'une trace.

— Oh, mon Dieu ! C'était sublime ! s'extasia Emily, pantelante.

***

Il était tard le temps que je regagne le refuge. Je passai par l'entrée de service afin de ne pas réveiller Berthe, dont l'oreille fine percevait le grincement de la porte de la rue. Mais, en faisant le tour, je vis de la lumière à la cuisine. Puis je sentis l'odeur du café. Berthe n'arrivait pas à s'endormir à force d'inquiétude, supposai-je.

Toutefois, ce n'était pas Berthe qui, devant la cuisinière, tâchait d'apprivoiser notre antique cafetière, mais ma plus vieille amie. Même lorsqu'il s'agissait de vendre des places, le dévouement d'Anna à la cause était inébranlable.

— Désolée, lui dis-je. Je n'ai pas la tête à acheter des billets pour l'instant.

— De quoi tu parles ?

— Le spectacle. Ton…

Exaspérée, Anna coupa le gaz.

— Je suis venue parce que j'ai appris ce qui est arrivé à ton oncle. Je suis là pour toi.

— Oh ! fis-je.

Et je fondis en larmes.

Une fois le café versé et le pain grillé, je narrai à Anna toute la malheureuse histoire, en incluant les récents rebondissements, qui prouvaient quasiment l'innocence de Bill Danvers dans les meurtres de Sadie et de Carrie.

— Le pire, c'est que mon oncle me ment, conclus-je.

— Il n'a rien d'un menteur.

— Il ne ment pas exactement, mais il n'est pas sincère. Il refuse de me dire où il était les deux nuits où elles ont été assassinées.

Une ombre passa sur les traits d'Anna.

— Il tient à sa vie privée. Alors, continua-t-elle avec un petit sourire, qui est-ce qui t'a fait connaître l'Acme ?

Heureuse de changer de sujet, je répondis :

— Un… un ami.

— Il est beau, cet ami ?

Je décrivis Leo Hirschfeld, avec ses qualités et les aspects moins plaisants de son caractère. Anna écouta, puis commenta :

— Il a l'air très charmant. Sauf que je n'aime pas la déloyauté. On ne dirait pas que tu as le cœur brisé, fit-elle remarquer en me scrutant.

J'explorai mes sentiments comme on tâte la peau autour d'une ecchymose. Non, pas de cœur brisé. Ni même d'humiliation. Les esprits chagrins n'avaient pas tort : danser avec un homme était différent. Cela pouvait conduire à… des divans. Mais j'avais vu juste, moi aussi, de même qu'Otelia Brooks. Le corps éprouvait le besoin de bouger, même d'une manière que d'aucuns jugeaient inconvenante. La danse et les divans se révélaient parfois salutaires. Revigorants.

En définitive, ils n'étaient guère que cela.

— Déçue, tout au plus, dis-je enfin. N'empêche que c'est un très bon danseur.

— Alors, danse avec lui.

— C'est aussi simple que ça ?

Elle prit ma main à travers la table.

— En tout cas, certaines choses devraient l'être.

— Merci.

— À ton service.

CHAPITRE XIV

— « Faisant claquer son fouet et brandissant sa chaise / elle ordonna au lion : Halte-là… »

Leo avait composé une nouvelle chanson. Inspirée par les événements de la nuit précédente, elle s'intitulait « La Dompteuse de lion » et suscitait déjà beaucoup d'admiration, du moins auprès des Beautés américaines qui s'ennuyaient en attendant de se faire poser leurs ailes. Très en train, Leo conclut par une cascade de notes aboutissant à un joyeux *boum boum* dans les graves, et ces demoiselles éclatèrent en un tonnerre d'applaudissements.

Quant à moi, je n'étais pas en train du tout. À six heures du lever de rideau, il ne semblait pas exclu que les comédiennes s'évanouissent à la première fausse note, à la moindre réplique ratée, au plus infime problème de costume. Le tout sous les yeux de la presse et d'une brochette scintillante de gens fortunés, friands de sensations et connaisseurs des arts, qui sèmeraient aux quatre vents la nouvelle de l'humiliation des Rutherford. Le champagne et les huîtres les occuperaient quelques minutes. Le dîner à six services, lors duquel les Beautés seraient judicieusement disséminées parmi les invités, les retiendrait un peu plus longtemps. Mais à minuit, tout le monde serait au courant : les « Scènes émouvantes de l'Émancipation » avaient fait un four. Pas même le couronnement de Miss Rutherford's ne chasserait la rumeur des esprits. Pendant des semaines, lors des dîners en ville, on s'arracherait les témoins de ce fiasco monumental, que l'on encouragerait cent fois à revenir sur ces détails mortifiants.

Leo eut beau m'assurer que tous les spectacles étaient désastreux les soirs de première, cela ne contribua en rien à me calmer les nerfs. Les ailes en papier et fil de fer n'avaient été prêtes que le matin même, et il restait encore à les fixer sur onze chemises de nuit. Ces mêmes chemises devaient en outre être ourlées, car Mr. Rutherford avait insisté pour que toutes s'arrêtent au même niveau lorsque les jeunes filles seraient en rang. À genoux par terre, assaillie par le mal de tête, je relâchai l'ourlet d'Emily. Un cercle bavard se pressait autour de moi. Mrs. Lonsdale et Mrs. Tallworthy débattaient avec animation des mérites comparés du Savoy et du Brown. La première avait une forte tendance à gesticuler. À chaque ample mouvement du bras, elle faisait un pas en arrière et piétinait ma jupe. Elle visait excellemment ; j'avais beau resserrer contre moi les plis de l'étoffe, son pied atterrissait dessus. Depuis environ trois fois, elle ne jugeait plus nécessaire de s'excuser. Elle estimait sans doute, maintenant qu'elle l'avait fait si souvent, que c'était simplement une fatalité.

Mon humeur n'était pas améliorée par la fatigue. Nous étions rentrés très tard de l'Acme. J'avais ensuite bavardé avec Anna et je m'étais réveillée à sept heures du matin pour me rappeler une vérité démoralisante : Bill Danvers n'était pas l'agresseur d'Otelia Brooks.

Pas plus que l'assassin de Carrie Biel. Après qu'Emily eut assommé Danvers, Leo avait demandé à ses collègues du club s'ils se souvenaient de ses faits et gestes la nuit du meurtre de Carrie. Moira avait dit vrai ; il l'avait suivie le plus clair du temps. Jusqu'à ce que le videur, Frank Walters, constate qu'il devenait gênant et lui assène un de ses légendaires crochets du gauche. Après quoi les serveurs l'avaient porté jusqu'à la cave et enfermé à double tour, pour s'amuser.

Sur scène, l'exubérant Mr. Rutherford dirigeait le tableau final, où la troupe au complet se séparerait en laissant apparaître la gagnante au fond de la scène. Nous avions de la chance de l'avoir parmi nous. Tout passait du sordide au spectaculaire, du lugubre à l'éblouissant. Les dames étaient ravissantes, les chants sublimes et le spectacle lui-même un triomphe inouï qui ferait vibrer la ville pendant des semaines. Non, des mois. Que dis-je, des années.

Des cris de joie me firent lever les yeux. Ils saluaient l'arrivée des portraits joliment encadrés des précédentes Miss Rutherford's. Leurs visages défilèrent devant moi tandis que les ouvriers les portaient vers l'avant : de jeunes femmes aux cheveux lisses et soyeux, arborant une expression radieuse et pleine d'espoir. Sous chaque photo, des plaques indiquant l'année et le nom présentaient les heureuses élues de 1903 à 1913. Le cadre de cette dernière année était vide, à l'exception d'un panneau portant l'inscription : QUI SERA-T-ELLE ?

Aussitôt, toutes les Beautés se précipitèrent pour examiner celles qui les avaient précédées. Je m'approchai de Mrs. Hirschfeld, venue avec les photos.

— Avez-vous une préférence ? lui demandai-je.

— Pas vraiment. Les Miss Rutherford's m'ont toujours paru un tantinet…

Un mouvement éloquent des doigts remplaça le mot « fades ».

— Elles ont toutes le même type, remarquai-je en observant leurs traits.

— Certes, les règles sont assez strictes. Nous les

mesurons, voyez-vous. Pas seulement la taille – un mètre soixante-cinq pour pas plus de cinquante-six kilos –, mais encore l'écart entre les sourcils et jusqu'à la forme des yeux.

Elle me jeta un regard significatif.

— Le nez doit être droit, pas trop proéminent ; la bouche bien dessinée, sans rien de vulgaire. Le teint… tout ce qui est plus sombre qu'un magnolia est inacceptable.

Emily mesurait beaucoup plus de un mètre soixante-cinq ; je craignais que Mr. Rutherford ne lui donnât de l'espoir pour des raisons autres que la conviction qu'elle avait du talent.

— Eh bien ! heureusement que je ne me suis jamais inscrite ! plaisantai-je.

Me prenant au mot, Mrs. Hirschfeld me jaugea de la tête aux pieds.

— Vous avez environ les bonnes mensurations. Un joli nez, de longs cils. Mais les yeux sont beaucoup trop intelligents pour une Miss Rutherford's. Et ces cheveux sont un peu bouclés. Oh ! ne soyez pas gênée, les hommes doivent trouver ça ravissant. Leo est sous le charme, assurément, dit-elle en jetant un coup d'œil à son fils.

Pour échapper à ce sujet embarrassant, nous allâmes inspecter la disposition des lauriers autour des portraits. Les bras croisés, Mrs. Hirschfeld parcourut la rangée. Devant l'une des photos, elle s'arrêta et laissa échapper un petit claquement de langue peiné.

— Qu'est-il arrivé à… Lottie Burckholdt ? m'enquis-je en lisant son nom.

— Pauvre Lottie ! Je l'aimais bien. C'était un ajout tardif, la onzième candidate. Elle nous est arrivée une année qui se distinguait par les genoux cagneux, les poitrines plates et les peaux grêlées ; elle avait un tantinet des dents de lapin, cependant elle débordait de vie et avait une chevelure magnifique. Mr. Rutherford nourrissait quelques doutes, mais j'ai dit qu'elle n'aurait qu'à sourire la bouche fermée et que, de toute façon, tout le monde n'aurait d'yeux que pour ces cheveux. Elle éclatait de vitalité. Les gens avaient envie de voir une fille pleine d'entrain.

Et d'humour, pensai-je en contemplant Lottie. Comme les autres, elle tournait son regard vers le ciel, mais on devinait une envie de rire à peine réprimée.

— Elle n'a pas rencontré son millionnaire ? m'enquis-je, faisant allusion à la légende.

— Non, seulement un docker qui l'a laissée au bord du fleuve, morte et les dents défoncées.

— Mon Dieu… !

Comment les Rutherford avaient-ils évité que ce terrible drame ne parût dans les journaux ? Ce n'était pas une fin décente pour une Beauté américaine.

— Bonjour, Mère, fit la voix de Leo.

— Mon chéri, ta queue-de-pie t'attend en bas. Que fais-tu loin du piano ?

— J'emmène Miss Prescott déjeuner à la cantine.

Consciente du regard scrutateur de Mrs. Hirschfeld – et de l'existence de Clara –, je répondis en toute sincérité :

— Je ne pense pas en avoir le temps, Mr. Hirschfeld.

— Pour le pain de viande de Rutherford's, célèbre dans le monde entier ? Et en compagnie de Leo Hirschfeld ? Bien sûr que vous avez le temps !

Saisissant ma main sans vergogne, il promit à sa mère de lui en apporter une tranche et m'entraîna – pas vraiment contre mon gré – loin des chemises de nuit ailées.

La cantine du personnel était bien équipée, avec de longues tables bordées de bancs où les employés pouvaient s'installer pour manger leur repas fait maison ou le plat du jour, qui était, comme Leo l'avait annoncé, du pain de viande en sauce, accompagné de pommes de terre et de choux de Bruxelles. Je n'avais rien apporté du refuge et mon estomac criait famine. Bien entendu, Leo usa de son charme pour obtenir une double ration de pommes de terre et de sauce.

Quand nous fûmes assis, il m'informa des dernières péripéties :

— Que vous sachiez : tout est fini pour Danvers. Il est apparu qu'il menaçait les filles pour prélever sa part sur tout ce qu'elles volaient. Tricker a estimé qu'il empiétait sur ses plates-bandes.

J'imaginai un Bill Danvers furieux, désœuvré et donc avec plus de temps sur les bras. Au moins, il ne serait plus payé pour harceler les femmes du refuge. Et peut-être l'existence de Moira en serait-elle facilitée. En revanche, le tueur de Sadie et de Carrie courait toujours, sans que nul connût son identité.

Nous nous concentrâmes sur nos assiettes. Au bout d'un moment, je m'apprêtais à demander à Leo si, à son avis, la représentation serait juste ratée ou carrément catastrophique quand il dit très vite :

— Écoutez, votre histoire de Myrtle, Edith et Leonora… ce n'est pas vrai. Je n'agis pas ainsi.

J'attendis qu'il définisse comment au juste il agissait.

— D'accord, il m'arrive de partager un sandwich au pastrami avec une fille de temps en temps si Clara a cours, et elle a tout le temps cours… Mais ce n'est qu'un sandwich.

Au souvenir du divan, j'en doutais.

— À mon avis, le mariage suppose de prendre ses repas chez soi.

Ma remarque déclencha un rare accès d'agacement.

— Je n'ai aucune intention de me marier avec Clara. Je ne compte pas me marier tout court. D'une part, je travaille trop. De l'autre, je suis différent de la plupart des gens. La seule idée des conventions…

Du tranchant de la main, il indiqua une ligne droite qu'apparemment il se sentait incapable de suivre.

— J'entends quelque chose, ça s'empare de mon cerveau, je ne pense qu'à ça. Je ne peux pas m'en détacher. Parfois, je reste debout jusqu'à trois heures du matin à composer. Qui voudrait d'un mari pareil ? Déjà que mes voisins me détestent…

Pur égoïsme. Cependant, je me souvins de notre première rencontre, de cette impression qu'il absorbait tous les sons qui l'entouraient et les transformait en chansons. Il devait lui être difficile, en effet, d'en faire abstraction.

— Quand je rencontre une fille que j'aime bien, elle… elle m'obsède aussi. Je sais, je suis désolé, je n'aurais pas dû vous inviter à aller danser. Mais vous étiez si triste et si jolie.

Je ne fus pas dupe. Il ne regrettait pas du tout de m'avoir invitée et il savait très bien que le mot « jolie » résonnerait dans mes oreilles, me détournant de la réalité, qui était que Leo Hirschfeld aimait beaucoup trop les femmes pour se limiter à une seule. Nous étions tels le train aérien, les disputes féminines, les rires au club… des thèmes passagers, aléatoires, à transformer en mélodies au gré de sa fantaisie. Il n'aimerait jamais une fille autant que l'idéal qui lui inspirait une chanson. Ou que le temps qu'il consacrait à tisser les sons du monde pour créer une musique.

Il me prit les deux mains.

— Je vous aime vraiment bien. Je ne veux pas faire comme si on ne se connaissait plus, après ce soir.

— Je vous aime bien, moi aussi. Malgré tout, ajoutai-je en dégageant mes mains, la prochaine fois que vous aurez envie de danser, invitez Clara.

— Clara n'aime pas les orchestres bruyants.

Il nicha son menton au creux de sa paume et me contempla de ses grands yeux bruns.

— Vous voyez dans quel terrible dilemme je suis ?

J'allais décrire plusieurs dilemmes bien plus terribles susceptibles de se présenter à lui quand Orville Pickett franchit la porte de la cantine. Il salua quelques hommes en bout de table et s'assit à côté d'eux. Sur ce, il mordit dans un sandwich, préparé sans nul doute par sa mère.

— C'est Orville Pickett ! soufflai-je à Leo.

— Grand bien lui fasse.

Je me baissai pour qu'Orville ne me voie pas.

— Seuls les employés de Rutherford's mangent ici, n'est-ce pas ?

— Et ceux qui, comme nous, sont embauchés occasionnellement. Mais il déjeune avec les gars de l'entrepôt, donc il travaille probablement là-bas. Pourquoi ?

— Il habite dans mon quartier. Il connaissait Sadie Ellis. Elle flirtait même un peu avec lui. Puisque Carrie Biel travaillait ici, il connaissait les deux femmes qui ont été assassinées.

Leo resta dubitatif.

— C'est un immense magasin. Il ne connaissait pas forcément Carrie.

Il avait raison. Qui pouvait savoir si Carrie et Orville s'étaient rencontrés ? Je me remémorai la dernière fois que j'avais vu Carrie, riant derrière le comptoir en repliant le négligé.

— Où allez-vous ? demanda Leo, me voyant me lever.

— Parler à votre mère.

Par bonheur, Mrs. Hirschfeld se trouvait encore au Crystal Palace. Lorsque j'arrivai, elle était en train d'ajuster les dernières ailes sur le costume de Gertie Walsh. Elle me sourit, et j'eus l'impression fugitive qu'elle avait changé d'avis à mon sujet. Mais je mis cela de côté et demandai à lui parler en privé.

Nous nous rendîmes à l'autre extrémité de la salle.

— Vous souvenez-vous de Carrie Biel ?

— La pauvre petite qui a été assassinée ? Bien sûr.

— Et connaîtriez-vous, par hasard, un certain Orville Pickett ?

Je ne voulais pas lui fournir d'indices, alors j'attendis pendant qu'elle fouillait sa prodigieuse mémoire.

— Il travaille à l'entrepôt. Il décharge les camions.

— Exactement. Je voudrais savoir si Orville Pickett connaissait Carrie Biel.

Elle fronça les sourcils.

— Je ne… Ah ! maintenant que j'y pense, oui. Il se montrait à l'étage de temps en temps. Il n'avait rien à y faire et je le lui ai signifié sans mâcher mes mots. Une fois, je l'ai même signalé à Mr. Rutherford.

Je la remerciai et me tournai pour partir quand une idée me vint.

— Mrs. Hirschfeld, qu'est-ce que cela implique au juste de travailler à l'entrepôt ?

— Chez Rutherford's, nous sommes fiers du vaste choix d'articles que nous proposons, mais nous ne pouvons pas tout conserver au magasin. Nous avons donc un entrepôt. Quand on a eu besoin des chemises de nuit supplémentaires, vous vous rappelez que j'ai appelé là-bas ? Chaque jour, nous dressons l'inventaire et commandons le réassort. Mr. Pickett est un des employés qui nous livrent les marchandises et les déchargent dans la réserve. C'est ainsi qu'il a connu Carrie. Elle était serviable et vigoureuse, aussi j'avais l'habitude de l'envoyer en bas chercher les boîtes.

— Et où se trouve l'entrepôt ?

— Dans le centre. Près du Bowery, je crois.

À faible distance du refuge, je l'aurais parié. Je contemplai à nouveau le portrait de la pauvre Lottie Burckholdt. Miss Rutherford's 1910.

— Depuis combien de temps Mr. Pickett travaille-t-il ici ?

Elle réfléchit.

— Le magasin met les employés à l'honneur chaque fois qu'ils ont passé cinq ans dans l'entreprise. Je crois me souvenir avoir vu son nom sur une liste récente. Donc cinq ans, me semble-t-il.

— Merci, Mrs. Hirschfeld.

***

Durant les quelques heures qui précédèrent l'arrivée du public, j'accomplis mes tâches machinalement, tandis que mon cerveau passait en revue les faits anodins en apparence que je venais d'apprendre et leurs terrifiantes implications.

Orville Pickett travaillait chez Rutherford's.

Il connaissait Carrie Biel. De même que Sadie.

Et que Lottie Burckholdt.

Toutes trois étaient mortes.

Et Orville Pickett les avait très probablement assassinées.

D'après l'officier Nolan, les femmes connaissaient l'homme qui les avait attaquées, ou se sentaient suffisamment en confiance avec lui pour l'accompagner. Orville Pickett avait toujours paru inoffensif, une sorte de bambin grandi trop vite, encore accroché aux jupes de sa mère.

Une femme avait entendu des cris cette nuit-là. Mrs. Pickett avait témoigné qu'un homme avait accosté Carrie et que cet homme était mon oncle.

Mais elle avait menti. Pour la bonne raison que

celui qui avait accosté Carrie était son propre fils. De cette manière seulement, le scénario revêtait un sens. Qu'avait dit Carrie ? *Laissez-moi tranquille ! Enlevez vos sales pattes de moi !* Au fond, je m'étais toujours demandé si l'histoire me semblait fausse parce que je ne pouvais croire que mon oncle, à cette époque de sa vie, aurait abordé une jeune femme de la sorte. Désormais, je le savais : il n'en avait rien fait. Mrs. Pickett l'avait simplement accusé pour protéger son fils.

À bien y réfléchir, elle n'avait jamais prétendu avoir vu mon oncle. « Entendu », tel était le terme qu'elle avait employé. Or, elle savait. Tout en lançant sa fausse accusation, elle était assez fine pour laisser place à l'erreur si jamais la vérité éclatait. Quelle abominable mégère ! Et quel monstre elle avait enfanté !

À quoi cela ressemblait-il de grandir auprès d'une mère que l'attrait physique des femmes mettait en rage ? Qui n'en finissait pas de parler de relations illicites et de vies détruites ? Elle ne blâmait jamais les hommes qui payaient pour les services des prostituées. Non, c'étaient toujours elles qui attiraient ces pauvres malheureux et brisaient leur vie. Elle mettait bien sûr dans le même panier ceux qui, comme mon oncle, les aidaient. Pas étonnant qu'on n'eût jamais vu Orville Pickett en compagnie d'une jeune fille ; sa mère l'aurait traitée de dévergondée rien que pour avoir posé les yeux sur son précieux rejeton.

Qu'est-ce que cela lui faisait, à lui ? Que de colère il devait ressentir ! L'inoffensive taquinerie de Sadie, découvrant un peu son mollet… Et Carrie… Carrie, attentionnée, joyeuse, gentille envers tous ceux qui la côtoyaient. Il l'avait repérée au magasin. Avait-il été outré de la voir rendre visite au refuge ? Celle qu'il aimait n'était rien qu'une de ces filles de peu qui se vendaient à des hommes, alors qu'elle ne lui aurait même pas donné l'heure !

Orville Pickett avait accosté Carrie sur le chemin du refuge. Il avait attendu qu'elle en parte. Et puis il l'avait tuée.

À plusieurs reprises cet après-midi-là, je guettai l'entrée du Crystal Palace, terrifiée à l'idée qu'Orville fît son apparition. Leo me rassurait : Rutherford imposait des horaires stricts et Orville serait attendu à l'entrepôt après le déjeuner.

— Qu'allez-vous faire ? s'inquiéta-t-il.

Très bonne question. Je pouvais aller trouver l'agent Nolan et lui rapporter les propos de Mrs. Hirschfeld, indiquant qu'Orville importunait Carrie. Je ferais valoir qu'il avait connu les deux victimes, qu'il avait accès à un entrepôt vide où il avait pu tuer Carrie et à un camion qu'il avait pu utiliser pour transporter son corps. Mais cela ne suffirait pas. Il n'y aurait pas de vêtements ensanglantés ; Mrs Pickett les aurait elle-même cachés ou détruits. Et Orville aurait sûrement nettoyé le camion, s'il l'avait utilisé pour déplacer la pauvre Carrie.

Cela étant, tout le monde n'était pas expert en nettoyage, et il aurait agi dans la précipitation. La police n'avait jamais inspecté les véhicules ni même l'entrepôt parce qu'elle n'avait pas idée de l'endroit où chercher. Les preuves étaient peut-être encore là.

Cependant, Mrs. Pickett pousserait des cris d'orfraie et, comme je m'évertuais à le rappeler à mon oncle, les gens l'écoutaient. Elle soutiendrait que je n'accusais son fils que pour sauver mon oncle. Confrontée à deux femmes aux versions opposées et à la perspective d'attirer le scandale sur un entrepreneur riche et influent, la police se contenterait de hausser les épaules.

Sauf si l'entrepreneur riche et influent tenait lui-même à tirer l'affaire au clair.

Je me demandais ce que George Rutherford savait

de ceux qui travaillaient pour lui. Personne ne pouvait l'accuser de garder ses distances : tout, au magasin, portait son empreinte. Mais connaissait-il les manutentionnaires de l'entrepôt ? Franchement, est-ce qu'il s'en soucierait ? Je repensai au moment où il m'avait envoyée consulter Mrs. Hirschfeld ; il n'avait pas donné son nom. Elle était seulement « la dame du deuxième étage ». Tout comme j'étais « la bonne » de Louise aux yeux de Mrs. Rutherford.

En revanche, si l'un de ses employés représentait une menace pour les vendeuses dont dépendait sa fortune, ce serait une tout autre histoire.

Obtenir son attention ne serait pas une mince affaire. En ce moment précis, tel un tourbillon irrésistible, il lançait des instructions aux Beautés tout en ajustant les rideaux, déplaçait actrices et décor d'un côté puis de l'autre et corrigeait même le tempo de Leo. Une seule personne était à même d'endiguer son élan. M'approchant de Mrs. Rutherford, je la priai de m'excuser et lui demandai si Mr. Rutherford aurait un moment de libre.

— Lui, peut-être. Vous, non. Les ailes de cette fille ont besoin d'être arrangées.

Elle désigna Gertrude Walsh, qui se tenait près de Miss Rutherford's 1911, invitant à la comparaison.

— Je voulais juste qu'il contrôle les modifications que j'ai apportées au chapeau de Mrs. Tyler. J'ai ajouté un élastique afin qu'il reste en place, mais je préférerais avoir son avis…

— Oh ! oui, vous voulez toutes son avis, hein ?

Le ton était agréable, le sous-entendu pas du tout.

— Madame ?

— Chaque fois qu'il est dans les parages, dit-elle en faisant voltiger ses mains. « Mr. Rutherford ! Mr. Rutherford ! Regardez-moi, Mr. Rutherford ! » Occupez-vous de cette fille, je vous prie. Immédiatement.

En me dirigeant vers Gertrude, je passai à portée d'oreille d'Emily, qui commérait avec Mrs. Unger. En me remarquant, elle s'exclama :

— Oh ! Voilà la femme de chambre de ma belle-sœur. Vous savez, son oncle dirige un refuge pour les femmes qui étaient autrefois des… eh bien…

Elle baissa la voix et je captai le mot « prostituées ».

— Vous ne trouvez pas ça admirable ? Moi, si.

Dans ma stupeur d'entendre une allusion à mon oncle dans le flot verbal d'Emily, je me figeai, oubliant provisoirement George Rutherford.

— Miss Tyler, puis-je vous parler ?

Un bref sursaut de culpabilité passa comme une ombre sur les traits d'Emily. Elle avait dû ressembler à cela, enfant, quand on la surprenait la main dans le pot de confiture. Le visage barbouillé, elle arborait un sourire radieux comme si elle n'avait rien à se reprocher – ainsi qu'à cet instant.

— Bien sûr, Jane.

Emily se laissa conduire dans le couloir extérieur, où je la raisonnai à voix basse :

— S'il vous plaît, ne parlez pas aux gens du refuge de mon oncle. Son travail est admirable, mais cela pourrait être très embarrassant pour Mrs. Tyler.

— Je ne l'ai pas raconté à tellement de monde.

— J'en suis sûre.

— Enfin, je l'ai dit à Mr. Hirschfeld, mais je ne vois pas à qui il le répéterait. Ah si ! Je l'ai appris à deux autres personnes, car je ne me doutais pas que cela vous dérangerait. Il est si terriblement riche que peut-être il fera un don. Une fois, vous avez mentionné le désir de votre oncle d'ouvrir une crèche, et je me suis dit que ce serait merveilleux s'il pouvait la financer afin que les mères et leurs bébés restent ensemble. Parce qu'il parlait de sa propre mère, et c'était adorable…

J'étais plongée dans la confusion la plus totale.

— Qui parlait de sa mère, Miss Tyler ?

Elle se mordit la lèvre.

— À qui l'avez-vous appris ?

— À Mr. Rutherford, le jour où nous nous sommes tous rencontrés à l'exposition. Mrs. Rutherford m'a emmenée prendre le thé à l'Orientale, vous vous rappelez ? Mr. Rutherford est descendu de son bureau et s'est joint à nous. Il s'est montré très intéressé. Il a beaucoup aimé l'idée et a dit qu'il irait voir le refuge à la première occasion pour admirer toute l'œuvre magnifique qui y était accomplie. J'ai insisté : « Vous devriez absolument, Mr. Rutherford. Allez-y au plus vite et vous verrez. Le révérend Prescott change la vie de ces femmes, il les transforme. » Il a dit qu'il ne pouvait imaginer plus belle mission à laquelle se consacrer.

La nouvelle qu'Emily Tyler avait parlé aux Rutherford de la mission de mon oncle était déroutante. Cette simple information créait un brouillard dans mon esprit ; je ne pouvais décider si c'était bien ou non. Pourtant, comme il faut toujours assurer à ceux qui nous commandent qu'ils n'ont rien fait de mal, je parvins à articuler :

— C'était très attentionné de votre part, Miss Tyler.

Emily en fut soulagée.

— Je pensais bien faire, mais je comprends, pour Louise. Je n'en parlerai plus. Personne ne m'écoute, de toute façon…

— Vous voilà donc !

La porte donnant dans le grand hall s'était ouverte sur Dolly Rutherford et Gertrude Walsh, qui levait les yeux au ciel derrière elle.

— Miss Walsh attend. Je vous cherche de tous côtés en pure perte. Inutile de vous rappeler, je suppose, que le spectacle commence dans une heure ?

Mon visage s'étira en un sourire, toutes dents dehors, mais cela tenait plus de l'envie de mordre que d'une tentative d'apaisement. Une centaine de réponses se bousculaient dans ma tête, certaines ricochant sur les informations qu'Emily venait de me donner, d'autres jaillissant du riche terreau de mon intense aversion envers Dolly Rutherford.

— C'est ma faute, intervint Emily. Je n'étais pas contente de ma coiffure et j'ai traîné Jane ici pour l'arranger discrètement.

— Bon, céda Dolly Rutherford, privée de l'occasion de fulminer davantage. Revenez, maintenant, et occupez-vous des ailes de Miss Walsh.

Alors que nous regagnions le Crystal Palace, Gertrude Walsh fit la grimace et me murmura :

— Je ne me plaignais pas. Je pense qu'elles sont très bien.

Il est vrai que ses épaules étaient légèrement tombantes, avec pour effet que les ailes battaient contre sa tête chaque fois qu'elle se tournait. L'astuce consisterait à les placer assez haut pour qu'elles soient visibles, assez bas pour ménager ses oreilles.

Je défis les points précédents.

— Je sais que vous ne vous êtes pas plainte, Miss Walsh. Néanmoins, nous devons réparer…

— Ah ! la femme qui répare tout.

Ma main s'immobilisa au-dessus de la soie et du fil de fer, mon esprit se vida soudain. Mes cordes vocales semblaient toutefois en état de marche car je réussis à répondre :

— Oui, Mr. Rutherford.

Je gardai les yeux rivés sur le dos de Gertrude Walsh. C'était plus sûr. Je savais que je ne pourrais plus enfiler mon aiguille, mes doigts tremblaient trop. J'eus conscience que Mr. Rutherford tournait autour de Miss Walsh, jugeant de l'effet produit. Jugeant mon travail. Jugeant…

Il devait être grand. Il pesait sur moi, j'en avais le souffle coupé.

Je me forçai à respirer.

Pensai que j'étais ridicule. C'était George Rutherford. Un homme qui passait chaque jour parmi des dizaines de femmes, ajustant leurs chapeaux, déconseillant une nuance, décrétant…

Pourquoi ma main n'arrêtait-elle pas de trembler ?

Respire. Respire. Couds…

Gertrude Walsh poussa un cri. Je l'avais piquée. Une tache de sang perla et s'épanouit comme une fleur sur le col blanc de la chemise de nuit.

Je portai la main à ma bouche.

— Je suis vraiment désolée, Miss Walsh !

La rage allait exploser. Les vitupérations éclater. La tempête se déchaîner. Je me préparai au pire.

— Allons ! ce n'est pas bien méchant, rien qu'une petite égratignure, fit la voix de George Rutherford.

Mon estomac se dénoua. Je sentis une main sur mon épaule.

— Cela peut arriver à tout le monde. Tenez.

Un mouchoir me fut offert, un mouchoir en soie fine avec les initiales *GR* brodées en violet prune. Je secouai la tête, refusant d'utiliser un aussi bel accessoire pour réparer ma maladresse. Le vieux bout de tissu que j'avais dans ma poche ferait l'affaire.

Puis je la vis.

La cicatrice, au bas de la paume de George Rutherford.

CHAPITRE XV

— Jane ?

Un léger coup à la porte.

— Je vais bien, Mrs. Tyler. Je sors bientôt.

Je relevai la tête de la cuvette en porcelaine des toilettes. Sous la porte, les pieds de Louise s'éloignèrent, puis revinrent.

— Cela m'inquiète que vous soyez malade.

— C'est quelque chose que j'ai mangé au déjeuner. Désolée... J'ai besoin de quelques minutes.

Une longue pause.

— Miss Walsh n'est pas fâchée du tout. Elle a compris que vous ne l'aviez pas fait exprès.

— C'est gentil de sa part, merci.

— Et, sachez-le, j'ai dit ses quatre vérités à Dolly Rutherford.

En dépit de ma terreur, je souris.

— Ce n'était pas nécessaire, Mrs. Tyler.

— Si. Et George Rutherford était entièrement d'accord avec moi.

Ce rappel de son existence, à moins de cinquante mètres de moi, me causa un nouveau haut-le-cœur. *Quelle réaction bizarre !* pensai-je avec détachement. À peine avais-je vu la cicatrice que j'avais couru vomir aux toilettes. Comme si mon corps ne pouvait supporter l'idée que George Rutherford avait massacré Sadie, Carrie et Dieu seul sait combien d'autres malheureuses, et que sa main s'était posée sur mon épaule.

Ma première pensée consciente avait été « Sauve-toi ! ». De même que la deuxième, la troisième, la dixième. Je devais me mettre hors d'atteinte. Je sortirais des toilettes, me précipiterais dans l'escalier, m'enfuirais du bâtiment et…

Alors je pensai à Louise. Et à Emily. À Gertie Walsh, si gentille. À la belle Hattie Phipps, qui faisait rire tout le monde avec son répertoire impayable de *Kandinsky, Nussbaum et Schlom, à qui désirez-vous parler ?*

— Jane ? Je me fais du souci pour vous.

Je me redressai, m'agenouillai.

— Il ne faut pas, Mrs. Tyler.

— Non ?

— Non.

Je devais agir le jour même. Le lendemain, je n'aurais plus aucune raison d'être là. Le jour même, donc. Tout de suite. Pendant que l'attention de George Rutherford se concentrerait sur le couronnement de la nouvelle élue.

Parce que la police ne viendrait pas sans preuve. Otelia Brooks avait raison : une balafre ne suffirait pas. Pas même son témoignage, à supposer que j'eusse le cœur de lui imposer une nouvelle confrontation avec George Rutherford. Ni le témoignage d'Emily, confirmant qu'elle lui avait parlé du refuge. Bien qu'il eût agressé Sadie précisément ce soir-là.

Toutefois, il avait dérobé des objets. Le bas de Sadie, le bracelet de Carrie. Et j'étais convaincue qu'il les avait gardés. Ils étaient quelque part, mais pas chez lui. La maison, c'était le domaine de Mrs. Rutherford. L'endroit comportait trop de risques. Non, ils se trouveraient en un lieu où s'exerçait sa toute-puissance. Ici, dans le magasin qui portait son nom.

Son bureau, où il se retranchait. À l'intérieur du coffre-fort massif, dans le coin…

— Retournez dans le hall, Mrs. Tyler. Je vais parfaitement bien.

***

Les portes ouvraient à dix-huit heures. Des coulisses, je ressentis une onde d'énergie alors que deux cents New-Yorkais surexcités affluaient dans le Crystal Palace. Paré d'une cravate blanche, George Rutherford se tenait prêt à tous les accueillir. Coulant un regard de derrière le rideau, je l'observais tandis qu'il serrait les mains, louait l'élégance d'une tenue et promettait une soirée mémorable. Seule la conscience qu'une foule m'entourait me permettait de respirer à moins de trente mètres de lui.

Plusieurs des artistes cédaient à l'affolement. Louise remuait les lèvres en silence, répétant inlassablement la proclamation d'Émancipation. Dolly Rutherford, la seule qui semblât calme, expliquait à Mrs. Fortesque comment respirer ; celle-ci persistait à affirmer que l'air ne parvenait pas jusqu'à ses poumons et qu'elle allait défaillir. Mrs. Lonsdale et Mrs. Tallworthy continuaient sans relâche leur débat sur les hôtels, malgré les « chut ! » répétés de leur entourage.

À l'autre bout de la scène, tout de blanc vêtues, les Beautés américaines demeuraient silencieuses contrairement à leurs riches compagnes. L'heure qui allait suivre ferait accéder l'une d'entre elles à une nouvelle vie et briserait les espoirs des autres. Il s'agissait là d'une affaire sérieuse dont elles ressentaient bien trop le poids pour bavarder. Dans leur tenue modeste, elles ressemblaient à d'adorables petits fantômes. Ou, pensai-je, à des jeunes filles préparées pour le tombeau. Même Emily ouvrait de grands yeux et restait muette. À l'instar de Lottie Burckholdt, elle avait été ajoutée sur le tard. La onzième candidate. Celle dont peu de gens se souviendraient qu'elle avait existé.

Sentant un baiser rapide sur ma nuque, je me retournai et découvris Leo, splendide en queue-de-pie. Il écarta les bras, réclamant l'admiration.

— Vous êtes très beau, M. Hirschfeld.

— Et vous, vous faites une tête épouvantable. Ce qui ne convient pas à une fille ravissante.

— Eh bien, vous n'aurez qu'à en regarder une autre !

— Et si je n'en ai pas envie ?

— Mr. Hirschfeld, siffla Mrs. Rutherford. Retournez au piano. Nous sommes sur le point de commencer.

Un martèlement de pas se fit entendre. Mr. Rutherford montait sur les planches.

— Mesdames et messieurs, bienvenue à ce qui sera, je l'espère, une soirée exceptionnelle. Un spectacle conçu et réalisé grâce aux efforts inspirés de ma chère épouse…

Les applaudissements éclatèrent avant que son nom fût prononcé.

— … Dolly Rutherford. Ce soir, nous honorons la grande mission de la guerre de Sécession, notre engagement pour la liberté et ceux qui sont tombés pour cette cause. Sans plus attendre, je vous présente « Scènes émouvantes de l'Émancipation ».

Les Beautés s'étaient déjà rassemblées sur scène, silhouettes anonymes courbées par le labeur à travers le champ, figuré par des sillons en bois peint. Au lever de rideau, Mrs. Van Dormer interprétait le rôle de Harriet Tubman. Peut-être en raison de la terreur qui me rongeait, je trouvais à cette première scène un aspect cauchemardesque ; Mrs. Van Dormer en fichu et le visage plâtré de maquillage semblait un grotesque simulacre. D'une voix aiguë toute chevrotante, elle invita les Beautés à aller avec elle voir leur père Abraham. Ces mots étaient pour Louise le signal de son entrée. Elle resta pétrifiée et, pendant quelques secondes terribles, je crus qu'elle n'y arriverait pas.

Me précipitant à ses côtés, je chuchotai :

— Courage, monsieur le Président ! Souvenez-vous : *Que le premier janvier de l'an de Notre-Seigneur mil huit cent soixante-trois... toutes personnes possédées comme esclaves... seront, à dater de ce moment et à jamais, libres.*

Respirant un bon coup, Louise s'avança, le chapeau bien planté sur son crâne, puis prononça son texte d'une voix claire et émouvante. Le public applaudit à tout rompre et, un instant, je n'éprouvai plus qu'une énorme fierté et le regret que William ne fût pas là pour voir à quel point elle s'était bien débrouillée.

La scène suivante nous entraînait dans la chambre des Lincoln. Quand Dolly Rutherford apparut, une nouvelle salve d'applaudissements retentit. Mrs. Lincoln exhorta son mari à défendre la cause de l'émancipation pendant que, moi, je guettais l'occasion de m'éclipser. Mr. Lincoln s'étant rangé aux recommandations de son épouse, plusieurs dames défilèrent sous les armes des soldats de l'Union en chantant « Hold on, Abraham[1] ».

Ensuite, chacune des Beautés vint réciter l'un des

1. Littéralement « Tiens bon, Abraham », marche militaire composée en 1862, en pleine guerre de Sécession.

amendements, provoquant un brouhaha lorsque l'audience comprit que les candidates avaient été intégrées au spectacle. Elles avaient ôté les foulards dont elles étaient coiffées dans la première scène, mais n'arboraient pas encore leurs ailes. (Elles ne portaient pas de maquillage, car leur visage était, au bout du compte, tout l'objet de l'événement.) Quand arriva le tour d'Emily, des murmures trahirent la perplexité générale. Il n'y avait que dix Beautés ; qui était cette onzième concurrente ? Néanmoins, la jeunesse et l'enthousiasme d'Emily étaient irrésistibles, et elle reçut une chaleureuse ovation. En se dépêchant de regagner les coulisses, elle me glissa à l'oreille :

— Ça sera moi, je le sais !

Les contretemps ne manquèrent pas. L'un des fusils en bois se prit dans les rideaux et les rires fusèrent quand Mrs. Byrd le dégagea. Le chœur s'égara pendant un couplet de « All Quiet Along the Potomac Tonight[1] », mais Leo chanta assez fort pour remettre les interprètes sur le droit chemin. Mrs. Lonsdale et Mrs. Tallworthy s'arrangèrent pour poursuivre leur discussion sur les hôtels, ce qui était un peu déplacé pour des soldats de l'Union sous le feu de l'ennemi. Le pistolet ne partit pas comme prévu, obligeant Mrs. Fortesque à crier *Pan !* avant que Louise s'effondre. Par malheur, Dolly Rutherford s'était déjà exclamée : « Ciel ! On a tiré sur mon mari ! », de sorte que Louise dut se rasseoir brièvement puis s'écrouler à nouveau. Sur quoi elle perdit son chapeau, qui roula sur les planches.

Toutefois, des applaudissements nourris ponctuèrent la fin du « Battle Hymn of the Republic ». Peut-être parce

1. Littéralement, « Tout est calme le long du Potomac ce soir », chanson patriotique exaltant le sacrifice de l'humble soldat.

que le public savait qu'approchait le moment le plus captivant de la soirée : le sacre de Miss Rutherford's.

Que j'allais manquer. J'avais bien d'autres choses à faire pendant que Mr. Rutherford savourait sa minute de gloire.

Me glissant derrière le rideau à l'extrême droite de la scène, je passai près de Leo, qui s'était interrompu pendant l'ovation.

— Où allez-vous ? m'interrogea-t-il tout bas.

J'étais trop pressée pour prendre la peine de mentir sur ma destination.

— Dans le bureau de Mr. Rutherford. Il a besoin de quelque chose pour le couronnement.

Leo parut intrigué. Cependant, les dames prenaient place pour le final, aussi se remit-il à jouer. Je sentis qu'il me suivait des yeux alors que je me hâtais de remonter le côté du hall et de sortir.

Le magasin était désert. Pourtant, je me gardai de courir et marchai rapidement, au cas peu probable où je rencontrerais quelqu'un. Si l'on me questionnait, je n'aurais qu'à prétexter d'une course pour Mr. Rutherford et l'on comprendrait ma précipitation. Tant de gens le craignaient, sans même se douter du monstre qu'il était.

Je m'approchai de la porte du bureau et posai légèrement mes doigts sur le bois. Elle s'ouvrit suffisamment pour révéler que la pièce était vide. J'entrai, le cœur battant la chamade.

Les fenêtres masquées attirèrent mon attention. Je m'étais demandé pourquoi un homme aussi aisé avait choisi comme siège de son pouvoir une pièce aveugle. Un lieu d'où l'on ne pouvait voir l'extérieur et dont personne ne pouvait voir l'intérieur. Désormais, je connaissais la réponse.

Me tenant au dossier d'une des chaises, j'observai le coffre-fort, massif, sombre et laid dans un coin. La porte en était fermée. J'avais espéré que, par miracle, elle serait entrebâillée. Mais si ce que je supposais était vrai, ce meuble ne restait jamais longtemps ouvert. Le mécanisme était rarement déclenché – bien que deux fois rien que cette dernière semaine – et seulement tard dans la nuit. La grande porte en fer s'ouvrait alors en grinçant, le contenu était sorti, examiné, complété…

Ma logique me dictait d'actionner la poignée, tandis que mon instinct m'avertissait de n'en rien faire. Néanmoins, puisque j'avais trouvé le courage de venir, autant voir si elle cédait. Ce ne serait pas le cas, bien sûr. Et je me sentirais stupide. Je tendis les doigts.

— Que faites-vous ici ?

J'écartai ma main de la poignée du coffre et la cachai derrière mon dos comme une enfant. George Rutherford se tenait dans l'embrasure de la porte, occupant tout l'espace. Son front en sueur et le souffle précipité qui agitait sa poitrine montraient que lui aussi s'était hâté. Malgré le frac noir et la cravate blanche, il n'y avait rien du gentleman dans son attitude ; le vernis d'humanité s'était craquelé. Il posait les mains de part et d'autre de l'encadrement, me signifiant de façon tacite qu'il n'y avait pas d'échappatoire.

— C'est un véritable outrage !

— Oui, dis-je en me rapprochant du bureau. Oui, je suis désolée. Mrs. Rutherford m'a demandé…

— Elle ne vous a rien demandé du tout.

Comment avait-il su ? Avait-il demandé où j'étais ? Mon mensonge à Leo ! Leo avait voulu assurer au redoutable Mr. Rutherford que j'accomplissais bien la course demandée.

Auparavant, trompée par sa silhouette svelte et élégante, je ne m'étais pas bien rendu compte de sa taille ni de l'envergure de ses bras. La dernière fois que je l'avais vu ici, il était assis, penché sur son bureau. Et voilà qu'il souriait. Ou plutôt, montrait ses dents, me faisant savoir qu'il n'était pas dupe. Ses mains se détachèrent des montants de la porte. Ses mains.

Il fit un pas dans ma direction. Je reculai, consciente que le bureau se trouvait à moins de trente centimètres derrière moi. Et que le mur était aveugle. J'attendrais qu'il soit assez près. Je l'esquiverais, je courrais à toutes jambes…

— Miss Rutherford's est-elle élue ? tentai-je.

— Oui, elle a été choisie.

— Laquelle est-ce ?

Je le pousserais à continuer à parler, à se souvenir des centaines de personnes à proximité. Nous n'étions pas au fond d'une ruelle obscure, tard le soir, dans un quartier habitué à la violence. Nous étions à Rutherford's. Où les femmes étaient choyées et célébrées, pensai-je avec une ironie amère.

— Je crains que votre Miss Tyler n'ait pas gagné. Cependant, d'autres honneurs l'attendent.

Comme Lottie Burckholdt, la onzième candidate qui n'était pas censée l'emporter. Mais Mrs. Hirschfeld avait insisté tant la récolte était maigre cette année-là. Combien d'autres, parmi les perdantes vite oubliées ? À leur mort, y avait-il seulement eu quelqu'un pour demander : « Mais, ne faisait-elle pas partie des Beautés américaines ? »

— Il faut que j'y retourne.

Il fit un nouveau pas vers moi.

— Mrs. Tyler va se demander où je suis passée, dis-je d'un ton d'avertissement tout en cherchant derrière moi un stylo, un coupe-papier…

— Oh ! mon Dieu, dit George Rutherford. Oh ! mon Dieu.

Je fonçai sur le côté. Il empoigna mes cheveux au passage. Une explosion de douleur à la base de mon crâne. Des lumières éblouissantes devant mes yeux. Je ne distinguais plus que la blancheur de la manchette de George Rutherford, l'éclat mat du jaspe dans sa boutonnière, la cicatrice sur son poignet.

Pire que la douleur : la certitude qu'il n'y aurait plus de faux-semblant. J'avais dévoilé ma peur. Il avait révélé sa brutalité. Dorénavant, je connaissais sa vraie nature et il savait que je savais. Je n'avais plus aucun moyen de m'enfuir. *Crie !* pensai-je. Je devais…

Il me plaqua la main sur la bouche et tira encore sur mes cheveux, refusant de lâcher prise même quand je labourai ses poignets de mes ongles.

— Tu viens ici. Ici…

Un autre coup sec, et je sentis mon estomac se tordre.

— … ici, où tu n'as pas…

Sa main étouffait mes sanglots.

— … ta place.

Me repoussant contre le bureau, il me bloqua le chemin.

— Tu penses que tu peux aller où tu veux, ces temps-ci, hein ? La maison, ce n'est pas assez bien pour toi. Tu veux sortir dans la rue, jeter l'argent d'un homme par les fenêtres, te pavaner en public. Il n'y a plus d'endroit sacré. Aucun havre où un homme peut se sentir chez lui, être en paix. Alors que vous nous excluez chaque fois que ça vous chante – « Non, ne regardez pas ». Même après vous être imposées, nous avoir cherchés…

Quelque chose dans ces accusations me rappela la voix au téléphone, l'autre nuit. *Parce que si vous me cherchez…*

Il continua d'une voix plus douce :

— Je ne devrais pas m'énerver. Bien sûr, vous avez envie que nous vous regardions. Que seriez-vous, sinon ? Vous n'êtes que ce que nous faisons de vous. Le visage féminin est une toile vierge attendant l'artiste.

Il me scruta, soudain préoccupé.

— Je ne discerne pas grand-chose en vous. Les cheveux, à la rigueur. Ça, je le vois. Mais il faudra beaucoup de travail pour vous faire ressembler à quelque chose.

Brièvement, nous étions revenus à la réalité. Employeur et employée, ce qui valait toujours mieux qu'artiste et sujet. Je m'engouffrai dans cette voie en l'amenant à parler de son travail.

— C'est frustrant ? Que les gens n'aient pas l'occasion d'admirer votre… chef-d'œuvre ?

— Certains ont pu le faire. Je les ai vus.

L'entrepôt. Ces immenses fenêtres. Il avait regardé les badauds s'attrouper, avides d'apercevoir une bribe du spectacle. Pendant tout ce temps il était resté à proximité.

Mes pensées se succédèrent en un éclair : Sadie n'avait probablement jamais su qui il était. En allant à la rencontre de Harry Knowles, elle avait été assommée par-derrière, traînée dans la ruelle. Ou bien elle avait été appâtée par l'argent, les flatteries.

Carrie était intelligente et ambitieuse. Une occasion de marcher aux côtés du patron l'aurait séduite, surtout s'il lui avait promis de la raccompagner plus tard. Elle était pleine de considération. Il aurait suffi à Rutherford de dire : « Nom de nom ! J'ai oublié quelque chose à l'entrepôt, cela vous ennuierait-il que nous y fassions un saut pour le récupérer ? » et Carrie aurait accepté. Elle aurait été serviable, arrangeante.

C'est moi qui avais tué Carrie. À l'instant où je lui avais suggéré de venir au refuge.

Je revis son poignet nu. La cheville de Sadie. Malgré la panique qui me donnait le vertige et m'empêchait de respirer, je questionnai Rutherford :

— Les femmes vous donnent quelque chose en retour. Vous ne travaillez pas gratuitement, n'est-ce pas ?

— Je ne demande jamais plus que ce qu'elles ont. Celles avec lesquelles je suis le plus créatif possèdent très peu.

Bien entendu. Avec une femme riche, connue, entourée d'amis, vous ne pourriez jamais prendre autant de liberté qu'avec Sadie et Carrie.

— Je réclame tout de même une petite faveur. Je n'ai pas l'occasion de contempler mon œuvre très longtemps, voyez-vous, et ces gages entretiennent les souvenirs. De la vanité, assurément. Ils demeurent très précieux pour moi. Je les préserve.

Sa main tremblait, comme contenue trop longtemps. La porte, je devais atteindre la porte. Mais il me barrait le passage tel un chien enragé, les dents luisantes, l'écume aux lèvres, et je n'avais rien pour le repousser. *Il faudrait l'abattre*, pensai-je. *L'abattre.* Les mots tonnaient en vain dans ma tête. Il n'avait pas de couteau, seulement ces mains rouges aux articulations dures, ces doigts épais et cruels autour d'une gorge… Combien en avait-il tuées ? Avec moi, il n'hésiterait pas.

Derrière mon dos, j'explorai à tâtons la surface de la table de travail. C'est alors que cela arriva. Il fut sur moi, irrésistible, toute humanité abolie. En grondant, il empoigna mes cheveux et tira ma tête en arrière tout en me clouant la main sur le bureau. La douleur oblitéra la peur. Hurlant, je donnai des coups de pied et mon poing atterrit sur sa tempe, sur son cou. Il agrippa mes deux mains et s'appuya sur moi de tout son poids pour m'immobiliser les jambes. Je me cambrai, tentai de le repousser, mais ses doigts se refermèrent sur mon cou en m'enfonçant les ongles dans la chair et je me mis à suffoquer.

Je luttai pour rester consciente, sachant qu'au moment où je renoncerais, ce serait la fin. Mon oncle me vint à l'esprit. Et cette lampe en laiton, avec son abat-jour en verre fumé. J'allais finir avec dans les yeux l'image de cette lampe ; ce serait la dernière vision que j'emporterais. Déterminée à m'accrocher à moi-même en quittant cette vie, je fermai les yeux, me concentrai sur mon oncle, sur la danse, sur mes doigts entrelacés à ceux de Leo, sur les accolades rapides et énergiques d'Anna, sur le demi-sourire de Michael Behan, sur Otelia Brooks ajustant le bonnet sur la tête de la fillette…

Ce souvenir ramena le souffle dans mes poumons et j'attaquai toutes griffes dehors le visage rouge et suant de Rutherford. Je lacérai ses yeux et son cou. J'oubliai sa taille, j'oubliai sa force et sa rage meurtrière. Ma volonté comptait autant. J'avais envie de vivre. Et je vivrais…

Je ne sais ce que je perçus en premier, la détonation du pistolet ou le poids de George Rutherford m'écrasant soudain de toute sa masse, puis glissant lentement sur le côté. J'aspirais l'air et pleurais en même temps, tremblant si fort que mes genoux se dérobaient. Mais pas question que je m'effondre par terre près de lui ! Je parvins à tenir debout le temps de tituber jusqu'aux bras d'Otelia Brooks.

CHAPITRE XVI

J'avais les yeux rouges. Injectés de sang. À l'hôpital, je contemplai dans le miroir un personnage tiré d'un conte de fées : la sorcière, à l'évidence. Tournant la tête et observant ma gorge marbrée de traces violacées, avec les indentations en croissant laissées par des ongles, j'eus plutôt l'impression d'être issue d'une partie très spéciale du conte. Celle de *Barbe-Bleue* ou de *La Belle et la Bête* qui est toujours passée sous silence. Même si nous savons très bien ce qui s'y produit.

On me dit que j'avais de la chance. Je hochai la tête pour indiquer que je le savais.

Un inspecteur me donna un bloc-notes. J'écrivis : *Miss Brooks ?*

Miss Brooks avait été arrêtée.

J'essayai de parler, m'étranglai en ressentant une douleur semblable à des coups d'aiguille. Je montrai mon cou, mes yeux.

— Elle l'a abattu, Miss Prescott.

J'approuvai d'un hochement de tête véhément : *Très bien.*

— Il y aura un procès équitable, je vous le garantis.

Je levai la paume, geste emprunté à Anna. Je comprenais enfin pourquoi elle y recourait si souvent ; c'était une parfaite expression de fureur devant une incommensurable stupidité. M'emparant du bloc-notes, je griffonnai : *Pas de procès.* INNOCENTE.

J'entrepris d'écrire que George Rutherford avait assassiné au moins trois femmes, mais les policiers ne s'intéressaient pas au bloc. Alors je le lançai sur eux. Je me rendis aussitôt compte que je venais de me priver de mon seul moyen de communiquer et je fondis en larmes.

Louise accourut à mon chevet.

— Qu'est-ce que vous lui avez fait ? les interrogea-t-elle. Partez ! Immédiatement !

Ils obtempérèrent. Je levai les yeux vers Mrs. Louise Tyler, qui venait d'ordonner à deux policiers de vider les lieux. Je voulus lui dire que le courage et l'autorité du président Lincoln avaient déteint sur elle, mais je m'endormis.

Je ne me rappelais pas grand-chose de ce qui s'était passé après qu'Otelia Brooks eut tiré sur George Rutherford. La tête me tournait sous l'effet du choc et du manque d'air. Je crois que les premiers cris furent ceux de Dolly Rutherford. L'espace confiné s'emplit ; des jambes tout autour de moi, des voix loin au-dessus de ma tête. Je dus perdre connaissance, car, lorsque je rouvris les yeux, Otelia avait disparu et j'étais dans un lit d'hôpital.

On me demanda combien de doigts on me montrait, puis le nom du Président. Ainsi rassuré quant à l'état de mon cerveau, on me renvoya chez moi. C'est-à-dire, sur l'insistance de Louise, à la résidence Tyler. Allongée dans mon lit au dernier étage, je parcourus des yeux mon petit bureau et ma chaise. Le tapis bleu ciel. Ma cuvette et ma serviette. Mes livres. L'élégant manteau que j'avais arboré à l'Armory Show, sur le dossier d'une chaise. Le soleil qui entrait par ma fenêtre, en même temps que les bruits de la cité. Et je pensais : « Oui, chez moi. »

Louise, qui prenait goût à ses devoirs d'infirmière, m'apporta une vessie de glace. Tout en la maintenant contre mon cou, j'écrivis : *Mrs. Tyler, je suis tellement confuse !*

— Pourquoi, confuse ?

Le scandale.

— Je ne vois pas comment vous en seriez responsable, alors qu'une brute tentait de vous étrangler.

Je réclamai les journaux. Louise me les tendit à contrecœur.

Les articles étaient horribles et, tout le monde ignorant que George Rutherford était un meurtrier, répandaient un tissu de mensonges. Le public apprenait que le patron du célèbre grand magasin avait péri en me défendant contre l'attaque d'une déséquilibrée. Le motif de l'agression n'était pas précisé. Pas plus qu'il n'était fait mention de mes blessures. Une illustration venait en renfort pour ceux qui ne savaient pas lire : George Rutherford, levant des mains impuissantes tandis qu'Otelia Brooks lui tirait dessus. Une autre femme censée me représenter se cachait craintivement derrière lui.

J'étais incapable de me servir du téléphone, mais Louise ne demandait qu'à se rendre utile. Appeler des gens de ma part était, de son point de vue, beaucoup plus palpitant qu'un déjeuner avec sa mère ou qu'une leçon de français.

Je lui remis donc une liste. Le premier nom qui y figurait était celui de l'officier Nolan.

J'inscrivis ensuite : *Miss Ella Dodson,* Amsterdam News. *Journaliste.*

Après une hésitation, j'ajoutai : *Michael Behan, du* Herald.

— Très bien, commenta Louise, souriant tout en prenant le feuillet. À propos, Mr. Hirschfeld a appelé plusieurs fois. Il insiste avec l'énergie du désespoir pour vous rendre visite.

L'officier Nolan arriva, empressé et mal à l'aise dans cette élégante demeure. Il montra un soulagement évident une fois entré dans ma chambre, puis ses doigts se crispèrent sur son chapeau à la vue de mon cou.

— J'ai été désolé d'apprendre votre…

Je hochai la tête : *Merci.* Puis j'écrivis les noms de Sadie Ellis et de Carrie Biel, que je lui montrai.

— Miss Prescott, ne vous en faites plus à ce sujet maintenant…

George Rutherford les a tuées. Il me l'a dit.

Il cligna des yeux, tira sur son col.

— Il ne peut parler du tombeau, Miss Prescott. Nous n'avons que votre parole.

Il a agressé Otelia Brooks il y a dix ans. Cicatrice au poignet. Vérifiez.

— Je ne peux pas. Ils voudront l'inhumer.

Empêchez-les ! Je soulignai.

Je mentionnai Lottie Burckholdt, bien qu'il fût improbable qu'on rouvrît l'enquête. Je lui conseillai d'interroger les employées de Rutherford's pour voir si d'autres Beautés avaient connu un sort fatal.

— George Rutherford est… était… un homme riche et respecté, Miss Prescott.

Je tendis le doigt vers ma gorge. Il changea de position sur la chaise. Il aurait clairement préféré être ailleurs.

— Sa veuve affirme que vous, euh… que vous l'aguichiez.

— Moi ? articulai-je en silence, stupéfaite.

— Elle dit que vous vouliez avoir une chance d'être une Beauté américaine, que vous lui promettiez…

Il haussa les épaules avec brusquerie.

— Bref, que vous en aviez après lui, ce jour-là.

Dolly Rutherford. Que savait-elle ? Ou que soupçonnait-elle ? Combien de femmes avaient péri parce qu'elle avait préféré détourner les yeux ? Mais non, je ne pouvais la blâmer pour la monstruosité de son mari. Ces crimes-là n'appartenaient qu'à lui.

Je me remis à écrire : *Dans son bureau, coffre-fort. Ouvrez-le.*

— Je ne vois pas comment nous pourrions…

Rageusement, je gribouillai : *SADIE ELLIS. CARRIE BIEL. D'AUTRES. OUVREZ-LE.* J'ajoutai : *Il garde des affaires dedans.*

***

Il était difficile de ne pas sourire de Léo, ou plutôt du remue-ménage qu'il provoquait. Je l'entendis gravir l'escalier, parlant à toute vitesse à la pauvre Louise, qui ne pouvait placer qu'un « Oh ! vraiment ? » ou un « Mon Dieu ! » de temps en temps. Il ouvrit la porte en déclarant par-dessus son épaule :

— « Mais le vendredi… », c'est ma nouvelle chanson, Mrs. Tyler. Je vous la ferai écouter plus tard, vous allez l'adorer, je vous assure.

Fermant la porte, il lança : « Hello ! » Il paraissait débordant d'enthousiasme, d'énergie et d'optimisme. Tout le contraire de ce que j'éprouvais.

Il approcha la chaise du lit.

— Eh ! Je vous ai déjà dit que je suis fou d'une fille qui est capable d'arracher les yeux à un homme ?

Je voulus faire une grimace amusée mais n'y parvins pas. Par moments, mon corps ressentait encore le poids écrasant de George Rutherford et j'avais peine à respirer.

Leo versa de l'eau dans mon verre et me le tendit.

— Il est mort, dit-il tout net. Ma mère l'a vu et elle est formelle. Maman Hirschfeld ne raconte jamais de mensonges. Il paraît que son fils commence à lui ressembler.

Je secouai la tête.

— Seulement avec les filles assez intelligentes pour l'attraper.

Il caressa ma main.

— Je n'arrive pas à croire que j'ai dit à Rutherford que vous étiez dans son bureau. Je n'arrête pas de penser…

Il avait aussi indiqué où j'étais à Otelia Brooks. Je fis « non » de la tête en souriant, puis agitai mes mains en l'air pour montrer à quel point je me sentais vivante.

— Bien ! approuva-t-il. Je veux que vous guérissiez. Et dès que vous irez mieux, je vous emmène dîner chez Delmonico.

J'écrivis : *Jamais de mensonges ?*

— Après, on ira danser à Union Square et ils joueront ma chanson. « Mais le vendredi… ». Je l'ai composée pour vous. Si, c'est vrai, insista-t-il en voyant mon geste de dénégation.

Il se mit à chanter :

— « La vie d'une femme de chambre est un labeur sans fin / à réparer des ourlets en taffetas, en satin. / Toute la semaine, elle nettoie, elle frotte, mais le vendredi… Oh ! le vendredi… »

Il balança mes mains.

— « Elle danse. Oui, elle danse. / Oubliées les taches et la boue, elle ne pense qu'à la romance… »

J'éclatai de rire.

— Et voilà ! Oncle Hesh en a même enlevé son cigare de sa bouche quand je la lui ai jouée. Donc, on va dîner, danser et ensuite… on verra bien.

Il reprit possession de ma main, souriant d'un air qui me fit imaginer que cet « ensuite » durerait toute une vie.

Bien entendu, je savais à quoi m'en tenir : ce ne serait qu'une passade. Mais je souris quand même.

***

Michael Behan ne sourit pas. Il ne plaisanta pas et ne me promit pas de dîner chez Delmonico. Il s'installa sur ma petite chaise de bureau, tourna mon menton avec douceur et qualifia George Rutherford en des termes que je m'abstiendrai de répéter.

— Pardon, s'excusa-t-il. Vous n'avez pas besoin que j'étale la richesse de mon vocabulaire en un moment pareil.

— Besoin… de votre… vocabulaire.

Il fit glisser le bloc vers moi.

— Ne parlez pas. Cela force sur vos…

Cordes vocales, écrivis-je. *Carrière d'opéra finie.*

Je lui montrai les journaux qui réclamaient le sang d'Otelia Brooks. Puis je lui expliquai ce que George Rutherford conservait dans son coffre.

Vous devez écrire histoire différente. George Rutherford meurtrier. Otelia Brooks héroïne. Elle m'a sauvée. A sauvé les autres. Faites que les gens le sachent. Que le jury le sache.

— Je ne peux pas le traiter de meurtrier tant qu'ils n'auront pas ouvert le coffre.

Impatiemment, je notai : *Vous vous rappelez, vous pensiez que j'avais tué Norrie Newsome ?*

— Ah ça ! oui.

Vous aviez promis de me défendre dans les journaux. De me décrire comme…

Je fronçai les sourcils, la mémoire me faisant défaut. *Cette sainte convoitée par un fils de gouverneur...*

Il sourit.

— Sainte Agnès. Même une luthérienne devrait savoir ça.

Otelia = Ste Agnès.

— C'est un peu différent, répondit-il doucement.

Je frappai le journal. Puis je tournai la page, entourai le mot « Nécrologie » et inscrivis mon nom en dessous. Je soulignai *Otelia = Ste Agnès* et croassai :

— Pareil.

Il leva la main.

— Ne forcez pas...

Soit il oublia la suite, soit une autre idée lui traversa l'esprit. Il déplaça sa main et je la sentis qui effleurait ma gorge. Rien de bien terrible, juste de l'arrière des doigts. Puis ce fut fini.

— Votre voix. Ne forcez pas sur votre voix, vous en aurez besoin pour le procès. Et je veux une déclaration en exclusivité.

Il ramassa le journal et se leva.

— Je ne m'occupe plus de crime depuis un bout de temps. Il faut que j'en discute avec le rédacteur.

Et avec sa femme. Il avait cessé de traiter des affaires criminelles afin d'être plus souvent à la maison. Je mettais en péril l'avenir de la famille Behan.

Sous *Otelia = Ste Agnès*, j'écrivis *MERCI*.

***

Ella Dodson arriva le lendemain matin, s'assit sur la chaise et refusa en souriant le thé qu'on lui proposait. Elle écarquilla les yeux à la vue de mon cou. D'un signe de la main, je lui assurai que j'allais bien.

Puis je repris mes conversations au fil des pages du bloc-notes.

Otelia Brooks.

— Ils l'ont arrêtée, je sais.

Je tendis le doigt vers Ella, puis mimai le geste de tracer des lettres en l'air.

Vous écrivez.

— J'en ai bien l'intention.

Je couchai sur le papier les détails de ce qui s'était passé ce jour-là, à partir du moment où j'avais appris que George Rutherford connaissait l'existence du refuge. À un moment, je craignis de n'avoir pas suffisamment insisté sur l'importance capitale de ce fait.

Il faudra dire aux lecteurs…

Ella Dodson posa sa main sur la mienne.

— Vous me racontez tout ce que vous savez et, pour l'histoire, vous me faites confiance.

***

— Jane.

La voix provenait d'au-dessus de moi. Je ne savais si elle était réelle ou faisait partie d'un rêve. Si c'était un rêve, j'aimais mieux garder les paupières closes, la tête enfoncée dans l'oreiller tiède et douillet.

— Jane ?

Dès que je reconnus la voix, j'ouvris les yeux, mais je n'étais toujours pas sûre… rêvais-je, ou pas ? Mon oncle était venu au poste de police, mais… son aspect ne concordait pas. Il était plus vieux. C'était le jour, pas la nuit. Et je n'avais plus trois ans, j'étais adulte.

Je me redressai à grand-peine.

— Mon oncle…

— Mrs. Tyler insiste pour que tu ne parles pas.

Sa voix était nerveuse, hésitante. Il prit place sur ma chaise, près du lit ; il avait les jambes courtes, ce qui le faisait paraître petit.

— Je me demandais où tu étais.

— Désolée. Je n'ai pas réfléchi.

— C'est Mr. Pickett qui nous a prévenus. Apparemment, c'était dans les journaux. Il... supposait que tu serais chez nous. Il tenait à s'assurer que tu allais bien. Car tu vas bien ? Pas vrai ?

Il posait les mains sur son ventre, les doigts entrecroisés, et triturait son annulaire.

— Oui. Vraiment, le rassurai-je en immobilisant sa main.

— Je suis allé trouver Miss Brooks. Pour la remercier. Elle m'a éclairé sur la vraie nature de Mr. Rutherford. Que tout le monde ignore encore. Toi, tu étais au courant, quand tu es allée dans son bureau ?

— Je le soupçonnais. C'est pourquoi je devais... trouver des preuves qu'il avait tué Carrie et Sadie.

— Jane... dit mon oncle d'une voix qui exprimait à la fois le désarroi et la réprobation.

— Devais-je le laisser s'en tirer ? Permettre qu'on t'inculpe ? Qu'on ferme le refuge ?

— On pouvait employer d'autres moyens.

— Il n'y en avait pas !

Je parlais avec trop de vigueur et ma gorge me faisait mal. Pourtant, j'assénai à nouveau :

— Il n'y avait pas d'autre moyen. Maintenant, reste à s'assurer qu'Otelia Brooks ne paie pas pour ça.

J'eus un sentiment de déjà-vu. Quelqu'un avait prononcé des mots du même genre auparavant. Ou sur le même ton. Déterminé. Têtu. Inébranlable. Au point que c'en était exaspérant.

Mon oncle avait un petit sourire. Cette situation éveillait aussi un écho dans sa mémoire.

— Tu as raison, convint-il, et il eut un geste qu'il n'avait pas reproduit depuis notre première rencontre tant d'années plus tôt : il referma sa main autour de la mienne.

— Je voudrais savoir, lui dis-je.

Ce brusque changement de conversation le dérouta d'abord. Puis il fit : « Ah ! »

— Le souci de la vie privée est une chose, arguai-je. La dissimulation en est une autre, et il ne devrait pas y avoir de secrets entre nous. Nous sommes une famille. À notre façon.

— Qu'est-ce qu'un secret, sinon quelque chose que l'un préfère garder privé et que l'autre veut savoir malgré tout ?

Comme je ne répondais pas, il soupira.

— Oui, j'étais avec une femme. Oui, dans le lieu où elle exerce son commerce. Cette femme et ce commerce passent pour infréquentables aux yeux de la plupart des gens.

J'avais voulu savoir. Si mon visage était cramoisi et mon regard rivé sur la couverture, je ne pouvais m'en prendre qu'à moi-même.

— Je ne vois pas pourquoi tu ne l'as pas dit aux policiers. Ils devaient s'en douter, de toute façon.

— Parce que Miss Bullotte m'avait prié de n'en rien faire.

Il prononça ce nom naturellement. Je faillis demander qui était Miss Bullotte.

Puis je compris.

— Tu étais avec la Duchesse ?

— Pourquoi l'appelles-tu ainsi ?

— Parce que c'est le surnom qu'elle se donne, et d'ailleurs peu importe. Je…

Trop de questions s'enchaînaient dans mon esprit, toutes aussi impossibles à poser.

Baissant pour une fois la garde, mon oncle expliqua :

— Mon amitié avec Miss Bullotte remonte à quelques années. Tous deux, nous nous soucions des femmes de ce quartier qui exercent un certain métier. Elle admire le travail accompli au refuge et contribue à son financement. Pour sa part, elle n'a aucun scrupule à pratiquer son genre d'activités, cependant elle comprend que ce n'est pas le cas de toutes, et toutes n'ont pas des patronnes comme elle. C'est une des raisons pour lesquelles elle défendait le refuge contre Mrs. Pickett. Elle a été bouleversée que tu aies été prise à partie par sa clique.

L'attaque avait eu lieu la veille du meurtre de Carrie.

— C'est pour cela que tu es allé la voir la deuxième fois ?

— Pour la remercier, oui. Et aussi pour lui suggérer de ne plus maintenir sa présence. La provocation n'arrange rien.

— Et la première fois ? La nuit où Sadie a été tuée ?

— J'apprécie sa compagnie, répondit mon oncle avec simplicité.

Je réfléchis quelques instants, puis admis :

— On dirait que c'est une femme exceptionnelle.

— Je regrette mon manque de franchise envers toi. Miss Bullotte a toujours eu pour principe que rendre publique notre amitié ne servirait pas nos intérêts mutuels. Et, aussi, que ce n'est pas l'affaire des autres.

J'opinai du chef, tout en pensant que cela aurait pourtant dû être mon affaire. Dès mon prochain jour de congé, je rendrais visite à Miss Bullotte afin de la remercier. Je lui proposerais de venir dîner au refuge. Après tout, puisque cette amitié existait, nous devions apprendre à nous connaître.

Puis je songeai que mon oncle n'avait probablement pas plus envie que je connaisse Miss Bullotte que je n'avais envie qu'il connaisse Leo. C'était mon affaire.

— Au moins, ne me demande pas de présenter des excuses à Clementine Pickett.

Il sourit.

— Ça, aucun risque !

***

Sous prétexte qu'une urgence l'appelait chez lui, William revint de Washington, déterminé, déclara-t-il, à ne plus jamais s'approcher de la capitale de près ou de loin. Son retour comblait Louise de joie et le bonheur régnait à la résidence Tyler. Pour moi, la douleur demeurait. Les cauchemars, où George Rutherford ne mourait pas et où Otelia Brooks ne venait pas. Une nuit, piégée par le sommeil, je me retrouvai dans son bureau. Les murs et le plafond se resserraient autour de moi tout comme ses doigts brutaux sur ma gorge et j'avais moins d'air à chaque seconde. Je me débattais, tentais d'appeler au secours. Et puis une main différente, très douce, se posa sur mon front, une voix me murmura que non, non, c'était fini maintenant, complètement fini. Rien qu'un mauvais rêve.

Deux jours après la visite de mon oncle, j'allai voir Otelia Brooks au pénitencier de Blackwell's Island. Le spectacle de cette femme en uniforme de prison, les cheveux tirés en arrière dans un chignon sur la nuque me fendit le cœur. Si je n'étais pas en train de pourrir à six pieds sous terre, je ne le devais qu'à elle. Si elle se trouvait dans ce trou, elle ne le devait qu'à moi.

— Nous allons vous faire libérer, promis-je lorsque nous fûmes assises sur des tabourets rudimentaires, au bout d'une longue table où les prisonniers rencontraient les visiteurs.

— Je sais que vous vous y efforcerez.

Sa voix n'était pas méchante, elle employait le ton raisonnable avec lequel on s'adresse à une enfant. Et, comme une enfant, je m'obstinai :

— Mais si, vous verrez !

Dans le silence qui suivit, je pensai à demander :

— Comment avez-vous fait pour me retrouver ?

Elle soupira, joignit les mains sur ses genoux.

— Après votre départ, j'ai eu mauvaise conscience. Vous aviez imploré mon aide, je vous l'avais refusée. Je me suis demandé ce qui serait arrivé si vous aviez gardé porte close, cette nuit-là. J'avais beau savoir que la police ne m'écouterait pas, je sentais que je devais essayer. Au moins, de voir cet homme que vous pensiez être le coupable.

« J'ai donc téléphoné chez Mrs. Tyler, et la gouvernante m'a dit que vous étiez tous à Rutherford's pour un spectacle. J'y suis allée. Ils n'ont pas voulu me laisser entrer. Le magasin était fermé. J'ai dit au portier que je venais pour Mrs. Tyler, alors il m'a permis de monter. Dans l'entrée, j'ai vu le portrait de… cet homme. Et je me suis souvenue.

« J'ai réussi à monter jusqu'au hall.

Un haussement de sourcils montra clairement ce qu'elle pensait du Crystal Palace.

— Faut-il le préciser, je n'étais pas la bienvenue. Je leur ai dit que je cherchais Mrs. Tyler, mais soit ils ne me croyaient pas, soit ils voulaient juste que je m'en aille. J'ai demandé à parler, au moins, à celle qui travaillait pour elle. À ce moment, un jeune homme s'est approché et a offert de m'aider.

Leo.

— Il a dit que vous étiez dans bureau de Mr. Rutherford. Je savais que ça ne présageait rien de bon pour vous, alors je lui ai demandé le chemin. Vous connaissez la suite.

Je songeais à ce qui se serait passé si Otelia Brooks n'avait pas changé d'avis, si elle avait adopté une allure un peu plus lente ou avait traversé le hall d'entrée sans passer devant le portrait de Rutherford. J'aspirai l'air à pleins poumons. Parce que je le pouvais encore.

— Il y a un coffre-fort dans son bureau, dis-je. J'en ai parlé à la police. Sadie n'avait plus l'un de ses bas. Et Carrie Biel, son bracelet. Je suis sûre qu'il les avait gardés, ainsi que votre écharpe. Quand la police les trouvera, la preuve sera établie.

— Nous verrons.

— Je témoignerai en cas de procès, mais il n'y en aura pas, j'en suis certaine. Ils auront ouvert le coffre d'ici là.

Elle hocha la tête avec un sourire crispé, nullement convaincue.

— Je tiens aussi à ce que vous parliez à Miss Dodson. La jeune journaliste qui m'accompagnait l'autre jour. Et à Mr. Behan, qui écrit pour le *Herald*.

— Miss Jane, écoutez-moi un instant. Arrêtez-vous de parler.

J'avais encore une chose à ajouter, une chose importante. Mais elle me demandait de l'écouter. Alors je me tus.

— Je ne l'ai pas fait pour vous. Ce n'est pas votre faute.

— Bien sûr que si. Je suis venue vous voir, je suis

entrée dans le bureau de George Rutherford, sans quoi vous ne vous seriez pas retrouvée dans cette situation.

— Vous m'avez mise dans cette situation, il est vrai. Pour autant, rien ne m'obligeait à tirer.

— Je ne serais pas en vie, sans vous.

— Néanmoins, j'avais des raisons personnelles de le tuer.

Elle me laissa me pénétrer de cette idée, puis reprit :

— Je parlerai à Miss Dodson et à Mr. Behan. Et j'apprécie votre empressement à prendre ma défense. Mais, vous et moi, nous savons qu'il y aura un procès et comment ce procès se terminera. Quand tout sera fini, je veux que vous vous rappeliez que j'ai tiré sur ce…

Sa main levée se referma en poing à cette évocation de George Rutherford.

— … pour des motifs qui me sont propres. Je pense que notre temps est écoulé, Miss Jane.

***

Comme promis, Michael Behan rédigea une histoire émouvante sur la vertu sauvée des mains infâmes qui voulaient la profaner. Je conservai mon rôle de sainte Agnès, pure et virginale, tandis qu'Otelia Brooks incarnait l'ange vengeur qui avait préservé ma chasteté.

— Ce n'est pas ma vertu qu'elle a sauvée, mais ma vie, objectai-je.

— Pour mes lecteurs, votre chasteté importe davantage.

Comme il ne pouvait encore accuser George Rutherford de meurtre, mais seulement d'indifférence envers mon besoin de respirer, Behan invitait ses lecteurs à s'interroger : quel genre d'individu fallait-il être pour consacrer tant de temps à habiller les femmes… ou plutôt à les déshabiller ? Avec éloquence, il brocardait un homme qui s'enrichissait aux dépens de son prochain. Que de maris étaient au bord de la ruine parce que leurs épouses ne résistaient pas à l'envie de fréquenter les grands magasins ! En même temps, il compatissait avec celles qui n'avaient pas les moyens de faire des achats chez Rutherford's. Mon sort aurait pu être celui de n'importe quelle jeune fille, digne malgré sa pauvreté, mettant les pieds dans ce temple de la vanité et de la cupidité. Ô combien était noble, ô combien inspirant, ce geste d'une New-Yorkaise industrieuse volant au secours d'une autre ! Il encourageait les futurs jurés à laisser vibrer en eux la fibre la plus élevée, et leurs épouses à les rappeler à leur devoir de protéger le sexe faible contre tous les George Rutherford de la terre. Pour un récit qui ne faisait qu'effleurer des faits bien pires, il était convaincant.

Ella Dodson collait de plus près à la vérité. Elle régalait ses lecteurs des triomphes d'une femme qui avait surmonté une tragédie pour créer une entreprise respectable et qui devait affronter un nouveau drame parce qu'elle avait sauvé une malheureuse des mains d'un monstre. Pas plus que Michael Behan, elle ne pouvait révéler les crimes de Rutherford dans toute leur atrocité, mais son message – certains commettaient une agression et s'en tiraient à bon compte, d'autres étaient châtiés alors qu'ils ne faisaient que se défendre – n'échappa nullement aux lecteurs. Et bien qu'Otelia Brooks eût choisi de demeurer discrète, ses clientes et ses voisines se montrèrent prêtes à monter au créneau, en particulier l'intimidante et influente Edwina Cross, que j'avais croisée au salon avec sa petite-fille. Des ministres du culte plaidèrent la cause d'Otelia dans leurs sermons. D'éminents membres de la société civile exigèrent de rencontrer les autorités municipales et une manifestation de soutien eut lieu devant la prison où elle était détenue.

Et pourtant, le coffre demeurait fermé. Dolly Rutherford était catégorique : on ne toucherait à rien de ce qui appartenait à son mari assassiné. Elle était en deuil, c'était au-dessus de ses forces de faire entrer la police dans le lieu où la vie de son époux avait pris fin des mains d'une folle. Elle suscitait une sympathie considérable. Maintes clientes se souvenaient de George Rutherford comme d'un être merveilleux. Incapable de faire du mal à une mouche. Enfin quoi ! protesta Mrs. Tisch, sans lui, elle aurait porté du vert pomme au pique-nique de la régate d'Eaglemonts, ce qui aurait été une véritable tragédie. Mrs. Worplesdon rappela qu'elle devait entièrement sa réussite sociale à Mr. Rutherford : il lui avait recommandé la robe de chez Poiret qu'elle arborait le soir de sa rencontre avec Mr. Worplesdon. Cette tenue avait produit une telle impression que ce dernier l'avait demandée en mariage, épousée et laissée veuve en l'espace d'un an, lui léguant une fortune colossale. Aurait-elle obtenu un tel résultat, vêtue autrement ?

Certaines voix, toutefois, apportaient une note discordante à ce concert de louanges. Deux anciennes Beautés se souvenaient de son habitude d'entrer dans la loge sans frapper. L'une d'elles fit observer que Mr. Rutherford ne montrait pas toujours d'égard envers le caractère sacré du corps féminin. Il tirait les bras, inspectait grossièrement les dos, jugeait sévèrement les traits. Mais ce qui n'était pas dit ou compris, c'est que Mr. Rutherford était, somme toute, un homme. Un artiste à sa façon. Et certaines femmes étaient prêtes à lui offrir ce dont elles disposaient…

D'après Dolly Rutherford, c'est ce que j'avais fait dans le bureau ce jour-là. M'offrir à lui. Avec insistance. Si obstinément que Mr. Rutherford n'avait eu d'autre choix que de me jeter dehors. Certes, rares furent ceux qui ajoutaient foi à ces propos, même s'ils avaient le tact de n'en rien dire. Le fond de l'histoire, c'était, à l'évidence, que je l'avais encouragé et l'avais ensuite menacé de tout révéler à son épouse. Quel homme n'aurait pas eu envie d'étrangler une telle intrigante ?

Dans cette version des faits, Otelia Brooks, ma complice, surgissait pour nous prendre en flagrant délit et faire monter la pression.

Et donc le coffre demeurait fermé.

***

Un jour de début avril, la date du procès d'Otelia Brooks fut fixée. Je demandai à voir Harry Knowles.

— Êtes-vous sobre ? voulus-je savoir en tout premier lieu quand nous nous retrouvâmes au parc devant le *Herald.*

— La plupart du temps.

— Je suis venue vous remercier.

Les yeux porcins s'étrécirent encore derrière la frange de cheveux blond sale.

— Vous avez incité vos lecteurs à se préoccuper de Sadie et de Carrie. Peu de gens y étaient prêts de leur vivant.

— Et donc ?

— Du fait que vos lecteurs se soucient d'elles, ils veulent savoir qui les a tuées. Mais pour vous, cela a-t-il une réelle importance ?

Il gardait les yeux mi-clos. L'éclat aveuglant du soleil était éprouvant pour un homme dont le cerveau macérait dans l'alcool.

— D'après Behan, vous pensez que c'était George Rutherford.

— Parce que je le tiens de George Rutherford lui-même. Il a gardé des objets qui appartenaient à Sadie et à Carrie, un bas et un bracelet, et je pense qu'il les conservait dans le coffre-fort de son bureau. Or son épouse refuse que la police l'ouvre. Je voudrais que vous demandiez pourquoi.

— Pas facile d'attaquer une veuve…

— Une femme riche qui fermait les yeux sur les penchants de son mari. Peut-être qu'elle ne savait pas qui il était vraiment, mais elle n'a pas le droit de nous empêcher de le découvrir. Pas si cela signifie la chaise électrique pour Otelia Brooks.

— Behan a déjà pondu un article sur Rutherford le goujat. Je ne vois pas sous quel angle je l'aborderais, moi.

— Rutherford l'assassin. Vous êtes doué pour aiguillonner la colère de vos lecteurs, Mr. Knowles. Demandez-leur d'exiger qu'on ouvre le coffre. Encouragez les femmes à ne plus mettre les pieds chez Rutherford's jusqu'à ce que ce soit fait. « Ouvrez le coffre ! » Le voilà, votre titre.

Il se leva et s'apprêtait à partir quand je l'interpellai :

— Au fait, Mr. Knowles, ce coup de fil au refuge ?

Il se retourna. Je vis qu'il était hanté par l'idée d'avoir proféré des menaces dans sa stupeur d'ivrogne.

— Ce n'était pas vous. Cet appel est arrivé après que j'ai rencontré George Rutherford. J'avais besoin d'une réponse de sa part à propos des costumes et il n'écoutait pas, alors j'ai fini par me placer en travers de son chemin. Il détestait que les femmes soient là où, d'après lui, elles n'avaient rien à faire. Il s'est senti agressé, c'est pourquoi il a menacé de me rendre la pareille.

Après un silence pensif, Harry Knowles marmonna :

— Merci. De me l'avoir dit.

Michael Behan avait raison. Harry Knowles avait ses bons jours. Et durant ces bons jours du printemps 1913, il engagea les honnêtes gens à venger la mémoire de Sadie Ellis, de Carrie Biel et de Lottie Burckholdt – et, du même coup mais sans qu'ils s'en doutent, à sauver Otelia Brooks. Pendant des semaines, la manchette OUVREZ LE COFFRE ! étala ses majuscules noires et grasses en première page du *Herald*. Qu'avait dissimulé Rutherford ? Qui réclamerait justice pour les victimes innocentes ? L'officier Nolan exprima ses regrets que la police fût entravée dans sa poursuite de la vérité. À coup sûr, un homme tel que George Rutherford n'avait rien eu à cacher. Mieux valait laver son nom de tout soupçon. Je n'avais aucun moyen de le savoir, mais quelque chose me disait que Mrs. Hilquit et d'autres membres de la brigade de Mrs. Pickett avaient changé d'occupations le mercredi après-midi : de la prière publique, ils étaient passés à la rédaction de courrier.

Et, à la fin, le coffre fut ouvert. Je passai une journée éprouvante à attendre les résultats. Et si Dolly Rutherford avait réussi à s'introduire dans le bureau et à supprimer les preuves ? Et s'il n'y avait eu aucune preuve à supprimer ? Sans cesse me revenait à l'esprit l'image du mollet de Sadie éclaboussé de sang, visible uniquement parce que son bas noir avait disparu.

On trouva le bas de Sadie. Et le bracelet de Carrie. Ainsi que différents objets qui ne seraient jamais restitués aux familles des inconnues mortes des mains de George Rutherford. Parmi ces objets, l'écharpe bleue que Norman Brooks avait offerte à Otelia. Je demandai qu'elle lui fût rendue dès le terme de l'enquête. Après l'ouverture du coffre, la police eut sur quoi s'appuyer pour fouiller l'entrepôt du grand magasin. Les enquêteurs découvrirent un réduit au sous-sol, à peine plus grand qu'un cagibi et fermé par un cadenas. À l'intérieur se trouvait ce que les journaux qualifièrent très vite de « véritable chambre des horreurs ».

Captivé par les révélations sur George Rutherford, le public oublia sa meurtrière. Otelia Brooks fut déclarée coupable de possession d'arme à feu sans permis, et ce fut tout. Harry Knowles célébra sa victoire en privé au Dump, mais Ella Dodson et Michael Behan étaient tous deux devant la prison quand elle fut libérée. Ils s'étaient lancés dans une compétition à qui couvrirait le mieux l'histoire d'Otelia. À cette fin, chacun avait apporté ses journaux et ils avaient échangé les exemplaires, lisant pendant que nous attendions.

— Qu'est-ce que c'est que ça ? interrogea Behan en montrant la page.

Miss Dodson regarda.

— Je crois que c'est le mot « Blanc », Mr. Behan.

— Pourquoi diable avez-vous écrit ça ? « L'officier Dennis Nolan, Blanc. »

Il m'adressa une grimace. Je m'abstins de tout commentaire.

Ella Dodson reporta son attention sur l'exemplaire du *Herald* qu'elle avait entre les mains.

— Vous ne lisez pas votre propre journal, Mr. Behan ?

— Si, à l'occasion, répliqua-t-il, enrobant son sarcasme d'autant de politesse qu'il le pouvait.

— Alors, vous remarquerez que nous sommes toujours désignés en tant que nègres. Maisie Phelps, nègre. Charles Napier, nègre. Delia Sands, nègre.

— Oui, mais c'est pour que les gens sachent…

— Qu'ils sachent.

— Eh bien, sans cela, ils supposeraient…

Vu l'expression de Mr. Behan, il s'efforçait de trouver les mots justes, n'y parvenait pas et commençait à discerner que s'il ne trouvait pas le bon moyen de justifier sa position, cela indiquait peut-être qu'elle était indéfendable.

— Cela paraît bizarre, c'est tout.

— Bizarre.

— Vous aimez répéter les choses, n'est-ce pas, Miss Dodson ?

— Je vous aide à vous entendre, Mr. Behan.

Avant qu'il eût pu répondre, Ella Dodson repéra Otelia Brooks qui sortait par une porte latérale de la prison.

L'officier Nolan, qui avait reçu maintes félicitations pour sa gestion de l'enquête, s'avança afin de se présenter.

— Je suis très heureux que tout finisse bien.

Il s'attendait à un sourire. Il ne l'eut pas. Miss Brooks se figea un instant avant de répondre :

— Merci, moi aussi.

Elle poursuivit sa route, laissant le policier médusé par ce traitement cavalier.

Elle annonça qu'elle n'avait aucune intention de faire une quelconque déclaration ; elle voulait rentrer chez elle. Ensuite, elle prit mon bras et me pria de l'accompagner jusqu'au métro aérien, si je le voulais bien.

J'entamai la conversation :

— Miss Dodson m'a appris qu'on a prévu une fête en votre honneur, au salon.

— Je n'en voulais pas. Je lui ai dit que je n'en voulais pas. Elle a répondu : « Miss Brooks, vous n'allez pas refuser à tous vos amis et vos soutiens le plaisir de vous accueillir à la maison ? » Tout ce qu'elle cherche, c'est à écrire son article.

— Et vous ne pouvez pas lui refuser ce plaisir.

— Apparemment pas. Certaines femmes ne se laissent pas détourner de leur chemin.

Nous atteignîmes l'entrée du métro.

— Vous resterez à New York ? m'enquis-je.

Elle sourit, surprise que je puisse supposer qu'il en irait autrement.

— Oh ! oui. Je reste. En fait, je m'agrandis. Mrs. Cross a un neveu qui n'utilise pas ses rentes aussi profitablement qu'il le pourrait. J'ai accepté de le conseiller.

— Mais vous ne négligerez pas les chapeaux.

— Jamais.

J'eus l'idée de l'inciter à plus de bienveillance envers l'officier Nolan. On ne pouvait en vouloir à celui-ci d'ignorer ce qui était arrivé à Norman Brooks. Que ses collègues aient tourné la tête pendant que le mari d'Otelia était assassiné, ou qu'ils aient participé au lynchage, s'étant sentis irlandais avant d'être des représentants de la loi.

Puis je songeai que cela n'était pas arrivé dans un passé si lointain et que l'officier Nolan n'était plus de première jeunesse. Otelia Brooks se rappelait. Pourquoi pas lui ? Pourquoi la réaction de cette femme l'avait-elle laissé coi ? Et de quel droit pensais-je qu'elle avait tort ?

Elle prit mes mains. Les étreignit avec douceur.

— Transmettez mes amitiés à votre oncle.

CHAPITRE XVII

Deux semaines plus tard, le printemps se décida à se manifester. Des crocus pointèrent le bout du nez dans les jardinières, aux fenêtres des Tyler. Les arbres firent éclater leurs bourgeons. L'air se fit plus suave.

Je tamponnai au savon doux le bord du corset de Louise, infernal à nettoyer. Il me faudrait demander à Mrs. Hirschfeld si chez Lord & Taylor, où elle travaillait désormais, ils avaient suivi ses conseils concernant les soutiens-gorge. Louise serait choquée au début, mais cette invention nous permettrait à toutes deux de respirer plus librement.

À cet instant même, au salon, Louise était engagée dans sa conversation téléphonique du matin avec sa mère. De la cuisine, j'entendis sa voix monter étonnamment dans les aigus sous l'effet de l'animation. Puis son appel :

— Jane ! Jane, venez ! Vite !

Abandonnant le corset, je me précipitai au salon. Rayonnante de joie, Louise s'exclama :

— Vous ne devinerez jamais ! Mère m'annonce que Charlotte est fiancée. À un comte ! Est-ce mieux qu'un prince ? Je ne m'en souviens pas.

Je restai bouche bée. La sœur cadette de Louise

n'avait jamais été ma préférée des Benchley, et son départ à l'étranger ne m'avait causé aucune tristesse. Certes, je lui reconnaissais une grande beauté, et une ruse à l'avenant. Pourtant, même moi, je ne me serais pas attendue à ce triomphe.

— Je crois que cela dépend du comte, répondis-je, surmontant ma stupéfaction. Quand a lieu le mariage ? L'ont-ils décidé ?

Louise secoua la tête.

— L'année prochaine, je pense. Mère prend le bateau pour l'Europe afin de faire sa connaissance ; Père suivra. Mais elle veut que je l'accompagne, elle se sent incapable de voyager seule. Je ne sais pas ce que dira William, et nous n'avons pas assez bien appris le français. Oh ! Je ne sais même pas d'où il vient, ce comte. Dans quelle langue se parlent-ils ? Et si ce n'était pas en français ?

Avec le mot « nous » se dessina une possibilité : « nous » pouvait m'inclure, moi… Si Louise Tyler prenait le bateau pour l'Europe, moi aussi. Moi aussi j'allais en Europe.

— Tout le monde parle français, Mrs. Tyler. Puisqu'il est comte, il le parle forcément. Ou même l'anglais. Après tout, s'il est tombé amoureux de votre sœur, ils ont dû se débrouiller.

En tout cas, me dis-je, il savait traduire le mot « riche » dans sa propre langue.

— Oh ! la la, Jane ! Nous avons un million de choses à faire. Mère passe cet après-midi. Je dois appeler Monsieur Lafitte. Il nous faut des leçons quotidiennes, non ?

— Si.

— Voilà : des leçons tous les jours, et vous et moi ne parlerons qu'*en français**.

— *Bien sûr, madame Tyler. Et n'oubliez pas les vêtements nouveaux pour le voyage**.

Louise resta dubitative.

— Les affaires pour le voyage, Mrs. Tyler. Nous allons faire *un liste**. Non, *une liste**.

***

Malgré l'heureux événement attendant les Benchley, je peinais à reprendre le dessus. Je me réveillais encore en sursaut, suffoquant, les traits de Carrie dans ma tête. Et je ressentais l'étrange besoin de me confesser, même si je ne croyais guère à cette démarche d'autoflagellation. Je m'imaginais murmurant à une autorité invisible : « J'ai péché contre Sadie Ellis en la prenant pour une idiote parce qu'elle avait été traitée cruellement. J'ai péché contre Carrie Biel en causant sa perte. J'ai péché contre Otelia Brooks parce que je l'ai mise, elle aussi, en danger. J'ai péché en ne pensant pas assez aux conséquences de mes actes. »

Lorsque je rejoignis Michael Behan pour une promenade dans le parc afin de le remercier de ses articles, je lui posai la question de but en blanc :

— Allez-vous à confesse ?

— Oui, répondit-il avec circonspection.

— Y trouvez-vous du réconfort ?

Il réfléchit, comme si l'idée d'évaluer l'efficacité de cette pratique ne l'avait jamais effleuré auparavant.

— Ça aide à admettre ses fautes. À laisser le passé derrière soi.

— Les gens arrivent vraiment à le laisser derrière eux ? l'interrogeai-je en donnant un coup de pied dans la poussière sablonneuse. Parfois, j'ai l'impression qu'on ne cesse de commettre les mêmes péchés, qui se présentent encore et encore.

— Ça vous accorde quand même une petite période

de grâce. Je n'imagine pas ne pas le faire. Accumuler des années de…

Il haussa les épaules, réticent à donner un nom à ses transgressions.

— ... et en sentir le poids sur ses épaules

— Bonté divine, Mr. Behan, qu'avez-vous donc sur la conscience ? le taquinai-je.

— N'étant pas prêtre, Miss Prescott, cela ne vous regarde pas.

Nous passâmes devant le zoo, où une file d'enfants surexcités et de parents exténués attendaient d'entrer. Je pensai à ma visite à la Société zoologique dorénavant reportée, et à tout ce que j'avais eu l'intention de faire pendant mes congés.

Le regret dut se lire sur mon visage, car Michael Behan me demanda avec douceur :

— Comment se sont passées vos vacances, Miss Prescott ?

— Différemment de celles que je projette de faire l'an prochain.

— Ma foi, vous avez commencé par l'Armory Show. Le *Livre tombant* fut votre première erreur.

— Le *Nu descendant l'escalier.* Et tout n'était pas si mal. Je suis allée danser.

— Ah ! oui, le cotillon.

— Non, l'Acme Café.

À la mention du club de gangsters, Behan fronça les sourcils.

— Vous devriez dire à votre laitier de vous emmener dans des endroits plus convenables.

— Ce n'était pas un laitier.

Je marquai une pause.

— Il composait des chansons.

Behan absorba cette nouvelle.

— Prévenez-moi si c'est le moment de venir à la rescousse armé d'un couteau à poisson en argent.

— Je ne pense pas qu'il soit de ce genre. Je ne le reverrai probablement pas.

— Ce type a-t-il besoin d'un coup de poing dans le nez ?

— Non, répondis-je en souriant. Mais vous pourriez acheter le couteau à poisson pour Charlotte Benchley. Elle est fiancée.

— Espérons que le futur marié arrivera à l'autel sain et sauf, souhaita-t-il, faisant allusion au fait que le premier fiancé de Charlotte n'avait pas eu cette chance. Qui est-ce ?

— Le comte Barkóczy d'Autriche-Hongrie.

— Le quoi du qui du où ?

Je répétai le titre.

— Ainsi, Miss Benchley entre dans la noblesse.

— Et je vais en Europe.

— En Europe.

— Pour le mariage. Mrs. Tyler s'y rend, et je voyage avec elle et avec sa mère, Mrs. Benchley.

— Mais vous reviendrez ?

— Bien sûr ! Quoique Mrs. Tyler ait l'intention de passer quelque temps sur le Vieux Continent, car elle n'y est jamais allée, donc je ne sais pas quand nous serons de retour. Dans pas plus d'un an, je présume. Mrs. Benchley a une peur bleue de tout ce qui est étranger. Même la fierté d'avoir une comtesse pour fille ne sera pas une compensation bien longtemps.

Il hocha la tête d'un lent mouvement de haut en bas et ne pipa mot. Je m'étais attendue à des félicitations. À des taquineries. À des commentaires désobligeants sur les Anglais. Mais il était… dépité, compris-je non sans un léger plaisir. Quand j'avais annoncé la nouvelle à mon oncle, il avait dit que nous nous accommodions mal des voyages en mer dans la famille, et qu'il espérait que je m'en sortirais mieux. Anna venait de me confier une longue liste de livres et de brochures à lui expédier.

Michael Behan ouvrit la bouche, puis jugea le silence préférable. Je faillis lui demander ce qu'il avait en tête et décidai à mon tour que le silence valait bien mieux. Nous contournâmes Sheep Meadow, où l'on venait de lâcher les moutons pour paître.

— Je vous écrirai, si vous voulez. Je vous raconterai tous les détails sur le mariage. Je suis sûre que Charlotte n'y verra pas d'inconvénient, pourvu que vous disiez au Tout-New York, de façon répétée et détaillée, qu'elle et son époux forment un couple spectaculaire.

— Ce serait gentil de votre part. Et je vous écrirai si l'héritier de la fortune Behan fait son apparition avant votre retour.

En contemplant les frondaisons, je me dis qu'au printemps prochain Michael Behan serait peut-être père. Charlotte serait comtesse et, moi, je serais allée en Europe – rien que cette idée tenait du miracle.

Dire qu'à peine un mois plus tôt, Sadie et Carrie étaient toutes deux en vie et qu'elles ne verraient jamais un nouveau jour, sans parler d'un nouveau printemps.

— Il était là, à l'Armory. Vous le saviez ?

— Qui ? Rutherford ?

— Vous vous rappelez le petit chat ? Je pense que c'est lui qui avait massacré cette pauvre bête. D'après Dolly Rutherford, après avoir jeté un coup d'œil aux toiles cubistes, il était parti en disant que c'était un outrage.

Je me remémorai le Picasso que j'avais trouvé à la fois fascinant et inquiétant, avec son visage de femme découpé.

— Je crois plutôt qu'il s'en est inspiré, ajoutai-je.

— Je n'ai aucune envie de pénétrer dans l'esprit de George Rutherford.

Je n'en avais pas envie non plus, néanmoins j'étais convaincue qu'il le fallait. Quant à savoir si c'était possible, je n'en étais pas sûre. La rage, la soif de grandeur et la volonté de détruire, que certains mettaient sur le compte de la folie, résonnaient en moi avec une familiarité troublante. J'y retrouvais, sans les miasmes délétères, une sensation de toute-puissance. Je connaissais le plaisir de modifier l'apparence d'une femme, parfois radicalement, pour l'aider à se montrer à son avantage. Cela ne m'avait jamais paru arrogant auparavant. La mère de Leo, Mrs. Hirschfeld, savait, par ses attentions, rendre les clientes moins soucieuses de leurs défauts et plus fières de leurs attraits. George Rutherford, quant à lui, voyait les femmes telle de la glaise. La seule chose qui comptait, à ses yeux, était la façon dont il allait les façonner. Comment un pareil individu parvenait-il à diriger une entreprise ? Au fond, peut-être ne s'en occupait-il pas autant qu'on le croyait. Dans le couple, Dolly était la plus astucieuse. George s'était surtout illustré par ses conseils. Et, bien sûr, par le concours. La police avait déjà appris que deux autres Beautés avaient connu un sort fatal. Je soupçonnais qu'il y en aurait plus.

Pourtant, il avait eu peur, aussi. Un « outrage ». C'était le mot qu'il avait utilisé quand il m'avait trouvée là où je ne devais pas être : dans son bureau. Pendant combien d'années avait-il enduré le spectacle de femmes flânant dans les allées de son magasin, libres et sûres que tout leur était dû ? Mais que faire, pour les contrôler ? Inventer un concours. Les montrer exactement comme il le voulait. À l'Armory, qu'avait-il vu ? Des toiles représentant une femme sur le dos, naturelle, ouverte. Des filles insouciantes qui se lavaient les cheveux sur un toit. Des femmes qui savouraient l'air de la nuit à leur fenêtre. Et l'ombre qui les épiait, faisant passer leur liberté pour une chimère.

Je parcourus le parc des yeux. Des couples en promenade. Une vieille dame dans un fauteuil roulant poussé par une infirmière. Un bambin trottinant après un pigeon. Un policier saluant du menton un artiste amateur dessinant les canards. Quand des êtres tels que George Rutherford existaient, cette réalité n'était-elle qu'illusion ? Je ne voulais pas imaginer le futur bébé, joyeux et joufflu, de Michael Behan dans un monde où prévalaient pareils instincts.

Michael Behan m'arracha à mes pensées.

— Je disais bien que ces tableaux, ou du moins certains d'entre eux, faisaient ressortir ce qu'il y a de malsain dans la nature humaine.

— Ils ne font que révéler ce qui est là. Je ne crois pas que les peintures elles-mêmes soient à blâmer.

***

Lorsque les pauvres n'avaient nulle part où aller de leur vivant, ils finissaient à l'hospice ou dans la rue. Une fois morts, ils reposaient à Hart Island. Pendant la guerre de Sécession, l'île avait servi de camp d'internement pour les soldats confédérés. Plus tard, elle avait abrité une maison de correction pour garçons, et de nombreux enfants maltraités avaient rejoint les jeunes militaires dans la fosse commune. C'était donc déjà un immense cimetière lorsqu'elle avait été achetée par la municipalité et transformée en fosse publique pour remplacer d'autres lieux d'enterrement collectif comme Washington Square Park et Bryant Park.

En 1913, elle devint la dernière demeure de Sadie Ellis et de Carrie Biel. Toutes deux furent inhumées dans de simples cercueils de bois, dans une tranchée, aux côtés de centaines d'anonymes. Même les bâtiments étaient abandonnés, sur Hart Island ; des anciennes baraques du camp d'internement ne subsistaient que des murs en briques rouges sans fenêtres. Les débris des toits avaient été depuis longtemps emportés par le vent.

Nous ne pouvions pas les accompagner sur la péniche qui remontait le détroit jusqu'au Bronx, mais cela ne veut pas dire pour autant qu'elles n'eurent pas de funérailles. Vu la particularité de leurs blessures, les dépouilles avaient été conservées jusqu'à la conclusion de l'enquête. Désormais, elles pouvaient voyager ensemble dans la guimbarde branlante tirée par des chevaux, où les cercueils glissaient à chaque cahot. Néanmoins, elles n'étaient pas seules. À l'aube, ce matin-là, mon oncle, Berthe, les autres femmes et moi nous étions rassemblés pour escorter la voiture à pied jusqu'à la péniche.

La journée était assez douce pour rendre des châles noirs suffisants. Berthe et mon oncle allaient devant. Avançant derrière eux, je songeai que j'aurais dû, moi et non Berthe, conduire la marche à côté de lui. Tout à coup, je me rendis compte que j'occupais une position différente dans le monde. Je ne partageais pas le quotidien des résidentes du refuge. Et donc, je n'avais pas à défiler à leur tête. Cela ne signifiait pas que je n'avais pas ma place dans le cortège.

Anna cheminait auprès de moi. Pendant ma convalescence, elle était venue tous les deux ou trois jours, apportant de la part de ses tantes plus de mets que quiconque n'aurait pu en avaler en un an, toujours mous et tendres, me donnant l'impression d'être trop gâtée. En regardant les couronnes de roses séchées, de myrte et d'eucalyptus que nous avions placées sur les cercueils, elle fit remarquer :

— N'est-ce pas étrange, ce désir que nous avons de faire comme si la mort était jolie ?

Ce matin-là, nous avions déposé le bracelet de corde à côté de Carrie et une couronne de fleurs sur la tête de Sadie. Je songeais à ce que ressentait Otelia Brooks envers les femmes dont elle coiffait les cheveux, et aux paroles de son mari. *Quand on tient à une personne, on veut qu'elle soit belle. On montre au monde ce que l'on voit.*

Je les répétai à Anna, en ajoutant :

— On ne cesse pas de tenir à quelqu'un parce qu'il est mort.

Elle me pressa le bras en soupirant avec son mélange habituel d'irritation et d'affection.

Tout en marchant, l'idée me vint que Norman Brooks reposait probablement lui aussi dans le cimetière municipal. Otelia n'avait aucun moyen de se recueillir sur sa tombe, de même que nous ne pourrions aller devant celle de Carrie et de Sadie. Nous les avions perdues à jamais. Mais pas oubliées.

Notre cortège bifurqua dans Baxter Street. Au coin de la rue, la Duchesse et plusieurs autres dames nous attendaient pour se joindre à nous. La Duchesse portait un voile en crêpe noir sur ses cheveux, et ses compagnes des brassards noirs. Alors qu'elles se dirigeaient vers l'arrière, je dis à la Duchesse :

— Miss Bullotte, peut-être aimeriez-vous marcher avec mon oncle.

Surprise que je me fusse adressée à elle par son nom, voire que je lui eusse adressé la parole, elle pesa le pour et le contre. Puis elle acquiesça en souriant :

— Je veux bien.

Sur le quai, mon oncle lut un passage de l'Évangile selon Jean pendant que les cercueils étaient chargés sur la péniche.

— « Dans la maison de mon Père, il y a de nombreuses demeures ; sinon, vous aurais-je dit : "Je pars vous préparer une place" ? Quand je serai parti vous préparer une place, je reviendrai et je vous emmènerai auprès de moi, afin que là où je suis, vous soyez, vous aussi. »

Puis il entonna « Amazing Grace ». Les femmes qui connaissaient bien la chanson en raison des offices dominicaux le suivirent en chœur.

Les yeux rivés sur l'homme qui était apparu au poste de police tant d'années plus tôt et qui m'avait tendu la main, je chantai en écho : « Et la grâce nous mènera à bon port. »

ÉPILOGUE

Secouant le journal avant de le replier, je me rappelai la réalité dont Ella Dodson avait fait prendre conscience à Michael Behan : dans une certaine presse, une catégorie de citoyens était toujours désignée en fonction de la race. Cette habitude perdura au *Times* jusqu'en 1946. « Cela peut sembler insignifiant, écrivait l'éditorialiste du journal dans l'article où il s'autocongratulait du changement. Les nègres ne le pensent pas. » J'imagine Ella Dodson répliquer : « En effet, cela fait même un siècle que nous pensons le contraire. »

Dans les années 1940, cependant, Ella Dodson ne lisait pas le *Times*. Lorsque le président Wilson marqua le cinquantième anniversaire de la proclamation d'Émancipation en adoptant une politique ségrégationniste au sein des services fédéraux, allant jusqu'à entourer d'une cage un employé qui ne pouvait être ni muté ni licencié, elle estima que les affaires de la capitale requéraient une observation plus rigoureuse. Elle devint donc la correspondante à Washington de l'*Associated Negro Press*. Ella était la journaliste à laquelle aucun attaché de presse de la Maison Blanche ne voulait se trouver confronté, à moins d'être incollable sur les faits et irréprochable sur le plan éthique, défi impossible pour plus d'un. À l'approche de ses quatre-vingts ans, plus exigeante et intransigeante que jamais, elle se rendit célèbre en fustigeant l'administration Nixon, du premier rang, sa canne à la main et un splendide couvre-chef sur la tête. Celui finalement arrivé à son adresse de Washington, après des lustres d'insistance mêlée de bonne humeur.

Peu de journaux remarquèrent la mort d'Otelia Brooks en 1937. À cette époque, George Rutherford avait été supplanté par des tueurs d'une cruauté encore plus flamboyante et le décès de la femme qui l'avait abattu suscitait peu d'intérêt. Néanmoins, le *Times* publia une notice nécrologique, tout comme le *Herald*. Ils comptaient des journalistes qui se souvenaient de l'affaire Rutherford et de Miss Brooks. (Ou s'ils les avaient oubliées, d'autres se chargèrent de leur rafraîchir la mémoire.)

Les membres de la presse auraient été étonnés par la foule qui assista aux funérailles d'Otelia Brooks à l'église baptiste de Mercy Street. J'ai eu la chance de voir beaucoup de choses ravissantes dans ma vie, mais le spectacle de centaines de femmes, célèbres ou non, arborant une création d'Otelia reste parmi les plus mémorables. Je reconnus certaines d'entre elles – une actrice en vogue et une éducatrice réputée, ainsi qu'une femme resplendissante qui avait amené sa fillette de six ans, coiffée du bonnet même que j'avais vu sur sa mère des années plus tôt. D'autres, Ella Dodson les identifia pour moi, telle Mary Kenner dont elle m'expliqua l'invention tout bas vu notre présence dans une église. À un moment, elle m'indiqua une immense composition florale en précisant qu'elle provenait de la Maison Blanche, la première dame ayant reçu un chapeau après avoir soutenu la législation anti-lynchage de Walter White.

— Vous n'avez pas idée de ce que j'ai dû faire pour la convaincre, se plaignit Ella après l'office. Je lui ai téléphoné mille fois en répétant : « Envoyez-le, ça nous aidera. » Elle répondait toujours : « Cette femme a cent stylistes qui dessinent des chapeaux pour elle. Elle n'a pas besoin du mien. Il ne lui ira pas, de toute façon. »

— Elle n'avait peut-être pas tort sur ce point.

— Je l'ai menacée d'appeler deux fois par jour jusqu'à ce qu'elle accepte. Elle a répliqué qu'elle arracherait son téléphone. Finalement, elle a cédé : « Si je lis dans votre journal qu'elle s'est rendue utile, j'y réfléchirai. » Elle ne m'a jamais autorisée à écrire la moindre ligne sur son travail. Elle ne quittait sa maison que pour se rendre à l'église.

Il est vrai que je ne l'avais revue qu'en de très rares occasions, même si elle avait eu la gentillesse d'assister aux obsèques de mon oncle.

— Elle n'était nulle part plus heureuse que dans son atelier.

— Parce qu'elle s'y sentait en sécurité, convint Ella, ajoutant en roulant des yeux : Entourée d'étoffes, de paille et de fournitures qu'elle pouvait plier à sa volonté.

Les femmes quittaient encore l'église, leurs chapeaux formant un vaste paysage de formes et de couleurs mouvantes – autant d'expressions d'une volonté inflexible, certes, mais joyeuses, généreuses et festives. Et d'une telle beauté ! Otelia Brooks avait fui le monde qui s'étendait au-delà de son atelier, mais elle y avait envoyé la part d'elle-même la plus intime.

Pendant le Watergate, Ella aimait m'appeler pour vanter avec jubilation la supériorité du *Post* sur les journaux new-yorkais. C'est drôle de penser au Watergate.

Leo et moi en suivions avec attention la couverture médiatique. À l'époque, il était en pleines répétitions pour *Aux jours anciens*, une rétrospective de ses succès. Il trouvait le livret affreux, les chorégraphies pires encore, mais les chansons parfaites. Il m'avait permis d'assister à l'une des répétitions générales et nous avions ri des costumes. « Pickle Barrel Rag » est depuis longtemps tombé dans l'oubli, tout comme « La Dompteuse de lion ». Toutefois, le premier acte s'achevait sur une jolie reprise de « Mais le vendredi… », qui a été enregistrée par les plus grands noms, de Sophie Tucker à Judy Garland et Barbra Streisand. Les critiques étaient divisés : le spectacle était-il une charmante évocation de l'Amérique d'antan ou une entreprise bassement mercantile et d'un sentimentalisme éhonté ? (« La seconde, évidemment », décréta Leo.)

En revanche, tous s'accordaient à dire qu'il retraçait la carrière du plus grand compositeur américain de ces cent dernières années. Ce qui, estima Leo, était l'essentiel.

Un concert lui rendit hommage au moment du Bicentenaire. Il avait été convié dans la capitale, mais avait décliné l'invitation, c'est ainsi que nous l'avons regardé de notre salon en mangeant des plateaux-repas. La célébration se terminait sur un chœur immense, entouré de drapeaux, qui interprétait une chanson si célèbre que la plupart des gens ont oublié qui en est l'auteur.

— Ce qu'elle a de bien, approuva Leo, c'est qu'à la différence de « The Star-Spangled Banner » on peut vraiment la chanter.

— Elle est magnifique.

— Pas mal, venant d'un serveur.

— Pas mal du tout, Mr. Hirschfeld.

Scott Joplin mourut en 1917 au centre psychiatrique

de Manhattan. Étant sans le sou, il fut enterré dans une concession collective, dans le Queens. Et ma prédiction se révéla fausse : le Marshall Hotel ferma en 1913.

Clementine Pickett mit fin à sa croisade contre les péchés de la chair peu après que les crimes de George Rutherford furent révélés au grand jour. Elle consacra son énergie considérable à faire interdire la consommation d'alcool. Elle rencontra plus de succès dans ce domaine et devint une figure nationale. Elle avait appris une chose de Bill Danvers : les prières, les hymnes – tout ça était bien gentil, mais il fallait une approche plus accrocheuse pour ameuter la presse. Elle prit l'habitude de garder sur elle une hachette, qu'elle brandissait avec panache dans les bars de la ville en dénonçant les ravages de l'alcoolisme dans les familles américaines. Son fils, en permanence à ses côtés, la conduisait à ses nombreux lieux de combat et éjectait les perturbateurs.

Bill Danvers fut repêché dans l'East River, sous le Hell Gate Bridge alors en construction. Il avait été égorgé, et personne ne se soucia de savoir par qui.

Dolly Rutherford changea d'avis sur l'innocence de son époux quand elle se rendit compte qu'en tant que veuve d'un monstre elle éveillait beaucoup plus d'intérêt qu'avec ses salons artistiques. Dès qu'elle sortit du deuil, elle fut très demandée dans les dîners mondains, où les convives se délectaient de ses anecdotes sur sa vie en compagnie du tueur. Elle prétendait avoir éprouvé des soupçons dont je n'avais jamais été témoin du vivant de son conjoint, et une terreur qui ne lui ressemblait pas du tout. Cependant, le monde préférait sa version, à tel point qu'elle en tira un livre qui fut ensuite adapté au cinéma. Avec Lillian Gish dans le rôle principal.

Revenant à la première page, j'essaie de déchiffrer l'article sur le jeune homme qui voulait tuer le Président pour séduire son idole, telle qu'il se la représentait dans son imagination. Mais le souvenir de George Rutherford m'a fatiguée et mise en colère contre ce genre d'histoires, trop rebattues.

Je passe donc à la moitié inférieure du journal, où j'apprends que trois hommes ont été agressés par une meute hystérique à Brooklyn. Tous trois étaient noirs ; des adolescents blancs ont envahi leur voiture après l'avoir bloquée en pleine rue. Ils leur ont lancé des canettes de bière, ont brisé les vitres, fracassé une bouteille sur la tête d'un des passagers qui tentait de s'échapper. Ses deux compagnons ont réussi à prendre la fuite. Mais William Turks, employé des transports en commun et père d'une fillette de dix ans, a été traîné hors du véhicule et battu à mort. Cela aussi, c'est une histoire trop souvent entendue et je suis tentée de poser le journal.

Pourtant mes yeux usés s'obstinent à parcourir le compte rendu.

REMERCIEMENTS

J'ai bénéficié d'un énorme soutien pendant l'écriture de ce livre. Nombre de personnes ont répondu à mes questions avec générosité et clairvoyance. La première d'entre elles est mon éditrice, Catherine Richards, qui est allée bien au-delà des attentes ordinaires en m'incitant tout en douceur aux modifications nécessaires. Je remercie également Nettie Finn pour son inestimable discernement et pour avoir, avec grâce et compétence, mis de l'ordre dans mon chaos. J'adresse mon éternelle reconnaissance à mon agent, Victoria Skurnick. De gros bouquets de « merci » à Kayla Janas, à Allison Ziegler et à David Rotstein pour la magnifique couverture de l'édition originale, à Cathy Turiano, la responsable de production, et à Chrisinda Lynch, de la production éditoriale. Enfin et surtout, à India Cooper et à Laura Dragonette, les correctrices-relectrices, qui ont repéré mes erreurs avant qu'elles soient imprimées ! Je remercie toute l'équipe de Minotaur pour le titre américain.

Plusieurs personnes et organisations m'ont apporté une aide fondamentale dans mes recherches. Parmi elles :

Elizabeth Kerri Mahon dont la lecture préliminaire et les corrections bienveillantes sur l'histoire de la mode m'ont évité le ridicule. (Si vous n'avez pas lu son livre, *Scandalous Women*, n'attendez pas !)

Leontine Greenberg, qui a supporté mes interrogations sans fin sur les vêtements et m'a fourni une aide précieuse afin d'en trouver les réponses.

Eric Peterson, qui m'a guidée pas à pas sur les aspects musicaux.

Le révérend Mark Fowler, qui a revu les questions religieuses et le choix du vocabulaire.

Le Schomburg Center for Research in Black Culture.

Parmi les nombreux et excellents ouvrages que j'ai consultés pour ce livre figurent *1913* de Florian Illies, *The Light of Truth* d'Ida B. Wells, *Harlem* de Jonathan Gill, *Jazz: A History of the New York Scene* de Samuel B. Charters et Leonard Kunstadt, ainsi que les biographies d'Irving Berlin, notamment celle de Philip Furia : *Irving Berlin: A Life in Song*. C'est dans *They All Sang*, d'Edward Bennett Marks, que j'ai découvert la « Piano Tuners Benevolent Euchre and Whist League ». L'ouvrage d'Allyson Compton, *The Breath Seekers: Race, Riots, and Public Space in Harlem, 1900-1935*, apporte une excellente compréhension des questions relatives à l'espace public de l'époque. Le personnage d'Otelia Brooks et sa passion pour les chapeaux m'ont été en partie inspirés par la superbe exposition sur Mae Reeves, au National Museum of African American History and Culture.

Je dois une profonde gratitude à mes collègues qui ont fait leur ce genre littéraire, en particulier aux dames du groupe d'auteurs de romans policiers du Queens. Par-dessus tout, j'exprime mon infinie reconnaissance à Josh et Griffin Weiss pour leur soutien extraordinaire à cette étape de ma carrière.

Et enfin, aux lectrices et aux lecteurs ! Merci à toutes et à tous d'écouter mes histoires. Je ne pourrai jamais vous dire assez à quel point je l'apprécie.

MIXTE
Papier issu de sources responsables
FSC® C003309

L'éditeur de cet ouvrage s'engage dans une démarche de certification FSC® qui contribue à la préservation des forêts pour les générations futures.

Pour en savoir plus :
www.editis.com/engagement-rse/

10/18 – 92 avenue de France, 75013 PARIS

Imprimé en France par CPI

N° d'impression : 3045083
X07837/01